诗词写作入门与名篇赏析

修订本

周绍华 编著

华南理工大学出版社

·广州·

内容提要

本书既是学习诗词写作入门的普及教材，又是鉴赏唐诗宋诗名篇的指导读物。全书共分十三章，首先阐述诗词学有关基础理论，然后分门别类地介绍五律、七律、五绝、七绝、古体诗及词的有关基本知识和写作技巧，以及现代人的诗词写作。书中列举诗词名篇范例128首，配图85幅，使读者实现：学习写作的过程，同时也是赏析名篇佳作的过程。附录有诗韵简编、词韵部目、常用词谱与范例比照、现代汉语诗词新韵等，皆是诗词写作的必备工具。全书内容深入浅出，文字通俗，体系新颖，直观易懂，可读性强，尤其适用于讲座、教学或自学。

图书在版编目（CIP）数据

诗词写作入门与名篇赏析/周绍华编著. 修订本. —广州：华南理工大学出版社，2011.6（2020.5重印）

ISBN 978-7-5623-3391-3

Ⅰ.①诗…　Ⅱ.①周…　Ⅲ.①诗词格律－基本知识－中国②诗歌创作－创作方法－中国③古典诗歌－诗歌欣赏－中国　Ⅳ.①I207.2

中国版本图书馆 CIP 数据核字（2011）第 078681 号

总发行：华南理工大学出版社（广州五山华南理工大学17号楼，邮编510640）
营销部电话：020-87113487　87110964　87111048（传真）
E-mail：scutc13@scut.edu.cn　　http：//www.scutpress.com.cn

责任编辑：庄　严
印　刷　者：虎彩印艺股份有限公司
开　　　本：787mm×1092mm　1/16　印张：16（插图24页）　字数：248千
版　　　次：2011年6月第2版　2020年5月第4次印刷
定　　　价：48.00元

版权所有　盗版必究

再 版 说 明

　　本书自 2001 年 1 月面世以来，已 10 年光景。本人作为编著者，领受了两次感动。一是读者来信的感动。刚出书头一二年，曾收到不少读者热情洋溢的鼓励信，确实被感动了一次。广东文化之乡——梅县的周老先生来信（2001 年 2 月 29 日）说："得到您的《诗词写作入门与名篇赏析》，如获至宝，春节以来天天阅读，获益良多。此书当承袭后人，代代相传。"广州出版社策划中心编辑唐先生来信（2001 年 11 月 8 日）说："我原是一位诗词爱好者，后迫于生计，差不多放弃了诗词的学习和写作，拜读您的大作后，令我有重拾旧梦的欲望。"河南开封市的丁先生来信（2002 年 6 月 28 日）说："我读过不少诗词类的书，惟您书中讲得全面、精到，解得透彻，对读者极负责任，印制也精美、大方、高雅。盼望此书能再版，以恩惠读者。"北京丰台区的韩先生来信（2002 年 11 月 1 日）说："非常感谢您的大作《诗词写作入门与名篇赏析》，她已成为我手头重要的工具书。"二是读者寻书的感动。五六年前，此书存货已告罄，然而仍有一些读者想方设法在寻找此书。2008 年 4 月 9 日，内蒙呼和浩特的冯先生打电话到我家，要求帮他寻找这书。他说，他是从图书馆书目中查到此书的，发现很适合自己阅读，书店又买不到，便直接打电话到华南理工大学出版社，并根据出版社提供的电话找到作者家里来了。我表示尽可能帮他寻找。几个月后我再次与他联系时，对方说已经买到了。2009年12月间，新疆军区政治部的王先生，几次打电话到我家，诉说他从7月份起，就在乌鲁木齐市和新疆其他书店寻找《诗词写作入门与名篇赏析》一书，就是难得见到踪影，无奈之下才找到出版社发行部和作者家里，恳切要求我无论如何要替他找到书。倍受感动之余，只好硬从老朋友手中"挖"了一本寄去。

无需再多说一句，这就是此书原来并没考虑再版、十年后又与出版社商议再版的主要原因。

至于再版修订的内容，主要是两个方面：一是初版时有几处表达不够确切，再版时作了适当修改；二是纠正文字上的错漏缺陷。

诗词堪称我中华国粹。近几十年来，我们高兴地看到越来越多的人在学习、继承和弘扬我国这独特的文化精华，望此书的再版能起到一点探赜索隐的促进作用。

周明华

2011年6月

于华南理工大学山下书屋

前 言

一、诗词，是我中华文化遗产中最为光辉灿烂的篇章，千百年来为世世代代文化人所称颂叫绝！最具有代表性的唐诗宋词，短小精悍，锦心绣口，一字千金，特别耐读、耐思、耐人寻味，具有极高的赏阅价值。青少年学点诗词，不仅可以长进知识，而且对修身养性、陶冶情操、丰富文采，都将大有裨益；有些高等院校在进行素质教育中，开设"诗词写作与鉴赏"选课，很受大学生们欢迎，使他们懂得，不只是西方才有但丁（意）、拜伦（英）、海涅（德），中国诗人的资历更长，更具有民族特色；对老龄人来说，吟诗写诗，更是充实完美晚年精神文化生活的"良师益友"。

二、唐诗宋词之所以脍炙人口，令人叹为观止，主要是它有一套精雕细刻、自成机杼的写作方法和规则，因而欣赏起来比较容易，写作起来就有一定的困难；加上所谓"平仄""格律""对仗""节奏"等名词术语，难免使现代人感到有点陌生。其实，只要你有心去学，稍为下点功夫（个把月时间足够了），掌握它的规则并不是一件困难的事。

为了使初学的人读懂易通，尽早实现登堂入室，本书采用教材的形式编写，并放胆地在编写方法上作了某些新的尝试：（1）在体系结构上，按诗词的具体种类（如五律、七律、五绝、七绝等）建立篇章。虽然叙述起来难免会出现某些重复，但对初学者来说，比较容易接受，而且有利于认识上的深化和推进。在内容次序上，也与一般诗词理论著作"由浅入深"的布局有所不同，而是采取"深入浅出"（先谈近体，后谈古体）的方法编写。突破难点之后，后面的问题就迎刃而解了。(2) 在叙述诗词格式、格律时，采取诗词定格与精选范例直接对照的方法，使之形（格律定式）与物（诗词实例）相随，以达到呼之即出、一目了然、触类旁通的效果。这种编写方式，虽然多占了一些版面，但直观参透，灵犀相通，肯定会有助于初学者攻克学习中的难点。(3) 删繁就简，突出重点。主要介绍一般性的、常见常用的格律规则，着重领会基础理论，掌握写作的基本技巧，对某些不常见的特殊事例，少讲或不讲，以鼓起初学者涉足的勇气和兴趣。(4) 学习写作与名篇赏析紧密结合。全书结合叙述列举了诗词名篇范例128首，大部分加有"注释""提示""浅析"等文字，使之学习本书的过程，同时也是鉴赏名篇的过程；另外，还另立了"名篇赏析"章节，使读者通过学习写作理论和技巧，继而掌握诗词赏析的方法，以便更深一层地领略和体会中华诗魂的精髓。

三、本书在编写过程中，参考了多家有代表性的著作。主要观点引自前贤及当代著名诗词学家的见解（详见书后"主要参考书目"），当然，也有某些是编著者个人的看法和心得体会。书中插图引自《唐诗三百首》（图文本）和《诗词三百》（大字本）。

四、本书可作为讲座教学或自学教材（适用于高中以上文化程度者）。全书共分为十三章：第一章介绍唐诗宋词概况；第二、三章介绍诗词写作基础理论；第四章至第十二章，分门别类地介绍各种诗词的写作知识和技巧；第十三章谈现代人的诗词写作动向。每章后面附有复习思考题。书后的"附录"与正文同等重要，是诗词写作的必备工具。另外，为了方便老龄人阅读，书内正文采用四号字、诗词范例用三号字排版。

由于作者水平所限，书中如有不当之处，欢迎读者批评指正，以便在重印或再版时更臻完善。

编著者

2000 年 10 月

于华南理工大学

例　言

　　阅读诗词写作方面的书籍，对初学者来说，首先会遇到一个看上去似乎使人眼花缭乱的"平平仄仄"和标注符号问题。其实它并不复杂，只要读者仔细记住下面的体例符号，阅读起来就会豁然开朗，进而融会贯通。

　　1. 文中叙述诗词中的"平仄"时，一律用文字表达，如五言律句"平平平仄仄"；七言律句"仄仄平平仄仄平"。另外，外加圆圈的⊕，表示宜平可仄；外加圆圈的⊗，表示宜仄可平；平仄下面的"△"号，表示韵脚。

　　2. 凡列举诗词范例或例句时，一般会在文字下面加上声调符号："○"表示平声；"●"表示仄声；"◎"表示平声韵；"⊙"表示仄声韵。

　　3. 附录中文字下面加"＊"符号者，表示原古汉语中的入声字；加"⊙"符号者，表示在"诗韵"中同属一韵，但在"词韵"中却分为两部的区分标志；正文中下面加"×"符号者，表示要特别引起注意的部位。

　　4. 文中列举的诗词范例，均标明其使用的韵部，大多数加了［注释］、［提示］和［浅析］。不常见的偏僻字加注了拼音。

目 录

第一章　唐诗宋词概述 …………………………………… (1—6)
　　第一节　唐诗是我国古代诗歌的最高成就 ………………… (1)
　　第二节　宋词是我国古代诗歌发展的又一高峰 …………… (3)

第二章　诗词的种类 ………………………………………… (7—12)
　　第一节　诗的种类 ……………………………………………… (7)
　　第二节　词的种类 ……………………………………………… (9)

第三章　诗词格律要素 …………………………………… (13—22)
　　第一节　韵和押韵 ……………………………………………… (13)
　　第二节　四　声 ………………………………………………… (14)
　　第三节　平　仄 ………………………………………………… (16)
　　第四节　粘　对 ………………………………………………… (18)
　　第五节　对　仗 ………………………………………………… (20)

第四章　五言律诗 ………………………………………… (23—41)
　　第一节　五律的基本格式 ……………………………………… (23)
　　第二节　五言律句的变格、孤平及拗救 ……………………… (27)
　　第三节　律诗的对仗 …………………………………………… (33)
　　第四节　五言律句的节奏和语句特点 ………………………… (37)

第五章　七言律诗 ………………………………………… (42—58)
　　第一节　七律的基本格式 ……………………………………… (42)

第二节　七言律句的变格、孤平及拗救 …………………… (46)
　　第三节　"一三五不论"的界定 ………………………………… (49)
　　第四节　七律对仗的实例分析 …………………………………… (52)
　　第五节　七言律句的节奏和语句特点 …………………………… (54)

第六章　律诗的章法及名篇赏析 …………………… (59—66)
　　第一节　律诗的章法 ……………………………………………… (59)
　　第二节　律诗名篇赏析 …………………………………………… (63)

第七章　五 言 绝 句 ……………………………………… (67—74)
　　第一节　五言古绝 ………………………………………………… (67)
　　第二节　五言律绝 ………………………………………………… (70)

第八章　七 言 绝 句 ……………………………………… (75—82)
　　第一节　七绝的基本格式 ………………………………………… (75)
　　第二节　绝句孤平及拗救的范例分析 …………………………… (78)

第九章　绝句的章法及名篇赏析 …………………… (83—94)
　　第一节　绝句的对仗 ……………………………………………… (83)
　　第二节　绝句的章法及结构模式 ………………………………… (85)
　　第三节　绝句名篇赏析 …………………………………………… (91)

第十章　古 体 诗 …………………………………………… (95—105)
　　第一节　古体诗的平仄、对仗和用韵 …………………………… (95)
　　第二节　古体诗的章法 …………………………………………… (99)
　　第三节　古体诗名篇赏析 ……………………………………… (102)

第十一章　词　律 ……………………………………………… (106—119)
　　第一节　词的用韵 ……………………………………………… (106)
　　第二节　词的特殊节奏及平仄 ………………………………… (113)

第三节　词的对仗及语句特点 …………………………………… (116)

第十二章　词的章法及名篇赏析 …………… (120—131)

　　第一节　词的章法 ……………………………………………… (120)
　　第二节　词的名篇赏析 ………………………………………… (127)

第十三章　现代人的诗词写作 ……………… (132—143)

　　第一节　格律严中有活，提倡新韵 …………………………… (132)
　　第二节　题材多样活泼，推陈出新 …………………………… (137)
　　第三节　语言融合古今，雅俗共赏 …………………………… (140)

附　　录 ……………………………………………… (145—242)

　　附一　汉语拼音方案 …………………………………………… (145)
　　附二　诗韵(《平水韵》)简编 …………………………………… (147)
　　附三　词韵(《词林正韵》)部目表 ……………………………… (180)
　　附四　常用词谱50种及范例比照 …………………………… (182)
　　附五　现代汉语诗词新韵 ……………………………………… (210)

第一章　唐诗宋词概述

我国是具有悠久历史的文明古国。古代诗歌的发展，当推《诗经》、《楚辞》为第一高峰。汉代宫廷兴起"乐府"后，四言诗和辞赋逐渐衰落僵化。自南北朝齐永明年间起，诗人开始讲究声律，兴起五言和七言诗，到梁陈时代更为细密。后又经历了上百年的历史，终于在初唐产生了完整的五言律诗和七言律诗，到中唐，形成了诗歌发展的又一高峰。至于词，兴于唐代，到宋代得到空前繁荣，成为诗歌发展的第三高峰。唐诗和宋词，是我国古典文学中的瑰宝。

第一节　唐诗是我国古代诗歌的最高成就

唐诗的发展，经历了三百多年，它酝酿于南北朝，萌发于隋朝，形成于初唐，成熟于盛唐，全盛于中唐。

据《全唐诗》记载，所录的作者达二千多位、诗歌近五万首。其中，在历史上有一定地位的著名诗人，就有上百位之多；开宗立派、影响久远者，亦不下二十人。唐诗，是我国文学史上最为光辉灿烂的篇章。

一、唐诗繁荣发展的历史原因

唐诗的繁荣和发展，有其多方面的历史原因。归结起来主要是如下几点：

1. 经济的增长和繁荣，是文学艺术发展的基础。唐时的中国，是当时东方最强盛的封建国家。雄厚的物质基础和安定的生活，为诗人的创作提供了丰富的艺术营养和良好的环境。

2. 以"诗赋取士"为主要内容的科举制度，是促进唐诗繁荣的直接因素。当时，诗歌创作成为最热门的"专业"，知识分子们几乎都成为诗歌的作者，谈诗论诗写诗，其实就是他们终生学习和钻研的必修课。

3. 诗歌在社交中应用范围不断扩大，社会地位普遍提高。当时，人们遇求职、升迁与贬谪，中榜与落第，甚至送友、还乡等场合和情境，均兴赋诗，以赢得社会的尊重和荣誉。唐太宗（李世民）延请"四方文学之士"并予以重奖提拔之举，更是震撼天下，致使诗歌成为与文化人生活和地位休戚相关的头等大事。

4. 诗歌自身传统的发展和不断地推陈出新的结果；另外，与出版事业的发展也密不可分。由于声律著作大量涌现，大型类书成批刊行，无疑极大地促进了诗歌的交流和繁荣。

二、唐诗发展中各历史阶段诗坛的代表人物

唐王朝统治中国290年，历史学家们按其政治经济形势将它分为初唐（618—704）、盛唐（705—770）、中唐（771—835）和晚唐（836—907）四个时期。但唐诗发展的历程不能这样去划分，按其变化轨迹以及诗坛代表人物的登台，大致可分为如下几个阶段：

1. 唐初的三四十年，一代"英主"李世民带头作宫体诗，致使诗坛沉浸在"宫室之风"里，歌颂愚忠，风格轻靡。

2. 从高宗显庆年到玄宗开元的五六十年间，出现了以初唐"四杰"（王勃、杨炯、卢照邻、骆宾王）以及沈佺期、宋之问、陈子昂等为代表的新秀，诗风变化渐多。除沈、宋二人著定格律外，四川青年陈子昂以"复古"为名，开创了五言古诗的新面貌。

3. 唐玄宗开元初到安禄山兵乱前约四十年间，由于玄宗皇帝艺术上内行，在他倡导和鼓励下，出现了以李白为代表的豪放派。李

白锐意革新，使乐府诗成为一种崭新的诗体。李白、王昌龄、王之涣、高适、岑参等人的七言绝句，是唐代七绝的代表作。

4．从安史之乱到代宗大历的十几年间，出现了"诗圣"杜甫。杜诗不仅形式新颖，融古于今，自成一体，还把国家变故、民间疾苦、自身感受注入诗中，文笔沉郁顿挫，诗中有文，形成诗坛的壮丽奇观。杜诗现存一千四百首，他和李白的七古是唐代这一诗体的最高成就；他写律诗近九百首，已达到"完全成熟"的高度，尤其五言律诗，数量多，变化大，最具特色。这个时期，整个诗坛均闪耀着杜甫的光芒。

5．代宗大历初到德宗贞元中期的二十几年间，唐诗处于停滞期，除出现韦应物外，别无杰出诗家。

6．从德宗贞元中到文宗太和初约三十年间，诗坛又重新出现活跃景象，进入以韩愈、白居易为代表的新时代，白居易、元稹、张籍、王建等人的古题或新题乐府，内容更为丰富，令人耳目一新。韩愈热衷于诗体散文化的创新，他与孟郊等人的诗作，在语言运用上，锤炼推敲，追求奇险，成为一代新风。柳宗元对山水的刻画描写，李贺诗文的奇诡瑰丽、新辞异彩、妙思怪想，均受韩、孟诗风的影响。

7．从文宗太和初到宣宗大中初约二十年间，诗坛又涌现出以李商隐、杜牧为代表的杰出诗家，无论古体、近体都颇有成就。李的七言律诗，变化万千，独树一帜，成为唐代诗坛一片灿烂的晚霞。杜的七绝，清新俊逸，自成一体，亦颇具特色。

8．晚唐后期的五十年，诗坛不曾再出现有大的名家，作者队伍虽众，但多为学步者，只能称为唐音的"余响"罢了。

第二节　宋词是我国古代诗歌发展的又一高峰

词，原是用于配乐唱歌的一种文体，最初叫曲词、曲子词，后由五言诗、七言诗和民间歌谣结合，发展成为另一种韵文形式。由于它字句的长短跟随曲谱而变化，因而又称为"长短句"。由于它是诗的别体，也有人称它为"诗余"。据《全宋词》记载，词坛作家有上千位，篇章超过二万。宋词与唐诗相映成辉，同样是我国文学史上极为珍贵的遗产。

中唐时期，白居易、刘禹锡、韦应物等诗家已填过不少词。到晚唐和五代，冯延巳、温庭筠、韦庄、李煜等人的词，都有其独特风格。但那时写的词，多为歌筵舞榭、茶余酒后的消遣工具。词的繁荣、发展和提高，是在宋朝，尤其在南宋初期。

一、北宋时期以柳永、苏轼、周邦彦为代表的词坛新秀

北宋王朝（960—1127）历时167年，国家基本稳定，农业和工商业均有所发展，尤其城市经济日趋繁荣，文化生活日益活跃，歌词亦逐步兴盛起来。

1．北宋前期，出现了以晏殊、欧阳修等为代表的词作家，善于写景抒情，词语清丽。但由于他们承袭了晚唐、五代的词风，尤受五代词家冯延巳的影响，因而在内容上多庸俗无聊、空虚无物，只能作为娱宾遣兴之用。

2．柳永时代为之一变。他不仅善于用民间俚俗语言入词，还发展了长调体制，开辟了曲词发展的新路。但柳永提倡的俚词，逐渐迎合市民的低级趣味，因而格调不高，甚至带有色情味。

3．苏轼登上历史舞台后，很快成为词坛旗手。他高举革新旗帜，实践"以诗为词"，从而打破了原曲词狭隘的传统观念，开拓了词的内容，提高了词的意境，使旧体词得到一次大解放。苏词风格豪放，充满爱国、浪漫、乐观主题，被誉为"指向上之路，新天下耳目"之作，具有前无古人的气魄。他大胆地打破词在音律方面过于严格的束缚，不以内容迁就音律，在词坛中引起极大震撼。苏轼的门人黄庭坚、晁补之、贺铸等，均深受苏词的影响。

4．周邦彦不愧为宋词格律化之集大成者。他精于音律，辨析入

微，讲求曲折、回环、变化，对提高词律写作技巧起到了不可磨灭的规范作用，并在语言运用上趋向典雅、含蓄，成为词坛一代泰斗。但周词内容上比较空虚、贫弱，脱离现实较远。李清照是一位闺阁词家，善工别怨离愁之作，其风格与周邦彦血肉相连，但南渡以后她作品的社会性有明显提高。

二、南宋时期以辛弃疾和姜夔为代表的两个不同词派

在金人扩张、中原沦陷、徽钦二帝被俘之后，宋王朝面临亡国的悲惨局面，极大地冲击着有爱国心的文人，涌现出如岳飞、李纲、张元干、张孝祥等一批坚决抗敌、宣传救国的爱国作家。当时词坛明显地分为两派：以辛弃疾为代表的爱国豪放派和以姜夔为代表的消闲格律派。百家争鸣，把宋词又推向一个新的高峰。

1. 辛弃疾是宋代词坛的光辉典范

北宋末年，统治者和御用文人醉生梦死，颓废委靡，整个汴京词坛被应制词、颓废词、应酬词的阴影所笼罩。南渡以后，以辛弃疾为代表的一批爱国词家，高举爱国抗敌旗帜，继承了苏轼的革新精神，发扬豪放风格，使词的内涵和形式更加丰富多彩。辛弃疾把一生贯注于词的创作，他与陆游（以诗为主）志同道合，均被称为宋代伟大的爱国主义作家。他们团结陈亮、刘过、韩元吉等爱国词人，成为词坛的主流派，对宋词发展作出了杰出贡献。辛弃疾是当之无愧的一代雄杰，词坛权威。

辛派词的主要特点是：（1）作品突出爱国主义主题，充满拯救祖国、抗敌必胜的强烈愿望和坚定信念；（2）敢于冲破词法和音律的清规戒律，在发扬苏轼"以诗为词"的基础上，更进一步地实践"以文为词"的革新道路，大量使用散文化的语句入词，使词的内容和范围更加扩大，涌现出一批又一批气概昂扬、酣畅淋漓的爱国主义优秀作品。

随着民族矛盾的日益加深，辛派的影响也愈加得到普及和发展。到南宋后期，刘克庄、刘辰翁、岳珂、黄机、戴复古、陈国

经、方岳、李昴英、文及翁、文天祥、蒋捷、邓剡、汪元量等词家，均一脉相承，走辛派道路，表现出后劲十足。

2．姜夔是完美词调声韵的代表人物

姜夔在文学艺术上有多种才能，既是词家、诗人，又是音乐家、书法家，其中以词的成就为最高。他注重词调的声韵和文字的雕琢。音谐婉转、辞句精美、结构完整，是姜词的主要特征。他用工尺谱（我国民族音乐古代乐谱）写的作品，是研究宋词乐谱的宝贵资料。史达祖、吴文英、高观国、张辑、卢祖皋、王沂孙、张炎、周密、陈允平等均为姜派的重要人物；尤其张炎在格律论上可与姜夔齐名。姜派承袭的是周邦彦的词风，讲究声韵，追求形式。由于他们只活动在上层社会狭小的圈子里，孤芳自赏的雅人风度，限制了他们作品的社会意义。

【复习与思考】

1．当你大概了解唐诗宋词的发展情况后，认为唐诗宋词的繁荣对我们今天仍可学习借鉴的经验是什么？请用高度概括的一两句话回答。

2．你以前读过唐诗宋词吗？你喜欢谁的诗词？以上的简要介绍，你是否认为对你今后学习写作和欣赏诗词会有些帮助？

（图1）

王勃（649－676），字子安，绛州龙门（今山西河津县）人。初唐"四杰"之一。

（图2）

陈子昂（661－702），字伯玉，梓州射洪（今属四川）人。力主改革文风。

（图3）

骆宾王（619?－?），婺州义乌（今属浙江）人。初唐"四杰"之一。

（图4）

沈佺期（656－713），字云卿，相州内黄（今属河南）人。与宋之问齐名，著定格律诗规范。

（图5）

宋之问（656?－712），一名少连，字延清，汾州（今山西汾阳县）人。格律诗著定者之一。

（图6）

张九龄（678－740），一名博物，字子寿，韶州曲江（今属广东）人。首创清淡派，影响王维、孟浩然等。

（图7）

唐玄宗（685-762），即李隆基。爱好音乐，艺术上是行家，支持唐诗乐曲革新。

（图8）

李白（701-762），字太白，号青莲居士，绵州昌隆（今四川江油）人。人称"诗仙"，伟大浪漫主义诗人。

（图9）

王昌龄（690?-756），字少伯，京兆（今陕西西安市）人。七绝最好，可与李白争胜。

（图10）

高适（700-765），字达夫，沧州（今河北沧县）人。诗以七言见长。

（图11）

王之涣（688-742），字季凌，原籍晋阳（今山西太原市）人。擅长七绝。

（图12）

岑参（715-770），江陵（今湖北江陵县）人。讴歌西北边塞、战场、沙漠的诗人。

第二章　诗词的种类

诗的种类，划分起来比较复杂，且各家说法也不一，我们不必去深究它。按一般习惯，大致可分为古体诗、乐府、律诗、绝句几大类。至于词，按其字数的多少，可分为小令、中调、长调；另外，还有单调、双调、三叠、四叠的区别。

第一节　诗的种类

Ⅰ.古体和近体

一、古体诗

古体诗，又称为古风或古诗。它是依照古代的诗体去写作的。唐人认为，凡是从《诗经》到南北朝庾信（有代表性的一位古诗人）所写的诗，都属于古体诗。但唐代诗人也写了不少古体诗，所以按时间划分不够科学。古体诗的最大特点，是不受近体诗格律的约束。所以，凡不受近体诗格律约束的诗，今人都把它称为古体诗。

二、乐　府

乐府产生于汉代，原本是用来配音乐的，包括"曲""辞""歌""行"等，统称为乐府或乐府诗，属古体诗类。唐代诗人摹仿这种诗体写的古体诗，也称为乐府，但已经不再是用来配音乐了。

自隋唐时代起，逐步形成了一种新的音乐。盛唐以后，配新音乐的歌词叫做"词"。在乐府衰微之后、词产生之前，有个过渡时期，配新乐曲的歌词已开始采用近体诗。

三、近体诗

近体诗，唐人称它为今体诗，它以律诗为代表。由于格律要求严格，所以又称为"格律诗"（人们习惯上把律诗与绝句分别相称）。

律诗有四个主要特征：（1）每首规定为八句：五言律诗八句共40字，七言律诗八句共56字；（2）规定一般押平声韵；（3）诗中每字的平仄都有规定格式；（4）每首诗必须有对仗，且对仗的位置也有规定。

凡超过八句的律诗称为长律，也属近体诗。长律一般为五言，除首尾两联外，其余的上下句一律要用对仗，所以又叫排律。

四、绝　句

绝句与律诗相比，句子和字数均少一半。五言绝句是四句、20字，七言绝句是四句、28字。绝句又分为古绝和律绝两类：（1）古绝产生在近体诗之前，故它不受近体诗格律规则的约束，可押平声韵，也可押仄声韵，因此古绝当归入古体诗类；（2）律绝又称近绝，它必须遵照近体诗的格律规则，一般只能押平声韵。从形式上看，律绝等于半首律诗，自然应归入近体诗类。

概括起来说：古风是古体诗；律诗（含长律）是近体诗。乐府和绝句，有些属于古体，有些则属于近体。

Ⅱ．五言和七言

按诗中每句的字数多少，又可分为五言、七言和杂言三大类。

凡五个字一句的诗，称为五言诗；凡七个字一句的诗，称为七言诗；由三字句、五字句、七字句及七字以上的句子混杂在一起的诗，称为杂言诗。

一般来说，五言诗简称"五古"，五言律诗简称"五律"；七言诗简称"七古"，七言律诗简称"七律"；五言绝句简称"五绝"，七言绝句简称"七绝"。古风，可分为"五古"和"七古"。这是大致的分法。

杂言诗，一般不另立一类，只把它归为"七古"，甚至诗中没有七字句，只要是由长句和短句混杂组成的，均称它为"七古"。这是习惯上的分法，没有什么理论依据的。

古体诗与近体诗区分参照表

	别名	包含	句数	押韵	平仄	粘对	对仗
古体诗	古风	五古 七古 乐府	四句以上	△可平声韵也可仄声韵； △可一韵到底也可中间转韵	不讲究	不讲究	△一般不讲究对仗； △即使对仗也不要求平仄相对，可同声同字相对
近体诗	*格律诗	五律	八句	平声韵	四种格式	讲究	一般中间两联对仗
		七律	八句	平声韵	四种格式	讲究	一般中间两联对仗
		五绝	四句	平声韵	四种格式	讲究	可对可不对
		七绝	四句	平声韵	四种格式	讲究	可对可不对

＊人们习惯上把律诗和绝句分开相称。

第二节　词的种类

词，最初称为"曲词"、"曲子词"，是古代文人写来配音乐的诗。按发展顺序是：先有乐府，后有近体诗，最后才产生词。上面已讲过，词可分为小令（58字以内）、中调（59字至90字）、长调（91字以上）三类。这是按字数多少来划分的。

Ⅰ．词　牌

词牌，是词的格式名称。每一种词牌的平仄排列叫做词谱，又称词调。词的格式与律诗的格式大不相同，律诗一般只有四种基本格式，而词却有一二千种格式。每种词的格式，人们都给它起了一些名称，这些名称就叫做词牌。有时候，几种格式用一个词牌，那是同一格式的变体；也有不少是一种格式叫几个名称的，那只是各家叫法不同罢了。

词牌的来源，大致有如下几种情况：

一、本来就是乐曲的名称

例如《菩萨蛮》，据说唐宣宗大中年间，女蛮国来进贡，她们梳着高髻，戴着金冠，全身佩带珠宝，看上去像是菩萨。当时教坊凭此印象谱成了《菩萨蛮曲》。由于唐宣宗喜欢唱，便成为当时风行一时的曲子。又如《西江月》、《蝶恋花》等，都是来自民间的曲调，取原来乐曲的名字。

二、摘取名家词中的几个字作词牌

例如，后唐庄宗写了一首《忆仙姿》，词中有"如梦，如梦，残月落花烟重"字句，从此人们将该词改名为《如梦令》。《念奴娇》之所以又叫《大江东去》，是由于苏轼有一首《念奴娇》词的第一句是"大江东去"；此词又有人叫它为《酹江月》，也是因为苏轼这首词的最后三个字是"酹江月"。《望江南》又叫《忆江南》，是由于白居易有一首咏"江南好"的词，最后一句是"能不忆江南"，所以有人就把此词牌称为《忆江南》。

三、本来就是词的题旨

例如《踏歌词》咏的是舞蹈，《舞马词》咏是是舞马，《渔歌子》咏的是渔民打鱼，《浪淘沙》咏的是浪淘沙，《抛球乐》咏的是抛绣球，等等。这种情况最为普遍。凡词牌下面注明"本意"的，即表示词牌同时也是标题，不另立题目了。

但大多数的词，都不是用"本意"的，故词牌以外还另有词题。此时，词牌与词题不发生任何关系，词牌只不过是词谱的代号而已。

Ⅱ．单调和双调

词除了按字数可简单地分为小令、中调和长调外，还可分为单调、双调、三叠、四叠几类。

一、单　调

单调的词，就是只唱一阕。一般是一首小令，例如《十六字令》、《如梦令》、《渔歌子》等。它们很像是一首短诗，只不过多数是由长短的句子组成罢了。

二、双　调

双调的词，有的是小令，更多的是中调或长调。所谓"双调"，就是一首词分前后两阕，一般两阕的字数相同或基本相同，平仄的排列也相同或基本相同。曲终了叫"阕"。一阕表示曲已告终，两阕表示依照原曲再唱一遍，就像我们现在一首歌曲中配两段词一样。两阕中字数不完全相等的，一般是开头几句的字数或平仄稍有不同，这叫做"换头"。绝大多数的词都是双调的，如《菩萨蛮》、《念奴娇》、《水调歌头》、《满江红》、《西江月》、《清平乐》等。

三叠（三阕）、四叠（四阕）的词虽有，但很少见，我们就省略不谈了。

以上所叙述的诗词种类，除乐府（现代已很少有人写此类诗，只举例）和长律（传诵之作不多）外，其余我们将会在下面各章分门别类地详细加以介绍。

词的种类及格律要求对照表

	字　数	单调或双调	格　律	押　韵	平　仄	粘　对	对　仗
小令	58字以内	多数单调，也有双调	最严	△有平声韵调 △有仄声韵调	均有规定格式	不讲究	△有固定对仗格式
中调	59字至90字	一般双调	较宽	△有平仄韵通押调			△有一般要求对仗格式
长调	91字以上	双调	更宽	△有平仄韵转换调			△有自由格式

【复习与思考】

1．古体诗与近体诗的最大区别是什么？近体诗有哪些特征？
2．什么叫做词牌？什么叫词谱、词调？词牌的名称一般来自哪几方面？
3．如何区分词的单调和双调？
4．学习本章内容之后，你是否对诗词的种类有了大体的了解？

（图13）

（图14）

杜甫（712－770），字子美，祖籍襄阳（今属湖北），出生巩县（今属河南）。终身未中进士。人称"诗圣"，唐代最具代表性的伟大诗人。

韦应物（737－792?），长安（今陕西西安市）人。诗"效陶体"（陶潜），又继承了王维的含蓄手法。

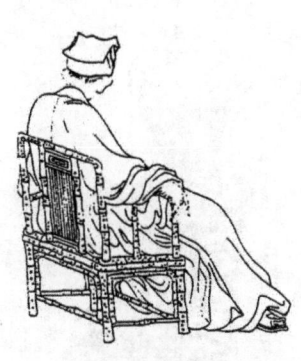

（图15）

（图16）

（图17）

王维（701－761），字摩诘，太原祁（今山西祁县）人。四十岁后隐居，孑然一身。善写山水诗，形成一种流派。

孟浩然（689－740），字亦浩然，襄阳（今属湖北）人。应试不第，终身为布衣。诗以五言为长，写山水田园，形成一种流派。

李益（748－830），字君虞，姑臧（今甘肃武威县）人。善于七绝，其音节神韵，不减王昌龄和李白。

（图18）

（图19）

韩愈（768－824），字退之，河南河阳（今孟县西）人。热衷于诗体散文化创新，形成"奇崛险怪"风格。

白居易（772－846），字乐天，号香山居士，下邽（今陕西渭南县附近）人。写叙事诗的高手，新乐府运动的倡导者。

（图20）

（图21）

（图22）

孟郊（751－814），字东野，湖州武康（今浙江德清县）人。46岁才中进士。《游子吟》为代表之作。

柳宗元（773－819），字子厚，河东（今山西永济县）人。善写山水诗，有其性格化特色。

刘禹锡（772－842），字梦得，洛阳（今属河南）人。是诗人，又是思想家。有远大抱负，但屡遭贬斥。

第三章 诗词格律要素

学习近体诗词的写作与鉴赏，首先必须了解诗词格律的组成元素，这是最为基本的知识。组成诗词格律的元素主要是：（1）韵和押韵；（2）四声（区分古今的不同）；（3）平仄；（4）粘对；（5）对仗。只有充分了解和掌握这些格律要素，才能学好用好下面各章的知识。

第一节 韵和押韵

一、古人写诗词的韵书，须由皇帝亲自钦定

韵，是诗词格律的基本要素之一。写诗词时，在诗词规定的位置上用韵，为之押韵（也称入韵）。

什么叫韵？在古代表达起来可不容易，一般是由皇帝诏令敕撰和颁布的韵书（称为"官韵"）去规范的。隋朝撰《切韵》（193韵），唐代撰《唐韵》，宋代撰《广韵》（206韵），后删修为《韵略》和《集韵》，南宋刘渊改撰《壬子新刊礼部韵略》（107韵），元代撰《韵府群玉》（106韵），清代撰《佩文韵府》（106韵）。由于语音变化，"官韵"也随之不断修订。元代是个急剧变化的时期：入声字在北方话中消失，元曲平仄韵互押。1324年，周德清编撰的《中原音韵》（分十九韵部），反映了这些变动。历史发展到近代，语言又有了变化，清代在民间实践基础上所形成的"十三辙"（即十三

韵），后来成为近现代新韵书的基础。然而，作为"官韵"现在仍通行的是 1252 年刘渊编撰的《新刊韵略》。因刘渊是平水人，后人把 106 韵体系称为《平水韵》（元、清两代只作了极微小的改动）。《平水韵》规定：平声有 30 韵，上声 29 韵，去声 30 韵，入声 17 韵，共 106 韵（详见附录二）。

二、现代汉语"韵"的含义

我们现在有《汉语拼音方案》（见附录一），对韵的概念就比较容易说明了。可简单归结成一句话：诗歌中的韵，大致相当于汉语拼音中的韵母。

汉语里的字音，是由声母和韵母合成的。所谓韵，只与该字读音的韵母有关，同声母是没有关系的。

一个字音的韵母，可以是单元音，如 a, i, e, o, u, ü；也可以是复韵母，如 ia, ua, üe, ai, ou, ing 等。**注意**：前面的三个复韵母有韵头 i, u, ü，后三个有韵尾 i, u, ng。所谓韵头，是指元音前面的另一个元音；现代汉语中，可做韵头的只有 i, u, ü 三个元音。所谓韵尾，是指主要元音后面的音素成分；现代汉语中，只有 i, u, n, ng 四个韵尾。

凡韵母的主要元音相同或相近（如有韵尾，则韵尾也要相同）的字音，就构成为"韵"。韵的构成与韵头没有关系，只决定于主要元音和韵尾。

在诗歌或戏曲里，用同一"韵"的字，放在规定句子末尾，使之产生声音的和谐感，就叫做"押韵"。由于"韵"字放在句末，所以又称为"韵脚"。押韵时，可每句用韵，也可隔句或隔几句才用韵，这叫押韵方式，或称"韵律"。

第二节 四 声

汉语中的四声有古今之分。掌握区分古代汉语和现代汉语中的四种声调,是学习写作和鉴赏诗词的基本常识。

一、古汉语的四声

声调是汉语的一大特点。古代汉语的四个声调与现代汉语的声调种类不完全一样。古四声分为平、上、去、入,其特征大致是:平声平而长,中平调;上声用劲念,是升调;去声强而弱,是降调;入声短促不能长,是短调。唐、明、清代的韵谱和音乐家对此均有论述,参见下面《古四声辨别表》可了解其大概。

古四声辨别表

	唐《元和韵谱》	明《玉钥匙歌诀》	清代张成孙	清代王鸣盛
平	平声哀而安	平声平道莫低昂	长言	舌头言之
上	上声厉而举	上声高呼猛烈强	短言	舌腹言之
去	去声清而远	去声分明哀远道	重言	急气言之
入	入声直而促	入声短促急收藏	急言	闭气言之

四声与韵的关系很密切,不同或不近读音的字不能算是同韵,因此在诗歌中不能用来押韵。

辨别古四声要特别注意一字两读的情况。在古汉语中同一个字,往往有不同意义,且读音也不一样。例如:"骑"字,作动词"骑马",读平声,作名词"骑兵",读去声;又如"数"字,作动词表示计算,读上声,作名词表示数目,读去声,作形容词表示频繁,读入声。什么字归什么声调,在韵书中都规定得很清楚。值得指出的是,我们读古人诗词的时候,常会感到有些韵脚不够和谐,那是由于时代发展而语言演变的结果,不必怀疑是否古人疏忽大意用错了字。

二、现代汉语的四声

由于语言的变化,现代汉语普通话的四声分为:阴平、阳平、上声、去声。它与古汉语相比,有三个变化:(1)古平声已分解为阴平、阳平两声；（2）古上声已分解为上声和去声；（3）古入声已经消失，分别归到现代普通话的四声中去了。现代普通话的阴平读高平调；阳平读高升调；上声读先降后升曲折调；去声读降调。

下面是《古今声调变化对应表》和《古今四声读音对照例》：

从《古今四声读音对照例》中看出：例1中，古汉语"奉"读上声，现在读去声；例3中，古汉语"元"读平声，现在读阳平。另外，如"俱""刎"，古读平声，今读去声；"拥"，古读上声，今读阴平；"直""织""石""伏""独""叠""节""郭"等，古读入声，现改读平声。

古今声调变化对应表

古音四声	现代普通话四声
平	阴平
	阳平
上	上声
去	去声
入	

古今四声读音对照例

例序	古四声读音				今四声读音			
	平	上	去	入	阴平	阳平	上	去
1	丰	奉	凤	福	丰	冯	讽	奉
2	支	纸	至	即	支	直	纸	至
3	元	远	愿	月	渊	元	远	愿
4	羊	养	漾	药	央	羊	养	漾

总之，唐代至今已有一千多年，宋代至今也有七八百年历史，语音的发展和演变是较大的。我们吟咏欣赏唐诗宋词，必须了解古汉语的四声。至于现代人写诗词，已有越来越多的人认为不必再去延用古四声，或主张各取所需，古今"两调"通行。

第三节 平　仄

一、古汉语平仄的分类和交替运用规则

了解四声之后，对平仄就容易理解了。所谓"平仄"，是诗词格律中的一个术语。古代诗人把语音四声分为平仄两大类，平就是平声，仄包括上、去、入三声。仄，通"侧"，是不平的意思。

为什么这样分类？因为平声是中平调，没有升降，而上、去、入三声音调是有升降的，在诗词中交替运用，就能使声调多样化，不至于单调平淡。运用的规则是：（1）每一句中的平仄是交替的；（2）在相对的句中前后两句（即出句和对句）的平仄是对立的（或基本对立）。这些规则在律诗中表现更为明显。如毛泽东《长征》七律第五、六句：

$\left\{\begin{array}{l}|平平|仄仄|平平|仄| （出句）\quad 金沙 水拍 云崖 暖\\ |仄仄|平平|仄仄|平| （对句）\quad 大渡 桥横 铁索 寒\end{array}\right.$

这两句在诗中是相对的句，每两个字为一个音节。出句中平平后面是仄仄，仄仄跟着是平平，最后又是一个仄；对句中仄仄后面是平平，平平后面是仄仄，最后一个是平（韵脚）。这就是交替。至于对立，"金沙"对"大渡"，是平平对仄仄，"水拍"对"桥横"，是仄仄对平平，"云崖"对"铁索"，是平平对仄仄，最后是"暖"对"寒"，是仄对平。

那么，古代诗词我们怎样去辨别平仄呢？这是一个比较复杂的问题。上面讲到，古音平声已分解为阴平、阳平，毕竟还是平声；古上声分解为上声和去声，也还是属于仄声。这些都不会妨碍我们去辨别。最大的障碍是古音中的原入声字，现代普通话已把它归并到阴平、阳平、上声、去声中去了，凡并入阴平、阳平的字如今变为读平声。这个变化给我们辨别古代诗词中的平仄带来一定的困难。可以提醒的是，当今江浙、华南以及山西、湖南人，在他们的方言里还保留着入声，辨别平仄应是没有多大问题。其它地方的人，那就只能通过查字典或韵书去解决了（可参见本书的"附录二"）。不过，如果我们只是吟诵欣赏唐诗宋词，则没有必要在这方面去钻得太深。

二、现代汉语平仄的分类及运用要领

现代普通话里，平声包括阴平、阳平，仄声包括上声、去声。

这是一个大的划分原则。如果平仄运用不当，写出的诗词就无音韵格律可言。必须提醒注意的是：（1）该用平声字的地方，用阴平或阳平皆可，一般关系不大；（2）该用仄声字的地方，运用上声或去声也是合格律的，但有时吟咏起来效果会不太一样，因为上声音调是稍低→低→稍高，去声音调是高→低，毕竟还是有差别的；（3）对原古声中的入声字，虽然一部分已归并到阴平、阳平，但毕竟不少地方的人读起来还是带有一些急促味，运用时要仔细揣摩，尤其作为平声押韵更须慎重。

由于平仄是近体诗和词中最重要的格律元素，因此专家和诗词名家总是告诫我们，既要正确运用平仄格律，又要善于选择平仄中不同声调的字。

还须特别指出的是：对初学诗词写作的人，凡遇到平仄声拿不准的字，一定要查阅工具书。建议以商务印书馆出版的《新华字典》和《现代汉语词典》（修订本）为标准。

第四节　粘　　对

一、违反"粘"的规则，叫做"失粘"

律诗的平仄有"粘对"规则（词则没有这一规则）。

所谓"粘"，就是平声与平声相粘，仄声与仄声相粘。具体来说就是：律诗中后一联出句的第二个字的平仄，要与上一联对句中的第二个字的平仄相一致（因律诗各句的第一个字往往是可平可仄，所以以第二个字作为衡量标准；严格来说，应是二、四、六三个字相粘），即第三句跟第二句平仄相粘，第五句跟第四句平仄相粘，第七句跟第六句平仄相粘。以七律格式为例：

（第一句）｛仄仄〔仄起〕　平平平仄仄　（出句）
（第二句）　平平〔对〕　　仄仄仄平平　（对句）

（第三句）｛平平〔粘〕 仄仄平平仄　（出句）
（第四句） 仄仄〔对〕 平平仄仄平　（对句）

（第五句）｛仄仄〔粘〕 平平平仄仄　（出句）
（第六句） 平平〔对〕 仄仄仄平平　（对句）

（第七句）｛平平〔粘〕 仄仄平平仄　（出句）
（第八句） 仄仄〔对〕 平平仄仄平　（对句）

"粘"（读 nián），是附着、粘合的意思。如果不是这样相粘，前后两联的平仄就雷同了，因而声调也会变得雷同、呆板。这是写格律诗（包括五律、七律和五绝、七绝）的一个规则，违反这个规则，叫做"失粘"。

二、违反"对"的规则，叫做"失对"

所谓"对"，就是平声与仄声相对，仄声与平声相对。具体来说就是：在各联的出句和对句中，其平仄声的交替安排是对立的。从上面所列的七律平仄格式中可以看出，它们各联的出句和对句中平仄是完全对立的。但这只是七律的其中一种格式，如遇首句入韵的情况，首联（即第一、二两句）的格式有一种为：

（第一句）｛仄仄 平平 仄仄 平　（出句）
（第二句） 平平 仄仄 仄平 平　（对句）

这样，首联的出句和对句平仄，只能说是基本相对。由于韵脚的限制，也只能是这么办了。

"对"的作用，同样是使声调多样化。如果不是这样相对，那么，各联对句中平仄声调就与出句雷同了，不仅重复，而且呆板。所以，这也是写格律诗（包括五律、七律和五绝、七绝）的一个规则，违反这个规则，叫做"失对"。

必须特别强调指出的是："粘对"的规则，是适用于一切近体诗的，也是区别近体诗与古体诗的重要特征之一。另外，掌握了

"粘对"规则以后，可以帮助我们背诵律诗的平仄歌诀（即格式）。只要知道第一句的平仄排列，那么全篇的平仄格式就能轻而易举地背诵出来。

第五节 对　　仗

一、对仗，是我国诗歌中最具魅力的格律形式

诗词中的对仗，即对偶，如同古代仪仗队的排列一样，两两相对（也有人比作门的双扉，车的两轮）。所谓对仗，就是在诗词中把两个同类的字（或词）并列起来，可以句中自对，也可以两句相对。我们一般讲的对仗，主要是指两句即出句与对句相对。

对仗，是我国诗歌中最为独特、最具魅力的格律形式，也是较难掌握的一种技巧。如果运用得好，不仅可达到结构形式美和音韵声乐美，而且可使内容更为鲜明和富有魅力，成为律诗中的闪光部分。违反对仗规则也叫做"失对"。因此，学好用好对仗，是律诗创作优劣成败的关键。

二、对仗的规则要求

1. 平仄声相对。即平声对仄声，仄声对平声。这在诗词的格律式中已有明确规定，我们只是遵循罢了。

2. 词性词义相对。即上下两句相对应的词，一般应是名词对名词、代词对代词、动词对动词、形容词对形容词、数量词对数量词、副词对副词。这样还不够，因为名词又可细分为若干类，如人名、地名、动物名、植物名、天文名、器物名等等，只有同类名词的相对，才称为工整的对偶（简称"工对"）。为了加强对对仗的认识，下面引用清代进士车万育所著《声律启蒙》（按《平水韵》编写）"一东"韵其中一则，可从中领略一字对、二字对、三字对乃

至十字对的技巧和押韵的功夫（注意平仄和词性词义相对）：

云对雨，雪对风，晚照对晴空。来鸿对去燕，宿鸟对鸣虫。三尺剑，六钧弓，岭北对江东。人间清暑殿，天上广寒宫。两岸晓烟杨柳绿，一园春雨杏花红。两鬓风霜，途次早行之客；一蓑烟雨，溪边晚钓之翁。

3. 语法句式相对。即上下两句主语对主语，谓语对谓语，宾语对宾语，定语对定语，状语对状语。例如："树色随关迥，河声入海遥"，主—谓—宾—补结构相对，且主语"树色""河声"均为前一名词修饰后一名词，应是"工对"。

4. 对仗的功夫主要用在中两联

为了表达上的方便，古人把五律和七律的第一二两句叫首联，第三四两句叫颔联，第五六两句叫颈联，第七八两句叫尾联。律诗的对仗一般用在中两联（即颔联和颈联）。下面以七律格式为例：

首联 { 仄仄平平仄仄平　（首联出句）
　　　 平平仄仄仄平平　（首联对句）

颔联 { 平平仄仄平平仄　（颔联出句）
　　　 仄仄平平仄仄平　（颔联对句）

颈联 { 仄仄平平平仄仄　（颈联出句）
　　　 平平仄仄仄平平　（颈联对句）

尾联 { 平平仄仄平平仄　（尾联出句）
　　　 仄仄平平仄仄平　（尾联对句）

中两联对仗，是对律诗（指五律、七律）的一般规则而言。但对仗的规则也可以推广使用。例如：（1）绝句本来可以不使用对仗，但诗人有时也会在首联（即前两句）使用对仗，有时在尾联（即后两句）使用对仗，有时甚至首尾两联全都使用对仗，然而毕竟少见；（2）律诗中，也有首联对仗、尾联对仗或四联全对仗的，同样这种情况也是少见；（3）长短句中，有个别地方（指平仄相对，或字数相同的对句中）也可使用对仗，但并不是非对仗不可；（4）至于排律（又称长律），除首尾两联可以不对仗外，中间各联（无论是六韵、二十韵乃至上百韵的排律）全都要求对仗。

【复习与思考】

1. 诗词格律的要素是什么？
2. 汉语中四声的古与今区别在哪里？古今四声的平仄如何划分？
3. 什么叫"韵"？《汉语拼音方案》中的声母和韵母，你能准确地读出发音吗？"韵"与韵母是什么关系？
4. "粘对"规则的要求有哪些？
5. "对仗"规则的要求有哪些？

（图23）

李商隐(813－858)字义山，号玉溪生，怀州河内（今河南沁阳县）人。诗善于织绘，语言艺术独树一帜。

（图24）

杜牧（803-852），字牧之，京兆万年（今陕西西安市）人。诗富有色泽，七绝尤有情致，构思巧妙。

（图25）

元稹（779-831），字微之，河南河内（今洛阳附近）人。白居易知己，并同写不少讽喻诗。

（图26）

温庭筠（813?－870?）字飞卿，原名岐。太原祁（今山西祁县）人。与李商隐并称，但未及李。晚唐词的专业作者，成就在诗之上。

（图27）

张祜（792－854?）字承吉，南阳（今属河南）人。以处士终身。性爱山水，多游名寺，诗以七绝优胜。

（图28）

韦庄（836－910），字端己，长安杜陵（今陕西西安市）人。从晚唐到五代，既是诗家，又是词人。

（图29）

（图30）

（图31）

元结（719－772），字次山，鲁山（今属河南）人。诗文朴质通俗。

刘长卿字文房，河间（今属河北）人。因刚犯上，两度迁谪。

綦毋潜字季通，一作孝通，荆南（今湖北江陵）人，一说虔州（今江西赣州）人。诗文清丽幽秀。

（图32）

（图33）

（图34）

贺知章（659－744），字季真，越州永兴（今浙江萧山县）人，绝句淡而有味，时出巧思。

张继字懿孙，襄州（今湖北襄阳）人。诗不假雕饰，却情致清远。

秦韬玉字中明，京兆（今陕西西安市）人，一说湘中人。应试进士未中，僖宗敕赐进士及第。

第四章　五言律诗

五言律诗简称五律。古人一字叫"一言"。五律每句为五个字，每首由八句律句组成，分为四联，依次为：首联、颔联、颈联、尾联（又称首、颈、腹、尾四联）。押平声韵。凡句末为平声者，均应入韵。常见的是首句不入韵，韵律为隔句押韵。

第三节"律诗的对仗"，不仅适用于律诗，绝句和词也可参考。

第一节　五律的基本格式

根据第三章讲述的"粘对"规则，五律的平仄交替有四种基本格式。这里首先要说明一个概念：律诗的第一句，在写作上称为"起"。由于句子的第一字往往不拘平仄，所以首句的第二字（它的平仄确定不变），便成为一种标志。如首句第二字是"平"（或"仄"），该诗则称为"平起"（或"仄起"），再加上首句是否入韵？这两点确定之后，便可易如反掌地读出该诗八句的平仄格式了。下面是各种格式与范例的对照。

一、仄起、首句不入韵式（编号：五律Ⅰ式）

五律（Ⅰ）式

仄仄平平仄，
平平仄仄平。

范例(1) **次北固山下** 王湾

客路青山下，
行舟绿水前。

$$
\begin{cases}
⊕平平仄仄, \\
⊗仄仄平平。△
\end{cases}
$$
$$
\begin{cases}
⊗仄平平仄, \\
平平仄仄平。△
\end{cases}
$$
$$
\begin{cases}
⊕平平仄仄, \\
⊗仄仄平平。△
\end{cases}
$$

潮平两岸阔。
风正一帆悬。
海日生残夜，
江春入旧年。
乡书何处达，
归雁洛阳边。（先韵）

〔注〕(1)次：停宿；(2)北固山：在今江苏镇江市；(3)潮平句：江水高涨愈觉两岸水面宽阔。"阔"一作"失"。(4)生残夜：日出得早；(5)春江句：指旧年未尽，江上就有春意；(6)书乡二句：希望鸿雁带信给故乡洛阳。

〔提示〕左式首句第二字为仄，又首句不入韵，故称为仄起、首句不入韵式。中间两联的出句和对句，平仄相对，必须对仗。⊕表示宜平可仄，⊗表示宜仄可平。"△"符号表示韵脚。

〔浅析〕诗人正向长江下游航行，是感时怀乡之作。"海日生残夜，江春入旧年。"不失为佳句。

二、平起、首句不入韵式（编号：五律Ⅱ式）

五律（Ⅱ）式

$$
\begin{cases}
⊕平平仄仄, \\
⊗仄仄平平。△
\end{cases}
$$
$$
\begin{cases}
⊗仄平平仄, \\
平平仄仄平。△
\end{cases}
$$
$$
\begin{cases}
⊕平平仄仄, \\
⊗仄仄平平。△
\end{cases}
$$

范例(2) 喜见外弟又言别 李益

十年离乱后，
长大一相逢。
问姓惊初见，
称名忆旧容。
别来沧海事，
语罢暮天钟。

$$\begin{cases}⊠仄平平仄,\\平平仄仄平。\end{cases}$$

明日巴陵道,
秋山又几重。（冬韵）

〔注〕(1)外弟：表弟；(2)别来二句：两人叙谈别后十年离乱变迁事直到天黑；(3)巴陵：唐代郡名，今湖南岳阳县。

〔提示〕左式首句第二字为平，又首句不入韵，故称为平起、首句不入韵式。中两联的出句和对句必须对仗。

〔浅析〕描写诗人与其表弟十年离乱后在旅途中"喜见"而又"言别"的心情。末尾以景结情，神韵悠然。

三、仄起、首句入韵式（编号：五律Ⅲ式）

五律（Ⅲ）式

$$\begin{cases}⊠仄仄平平,\\平平仄仄平。\end{cases}$$
$$\begin{cases}⊕平平仄仄,\\⊠仄仄平平。\end{cases}$$
$$\begin{cases}⊠仄平平仄,\\平平仄仄平。\end{cases}$$
$$\begin{cases}⊕平平仄仄,\\⊠仄仄平平。\end{cases}$$

范例(3) 秋日赴阙题潼关驿楼　　许浑

红叶晚萧萧,
长亭酒一瓢。
残云归太华,
疏雨过中条。
树色随关迥,
河声入海遥。
帝乡明日到,
犹自梦渔樵。（萧韵）

〔注〕(1)阙：宫门前望楼，此代指京城长安；(2)潼关：今陕西潼关县境；(3)太华(huà)：华山；(4)中条：中条山，今山西永济县境；(5)迥(jiǒng)：远；(6)帝乡：京城长安；(7)梦渔樵：梦想回故乡过渔民生活。

〔提示〕左式首句第二字为仄，又首句即入韵，故称为仄起、首句入韵式。此式为五律（Ⅰ）式变体，除首句后三字"平平仄"改为"仄平平"外，其余各句与（Ⅰ）式完全相同。中两联必须对仗。

25

〔浅析〕以写景写情，道出诗人在仕途与归隐上的矛盾心情。从诗中看出带有消极情调。

四、平起、首句入韵式（编号：五律Ⅳ式）

五律（Ⅳ）式

平平仄仄平，
仄仄仄平平。
仄仄平平仄，
平平仄仄平。
平平平仄仄，
仄仄仄平平。
仄仄平平仄，
平平仄仄平。

范例(4) **晚　晴**　　李商隐

深居俯夹城，
春去夏犹清。
天意怜幽草，
人间重晚晴。
并添高阁迥，
微注小窗明。
越鸟巢干后，
归飞体更轻。（庚韵）

〔注〕(1)深居句：居住地幽僻且地势高；(2)春去句：初夏凉热适宜；(3)幽草：幽暗处小草，此为诗人自比；(4)人间句：以晚晴比喻晚年，表现出乐观精神；(5)并添二句：晚晴使人从阁上眺望更远，将夕阳余晖送进小窗；(6)越鸟二句：指晚晴巢干鸟归，借以表现诗人精神振奋。

〔提示〕左式首句第二字为平，又首句即入韵，故称为平起、首句入韵式。此式为五律（Ⅱ）式变体，除首句后三字"平仄仄"改为"仄仄平"外，其余各句与（Ⅱ）式完全相同。中两联必须对仗。

〔浅析〕诗中描写初夏晚晴情景，借物抒怀，企望在寂寞的晚年会有所作为。

注意： 律诗特别讲究平仄和押韵。这里必须强调两点：一是押韵时最好不要用同音字（如非、飞、扉）；二是不用韵的各句末字虽均为仄声，但也有选择用字的问题，古人讲究上、去、入三声交错使用，使全诗产生抑扬顿挫之妙。

我们从以上介绍的四种基本格式可以看出，五律的平仄式，归纳起来，其实只有如下四种句型：

$$\begin{cases} ① 仄仄平平仄, \\ ② 平平仄仄平。\end{cases} \begin{cases} ③ 平平平仄仄, \\ ④ 仄仄仄平平。\end{cases}$$

它们构成两副完整的对联。就是这四种句型的不同排列，组成了五律的四种基本格式。请看：

五律（Ⅰ）式的排列是：①②③④①②③④

五律（Ⅱ）式的排列是：③④①②③④①②

五律（Ⅲ）式的排列是：④②③④①②③④

五律（Ⅳ）式的排列是：②④①②③④①②

此外还可看出，五律最基本的格式，其实就是（Ⅰ）（Ⅱ）两式。因为（Ⅲ）式是（Ⅰ）的变体，只是把首句①换成④，其余七句完全一样；（Ⅳ）式是（Ⅱ）式的变体，只是把首句③换成②，其余七句也完全一样。

掌握这些规律后，我们对五律的四种平仄格式，就会觉得并不复杂而容易记住和背诵了。

第二节 五言律句的变格、孤平及拗救

五律的写作，是不是记住上述几个格式就行了呢？当然没那么简单。我们在吟诵鉴赏五律时，往往会遇到一种特殊的变格句型，或遇到避免犯"孤平"和"拗救"的句子。类似这些超出常规的情况，在近体诗的写作和鉴赏中，须特别加以注意。

一、五言律句的变格句型

自唐宋以来，近体诗中常出现一种特殊的变格句型，其特征是

把句中末尾的"仄仄"脚变为"平仄"脚。以五言律句为例,"㊣平平仄仄"句式,变为"平平仄平仄"句式。此时,五言律句的第一个字,必须限定用平声,不再是宜平可仄。请看下面定式和实例对照:

五律（Ⅰ）式

⊘仄平平仄,
平平仄仄平。

㊣平平仄仄,
⊘仄仄平平。

⊘仄平平仄,
平平仄仄平。

㊣平平仄仄,
⊘仄仄平平。

范例(5)　月　夜　　杜　甫

今夜鄜州月,
闺中只独看。

遥怜小儿女,（变格句）
未解忆长安。

香雾云鬟湿,
清辉玉臂寒。

何时倚虚幌,（变格句）
双照泪痕干。（寒韵）

〔注〕(1)鄜（fū）州：今陕西富县；(2)闺中：内室,此指妻；③看（kān）：守望；(4)小儿女：年幼的子女；(5)解：懂得；(6)忆长安：指忆念在外的父亲,或指母亲对月怀人的心事；(7)香雾：月夜的雾气；(8)云鬟：妇女环形发髻；(9)清辉：月光；⑩虚幌：透明的帷帐；⑪双照：互相照面。

〔提示〕左式为五律（Ⅰ）式正格。第三句和第七句均是"㊣平平仄仄"句型（第一字宜平可仄）。杜诗五律《月夜》,把这两句改为"平平仄平仄"调。那么,原来第一字的㊣,必须保留平声,不能再是"宜平可仄"。这样才合律不拗。

〔浅析〕写诗人在陕西鄜州的月夜里怀念长安月夜下妻子和幼子的揣想,如梦如幻,道出作者的真情实感。

注意：这种特殊的变格句型,在唐宋律诗中比较常见,且多数情况是用在第七句（绝句第三句）,即尾联的出句上。其目的是使结尾有些变化,产生鲤鱼翻浪的效应。

二、避免犯孤平

所谓"孤平",是指在律诗的"仄平"脚句中(**注意**:与"平平""仄仄"和"平仄"脚句无关),除韵脚和句首的第一字外(由于句首第一字往往是不拘平仄,故不能计算在内),全句只剩下一个平声。这样的句子叫做"孤平"。

近体诗的写作,避免犯孤平,是一个重要的原则问题。在唐人的律诗中,是绝对不会有犯孤平的句子出现的;即使出现这种情况,也会及时地采用补救措施。

在五言律句中(含五绝),容易犯孤平的句型只有一种,即"平平仄仄平"句型。为了防止犯孤平,它的第一个字必须限用平声(不能像其它句型那样宜平可仄或宜仄可平)。如果不小心用了仄声,就犯了孤平。这是诗家之大忌!

值得指出的是,如果是仄脚句,如"㈣仄⊕平仄",虽然句中只保留一个平声,也不叫犯孤平。

假如出现犯孤平的情况,应如何处理呢?下面会详细介绍。

三、拗 救

在律诗中,凡出现平仄不依照常规格式的句子,称为"拗句"(拗:读 ào,不顺的意思)。诗人在创作时,为追求词句结构的完美和艺术效果,往往会吟出一个比较理想、然而却不合常规定式的句子。遇到这种情况怎么办呢?不用着急,古人教给我们一种通行的补救办法,叫做"拗救"。所谓"救",就是"补偿"。经过拗救的句子,仍然算是符合平仄格律(称为"准律句")。

拗救的方式,一般有如下几种:

1. 本句自救

刚才已讲过,五言律句(含五绝)"仄平"脚句"平平仄仄平",句首第一字必须限用平声,用了仄声就犯了孤平忌讳。如果诗人坚持第一字用仄声,那么,就必须在第三字改用平声加以补偿。这叫做"孤平本句自救"。请看下面五绝实例：

五绝平起、首句不入韵式

⊕平平仄仄，
⊘仄仄平平。
⊘仄平平仄，
平平仄仄平。

范例(6) **夜宿山寺**　李白

危楼高百尺，
手可摘星辰。
不敢高声语，
(孤平自救)恐惊天上人。（真韵）

〔提示〕左式为五绝（Ⅲ）式原格式。注意其第四句是防止犯孤平的句型，第一字为平声，第三字为仄声。如第一字用了仄声即犯孤平。

〔浅析〕诗人把第四句的第一字改用了仄声，因而把第三字改用平声加以补偿。以"天"救"恐"。

2．对句相救

另有一种是仄脚的拗句（不是上面所说的孤平拗句），它若出现在律诗某联的出句上，那么，应在本联的对句上加以相救。

这种联句是："⊘仄平平仄，平平仄仄平"。如果在其出句的第四字用了仄声，便成为拗句（如第三字改用仄声，则成为"半拗"），此时，必须在其对句的第三字改用平声加以补偿。请看下面五律实例：

五律（Ⅰ）式

⊘仄平平仄，
平平仄仄平。
⊕平平仄仄，
⊘仄仄平平。

范例(7) **宿五松山下荀媪家**　李白

我宿五松下，（半拗句）
寂寥无所欢。（拗救，自救）
田家秋作苦，
邻女夜舂寒。

30

$\begin{cases}⊘仄平平仄,\\平平仄仄平。\end{cases}$　跪进雕胡饭,
　　　　　　　月光明素盘。（自救）

$\begin{cases}⊕平平平仄仄,\\⊘仄仄平平。\end{cases}$　令人惭漂母,
　　　　　　　三谢不能餐。（寒韵）

〔注〕(1)媪（ǎo）：老妇人；(2)五松山：在今安徽铜陵市；(3)雕胡：茭白的果实，可做蔬菜吃；(4)漂母：比喻荀老妇人。汉将韩信失意时，垂钓于淮阴城下，一位漂洗的老妇人以饭食救济过他，后得韩信重厚报答。

〔提示〕对照左列五律（Ⅰ）式，李白此诗首联出句为半拗句，他以本联的对句第三字加以补偿，既救出句"五"半拗，又自救本句"寂"（孤平）。又颈联对句为孤平自救句，以"明"救"月"。

〔浅析〕此诗表现出诗人接近山区劳动人民，并以真挚的感情歌颂他们。

3．半拗——可救可不救

所谓"半拗"，是指五言律句"⊘仄平平仄"（即上例首句）的第三字该用平声而改用了仄声，使句子有一点点拗，称为"半拗"。遇到这种情况，属于可救可不救。如果作者有心要救，可在其本联对句中用平声补偿。请看下面实例：

五律（Ⅱ）式　范例(8) 天末怀李白　杜　甫

$\begin{cases}⊕平平仄仄,\\⊘仄仄平平。\end{cases}$　凉风起天末，（变格句）
　　　　　　　君子意如何？

$\begin{cases}⊘仄平平仄,\\平平仄仄平。\end{cases}$　鸿雁几时到？（半拗句）
　　　　　　　江湖秋水多。（拗救）

$\begin{cases}⊕平平平仄仄,\\⊘仄仄平平。\end{cases}$　文章憎命达,
　　　　　　　魑魅喜人过。

31

$$\begin{cases} ⊕仄平平仄, \\ 平平仄仄平。 \end{cases}$$

应共冤魂语,
投诗赠汨罗!　（歌韵）

〔注〕(1)天末：天边，形容边塞遥远，当时诗人流寓秦州；(2)君子：指李白；(3)鸿雁：信使的代称；(4)秋水：指风波，想象李白流放途中行路艰难；(5)文章句：指凡会写好文章的人命运总是同他敌对；(6)魑魅句：山精水怪喜人经过，好把他吞噬掉。魑魅（chī mèi）：此暗喻奸邪小人。(7)冤魂：指屈原冤魂；(8)汨罗：指屈原自沉的江，在湖南湘阴。李白流放时途经长江洞庭湖一带。

〔提示〕左列为五律（Ⅱ）式。与杜诗对照，诗的第一句为变格句。第三句为半拗句，本来可以不救，诗人还是在其对句（第四句）中，把第三字仄声改为平声补偿，即以"秋"救"几"。这样更为完美。（"过"：古读平声）。

〔浅析〕杜甫与李白有着深厚的友谊。李白因罪流放后，杜常想念他，并很为他抱不平。天各一方的际遇，化作对友人的拳拳怀念，甚至担忧!

4．尽可能避免"三平脚"（又称"三平调"）

在五言律句"⊕仄仄平平"中，如果把第三字改用了平声，句子便出现"三平脚"。这类情况应尽可能避免，因为这在格律上只能说是勉强合律。

5．防止出现"三仄脚"

在五言律句"⊕平平仄仄"中，如果把第三字改用了仄声，句子便出现"三仄脚"。这种情况应当防止。万一出现，应当把句首第一字保留平声，不再是宜平可仄。这样才合律不拗。下面举一首五绝为例：

五绝仄起、首句不入韵式

$$\begin{cases} ⊕仄平平仄, \\ 平平仄仄平。 \end{cases}$$

范例(9) **八阵图**　　杜　甫

功盖三分国,
名成八阵图。

$$\begin{cases} ⊕平平仄仄, \\ ⊗仄仄平平。 \end{cases}$$

江流石不转，（拗救）
遗恨失吞吴。（虞韵）

〔注〕(1)八阵图：在原四川奉节县长江岸边，相传为诸葛亮所设，用石垒成天、地、风、云、龙、虎、鸟、蛇八阵，用于平时操练和作战；(2)遗恨：至死仍悔恨；(3)失：过失，失误。

〔提示〕左列为五绝（Ⅰ）式。按其正格，第三句第三字为平声。在杜诗中改用了仄声，句子成为"三仄脚"拗。因此，诗人将句中的第一字保留平声，即以"江"救"石"。

〔浅析〕诗人追怀诸葛亮辅佐刘备三分天下的盖世功业，又一针见血地指出，诸葛亮的失误就在于讨伐吴，铸成终身遗恨。

注意：近体诗的写作（含五律、七律、五绝、七绝），除了允许按通行的方式变格和拗救外，其它地方原则上不得用拗，因为拗了就"无可救药"，成为古风而不是近体诗了。因此，对初学者来说，首先应当依照常规格式去写，在技巧熟练之后，才好去尝试变格和拗体花样。当然，掌握了变格和拗救方法，写作起来自由度会相对大一些，使诗文更为畅达，以避免"削足适履"之苦。

第三节 律诗的对仗

我们在第三章第五节中，介绍了对仗的基本知识。在写作中具体应用时，首先应当抓住最基本、最为常见的规则要求，同时要善于掌握宽严结合的方法。这样会更有利于入门和上手。

一、律诗对仗的常规——中两联对仗

在律诗（含五律、七律）中，对仗一般用在中间两联，即颔联和颈联。但在五律中，首联对仗的例子也不少，原因是五律常见首句不入韵，首联平仄相对，有利于作对仗处理。尾联是结束句，一般不适宜对仗。但无论首联、尾联是否对仗，也并不能因此而减少中两联的对仗。

下面列举两首五律对仗的实例：

范例（10）　　　　**春日忆李白**　　　　　　　杜　甫

　　　　白也诗无敌，　　飘然思不群。
　　　　清新庾开府，　　俊逸鲍参军。
　　　　渭北春天树，　　江东日暮云。
　　　　何时一尊酒，　　重与细论文。（文韵）

〔注〕(1)思：情思（动词，古读去声）；(2)清新二句：赞扬李白的诗像南北朝著名诗人庾信和鲍照的诗文那样清新、俊逸；(3)渭北二句：在渭北的作者与在江东的李白彼此思念，互相遥望，只见春树和暮云；(4)论（lún）：讨论。动词。

〔浅析〕全诗中两联对仗。颔联中"庾"（信）对"鲍"（照），人名对人名；"开府"对"参军"，官名对官名。颈联中，"渭"（水）对"江"（长江），水名对水名；"北"对"东"，方位对方位。堪为工对。"清新"句和"何时"句，均为变格句。

范例（11）　　　　**观　猎**　　　　　　　　王　维

　　　　风劲角弓鸣，　　将军猎渭城。
　　　　草枯鹰眼疾，　　雪尽马蹄轻。
　　　　忽过新丰市，　　还归细柳营。
　　　　回看射雕处，　　千里暮云平。（庚韵）

〔注〕(1)角弓：兽角制的硬弓；(2)渭城：咸阳故城，汉武帝时改名渭城；(3)鹰：猎鹰；疾：快；(4)新丰市：今陕西新丰县，西安北面；(5)细柳营：汉代名将周亚夫驻军处，原址在今西安西面。这代指守猎将军驻地。(6)雕：鸷鸟名。

〔浅析〕全诗中两联对仗。颔联中，"鹰"对"马"（动物对）；"眼"对"蹄"（体形对）。颈联中"新丰"对"细柳"（地名对）。"回看"句为变格句。（"看"：平声，古读刊音）

二、律诗对仗常见的几种方式

我们上面讲过，律诗（含五律、七律）对仗，有平仄声相对、词性词义相对、语法句式相对以及中两联对仗等几个方面的规则要求。在具体运用时（律诗和绝句均如此），常见有如下几种方式：

1. 并肩对

即两句意思并立，不分主次，不相连贯。如杜甫诗句："清新庾开府，俊逸鲍参军。"此种对法最为常见。

2. 映比对

即两句意思有主次，相互映比，一句为正意，另一句衬托。如张巡五律《闻笛》句："营开边月近，战苦阵云深。"上句以边塞的月衬托，下句苦战才是正意。

3. 反比对

即上下两句（全句或部分）意思相反，常用反义词相对。如杜甫《复愁》句："昔归相识少，早已战场多。"以"少"对"多"。古人有"反对为优，正对为劣"的评论。

4. 顺接对

即对仗两句前后相承，下句承接上句的意思。如王维《观猎》句："忽过新丰市，还归细柳营。"

5. 流水对

即两句一意贯通（把完整的一句话分为两句说），两句既不能分割，也不能颠倒，如一道流水。如张巡《闻笛》句："不辨风尘色，安知天地心！"

注意：在中两联构思对仗时，一般应有所变化，即尽可能不同时使用一种方式，以显得灵动、活泼。

三、对仗的宽严及忌讳

1. 对仗的宽严节度

我们在上面讲过：以同类词语相对的叫工对；句中自对且同联两句相对的也叫工对；两句中只要多数字眼对得工整，也算是工对。能实现工对固然最好，但它束缚思想也是肯定无疑的。其实，对仗规则的要求，并不像平仄规则那样严格。为了更好地表达思想内容和艺术风格，唐宋以来，前人逐渐形成了一些通行的灵活对策。主要表现在：

（1）宽　对。最为常见的是名词对名词（即名词不再细分）、动词对动词、形容词对形容词等。还有是以邻近相关的事类相对的，如天文对时令，颜色对方位，同义词对联绵字等。此外，还有更宽一点的，就是句中半对半不对。一般来说，颔联的对仗没有颈联对仗的要求那么严格，半对半不对是常见的事，如杜甫《月夜》诗句"遥怜小儿女，未解忆长安"，就属这类情况。

（2）借　对。这是一种更为宽松的对策。所谓借对，就是假借词中的两种含义，在诗中用的是甲义，而借用其乙义与另一词相对。如杜甫诗句："行李淹吾舅，诛茅问老翁。"诗人借"行李"中的"李"，作为"桃李"的"李"，与"茅"相对。还有借同音相对的，如借"篮"为"蓝"，借"皇"为"黄"，借"沧"为"苍"，借"珠"为"朱"，借"清"为"青"，等等。如杜甫诗句："东郭沧江合，西山白雪高。"是借"沧"与"苍"同音，与"白"相对。

由此可见，古代诗人也不是墨守成规的，他们想出了不少摆脱对仗束缚的方法，以充分表达自己的意境。

2. 对仗的忌讳

律诗（含五律、七律）对仗有三忌：一忌两联对仗方式雷同。两联的对仗方式要尽可能有所变化，包括节奏、用词、语句结构等，以避免重复、呆板。如颔联第二字用动词相对，颈联的动词则应安排在别的位置上；颔联第三字用实词相对，颈联的该位置不妨考虑用虚词。二忌合掌。即上下两句用同义词相对，以致两句的意思完全或基本相同，似工而实拙。三忌流于纤巧。过于考究，只在小处做文章，往往因小失大。总之，过于追求"工对"，既束缚思想情感，又容易造成合掌或徒有形式。因此，名家多采用工对与宽对相结合的方法。

第四节　五言律句的节奏和语句特点

我们上面介绍的五律基本格式，变格、孤平及拗救，律诗的对仗，等等，这些都是有形的"硬件"，是看得见的规则要求。本节要介绍的是"软件"，即五律写作中遣词用字的基本要求。"硬件"是外功，而"软件"是内功，自然更为重要。

一、五言律句的节奏

五言律句（含五绝）由五个字组成，其句律节奏，一般是以"二三"式作为基本句式，即每句由上"二"字、下"三"字构成句子的节奏（声律）单位。这是大多数的情况。

但从字义上看，上"二"有时又可分解为"一一"式，下"三"有时又可分解为"二一"式或"一二"式。因此，五言律句一般可分派出四种句型。下面分别举例介绍：

1．"二三"基本式
例句（1）｜白日｜依山尽｜，｜黄河｜入海流｜　　　　　（王之涣）
例句（2）｜不喜｜秦淮水｜，｜生憎｜江上船｜　　　　　（刘采春）

2．"二二一"式
例句（1）｜明月｜松间｜照｜，｜清泉｜石上｜流｜　　　（王　维）
例句（2）｜日暮｜苍山｜远｜，｜天寒｜白屋｜贫｜　　　（刘长卿）

3．"二一二"式

例句（1）｜海日｜生｜残夜｜，｜春江｜入｜旧年｜　　（王　湾）

例句（2）｜天意｜怜｜幽草｜，｜人间｜重｜晚晴｜　　（李商隐）

4．"一一三"式

例句（1）｜绿｜垂｜风折笋｜，｜红｜绽｜雨肥梅｜　　（杜　甫）

例句（2）｜柳｜挂｜九衢丝｜，｜花｜飘｜万家雪｜　　（武元衡）

下面再列举五绝和五律各一范例加以说明：

范例（12）　　逢雪宿芙蓉山　　　　　刘长卿

｜日暮｜苍山｜远｜，｜天寒｜白屋｜贫｜。

｜柴门｜闻｜犬吠｜，｜风雪｜夜｜归人｜。　　（真韵）

〔注〕(1)苍：青色，含蓝和绿色；(2)白屋：平民住的屋（屋：古读入声）；(3)柴门：贫苦人家简陋的门；(4)风雪句：夜晚时有人冒着风雪回来了。

〔浅析〕诗人在冬天的一个夜晚，投宿山里某户人家所见所闻的情景，生动如画。

诗中的第一二句为"二二一"式节奏，第三、四句为"二一二"式节奏，表现出节奏的变化。

范例（13）　　陪郑广文游何将军山林　　　　杜　甫

｜剩水｜沧江｜破｜，｜残山｜碣石｜开｜。

｜绿垂｜风折笋｜，｜红绽｜雨肥梅｜。

｜银甲｜弹筝｜用｜，｜金鱼｜换酒｜来｜。

｜兴移｜无酒｜扫｜，｜随意｜坐｜莓台｜。　　（灰韵）

〔注〕(1)郑广文：郑虔，作者好友。何将军山林：在长安韦曲之西。山林即园林。(2)剩水：支流的引水；(3)沧江：青苍江水；(4)残山：秦岭支脉伸出的冈峦。(5)碣石：山名；(6)银甲：套在指上弹琴的甲；(7)金鱼：三品以上官员佩带的饰物。表明何将军好客却清贫；(8)莓：草莓，蛇莓。

〔浅析〕原诗十首,此为其五。写何将军园林虽小,却很有气势,主人好客以及主客闲适的情景。

诗中几乎每联节奏都有变化。中两联对仗工整。

二、五言律句语句的特点

从道理上说,句子的节奏与语句结构的特点一般应是一致的,但在诗句中却有所不同。由于律诗的字数及平仄规则的制约,因而在语法上是比较自由的。五言律句(含五绝)语句(语法)结构最为显著的特点是:不完全句和语序的变换,即省略和倒装。

（一）省　略

1．省略主语

最为常见的,是省略第一人称或吟咏的对象。

例句（1）:"（　）开筵面场圃,（　）把酒话桑麻"。（孟浩然）

上句省去主语"故人",下句省去"故人和我"。("筵"一作"轩")

例句（2）:"（　）功盖三分国,名成八阵图"。　　　　（杜　甫）

上句省去了吟咏的对象"诸葛亮"。

2．省略谓语动词

例句（1）:"（　）故国三千里,（　）深宫二十年"。（张　祜）

此句意思应是:"离开"故国三千里,"进入"深宫二十年。说明离开故乡很远,且时间很长。省去了谓语动词。

例句（2）:"渭北春天树,江东日暮云"。　　　　　　（杜　甫）

此句省略的是什么动词呢?是作者本人在渭北"手抚"春天树,还是李白"想念"渭北春天树呢?实在无法确定,令人扑朔迷离,只好由读者自己去想象了。有人认为,这样朦胧的诗,往往更富有情思和神韵。

顺便值得一提的是,诗人一般不太主张对诗文作过多的注释,以便让读者自己去驰骋想象。笔者认为,由于唐诗宋词距今年代久远，在用语、地名乃至读音上都有较大的变化，对初学者和青少年来说，必要的注释还是不可少的。

(二) 倒 装

1．两句之间的倒装

例句："空山不见人，但闻人语响。"　　　　　　　　　　　　（王　维）

语句顺序是，先说"不见人"，后才说"闻语响"。其实，应是先有"闻语响"，后才发现"不见人"。

2．句子内部词语的倒装

(1) 顺乎平仄格律的倒装，最为常见。

例句："风雪夜归人。"　　　　　　　　　　　　　　　　　（刘长卿）

诗人不写成"风雪人夜归"，或"风雪夜人归"，其原因是要顺从此句"⊗仄仄平平"的格律和押韵（真韵）。

(2) 为了修辞效果而倒装

例句："竹怜新雨后，山爱夕阳时。"　　　　　　　　　　　（钱　起）

此两句的本义是："怜新雨后竹，爱夕阳时山。"怜，也是爱的意思。但如此写来，一是不合平仄格律，二来诗味荡然无存。

注意：律诗中的修辞倒装，是一门难度较高的学问，运用时必须注意既不落俗套，使句子波澜起伏，给人以新鲜感，又不能杜撰怪异、晦涩的句子，要以读者能够理解为度。

最后要强调的是，五律的写作，不仅要讲究平仄、粘对和对仗，而且用韵也要求严格，原则上要依照韵部范围入韵（古韵较窄，新韵较宽）。当然，更为重要的是如何表达诗意，语言既要平易自然，又要含意深刻，而且节奏和语句运用要恰当，使作品诗味耐寻。

〔复习与思考〕

1．复习五律四种基本格式的"名称"和粘对规则，试背诵写出五律的四种平仄格式。

2．复习和记住五言律句的特殊变格句型、防止犯孤平的句型，以及拗救的几种方法。

3．律诗对仗有哪些规则？常见的对仗有哪几种方式？对仗时有哪些忌讳？

4．自选五律一种格式，试写一首五律。

（图35）

李益五律《喜见外弟又言别》：
"十年离乱后，长大一相逢。"

（图36）

许浑五律《秋日赴阙题潼关驿楼》：
"树色随关迥，河声入海遥。"

（图37）

心已驰神到彼，诗从对面飞来。悲婉微至，精丽绝伦。又妙在无一字不从月色照出也。

《读杜心解》

杜甫五律《月夜》：
"今夜鄜州月，闺中只独看。"

（图38）

李白七言乐府《将进酒》：
"古来圣贤皆寂寞"，"与尔同销万古愁"！

（图39）

杜甫五律《天末怀李白》：
"文章憎命达，魑魅喜人过。"

（图40）

杜甫五绝《八阵图》：
"江流石不转，遗恨失吞吴。"

第五章　七言律诗

七言律诗简称七律，它是由五言律诗扩展而成的。只要在五律每句的前面加上两个字——见"平平"的加上"仄仄"，见"仄仄"的加上"平平"，即成为七律。同样是押平声韵。凡句末为平声者，均应入韵。常见的是首句入韵（这点与五律不同）。

注意：本章第三节"'一三五不论'的界定"，适用于律诗、绝句，以及词中的律句。

第一节　七律的基本格式

根据"粘对"规则，七律的平仄交替，同样有四种基本格式。下面是各种格式与范例的比照。

一、平起、首句入韵式（编号：七律Ⅰ式）

七律（Ⅰ）式

⟨⊕平⊙仄仄平平，
　⊙仄平平仄仄平。⟩
⟨⊙仄⊕平平仄仄，
　⊕平⊙仄仄平平。⟩

范例(14) 望 蓟 门　　祖　咏

燕台一望客心惊，
笳鼓喧喧汉将营。
万里寒光生积雪，
三边曙色动危旌。

$$\begin{cases}\text{(平)平(仄)仄平平仄,}\\ \text{(仄)仄平平仄仄平。}\end{cases}$$
$$\begin{cases}\text{(仄)仄(平)平平仄仄,}\\ \text{(平)平(仄)仄仄平平。}\end{cases}$$

沙场烽火连胡月，
海畔云山拥蓟城。
少小虽非投笔吏，
论功还欲请长缨。（庚韵）

〔注〕(1)蓟(jì)门：蓟门关，即今居庸关，燕台八景之一；(2)燕台：即幽州台（蓟北楼），在今河北易县东南；(3)万里：泛指广阔地域；(4)三边：泛指边境地带。当时安禄山身兼边境三重镇首领。(5)危旌：高扬的旗帜；(6)烽火：古时夜间举火告警或报平安的信号；(7)蓟城：即蓟门城，近渤海处；(8)投笔吏：汉班超典故。班超原为文书小吏，后从戎出使西域，以功封侯；(9)请长缨：汉终军典故。终军向汉武帝请求给条长绳，保证说服。

〔提示〕左列为我们编号的七律（Ⅰ）式。首句第二字为平，且首句即入韵，故称其为平起、首句入韵式。它是由五律（Ⅲ）式各句前面加上二字而成，加字后的第一字不拘平仄。这是七律中最为常见的一种格式。中两联必须对仗。第一、二、四、六、八句末均应入韵；第三、五、七句末为仄声，注意须讲究上、去、入三声交替使用。

〔浅析〕诗以"惊"字引出，诗人站在边关燕台上远眺，为那雄浑壮丽的战场所激荡，心中涌起投身沙场、报国立功的豪情。

二、仄起、首句入韵式（编号：七律Ⅱ式）

七律（Ⅱ）式

$$\begin{cases}\text{(仄)仄平平仄仄平,}\\ \text{(平)平(仄)仄仄平平。}\end{cases}$$
$$\begin{cases}\text{(平)平(仄)仄平平仄,}\\ \text{(仄)仄平平仄仄平。}\end{cases}$$
$$\begin{cases}\text{(仄)仄(平)平平仄仄,}\\ \text{(平)平(仄)仄仄平平。}\end{cases}$$

范例(15) 西塞山怀古　刘禹锡

王濬楼船下益州，
金陵王气黯然收。
千寻铁锁沉江底，
一片降幡出石头。
人世几回伤往事，
山形依旧枕寒流。

$$\begin{cases}⊕平 ⊗仄 平平仄, \\ ⊗仄 平平 仄仄平。\end{cases}$$

今逢四海为家日,
故垒萧萧芦荻秋。（尤韵）

〔注〕(1)西塞山：今湖北黄石市长江边，吴国曾在此设防；(2)王濬句：晋益州刺史，曾造可容二千人的大船，出巴蜀伐吴；(3)益州：今四川成都市；(4)金陵：今南京市，吴都建业；(5)千寻二句：吴国战败投降。当时吴用长铁索横江拦阻晋船，晋军用火烧熔，攻进石头城（今南京市），吴主孙皓出降。古人八尺为"一寻"。(6)人世二句：人世屡经兴亡盛衰，而山仍然依旧；(7)四海为家：原意是四海归一家，即天下统一；(8)故垒句：江上营垒已荒废，只有芦荻萧萧，发出悲凉的秋声。表示对封建割据势力的担忧和感慨。

〔提示〕左列为编号七律（Ⅱ）式。首句第二字为仄，又首句即入韵，故称为仄起、首句入韵式。它是由五律（Ⅳ）式各句前面加上二字而成，加字后的第一字不拘平仄。也是七律中较为常见的一种格式。中两联必须对仗。各句中有的第三字为宜平可仄（或宜仄可平），有的则没有外圆"〇"符号，个中原因，将在本章第三节讨论。

〔浅析〕诗中前四句写西塞山之"古"，后四句写一个"怀"字。后人评曰：此乃唐人怀古之绝唱！

三、平起、首句不入韵式（编号：七律Ⅲ式）

七律（Ⅲ）式

$$\begin{cases}⊕平 ⊗仄 平平仄, \\ ⊗仄 平平 仄仄平。\end{cases}$$

$$\begin{cases}⊗仄 ⊕平 平仄仄, \\ ⊕平 ⊗仄 仄平平。\end{cases}$$

$$\begin{cases}⊕平 ⊗仄 平平仄, \\ ⊗仄 平平 仄仄平。\end{cases}$$

**范例(16) 西湖晚归
回望孤山寺赠诸客** 白居易

柳湖松岛莲花寺,
晚动归桡出道场。
卢橘子低山雨重,
棕榈叶战水风凉。
烟波淡荡摇空碧,
楼殿参差隐夕阳。

｛⊠仄 ⊕平 平 平 仄 仄，
　⊕平 平 ⊠仄 仄 平 平。

到岸请君回首望，
蓬莱宫在海中央。（阳韵）

〔注〕(1)桡（ráo）：划船的桨；(2)卢橘：金橘。一说枇杷。(3)蓬莱宫：神话中渤海里仙人的居住地。此比喻孤山寺。(4)海：指大湖。此指西湖。

〔提示〕左列格式第二字为平，首句不入韵，故称为平起、首句不入韵式。它是由五律（Ⅰ）式各句前面加上二字而成。七律首句不入韵式，在唐诗中较为少见。

〔浅析〕这是诗人白居易的一首闲适诗。中两联对仗比较严谨，可供参考。

四、仄起、首句不入韵式（编号：七律Ⅳ式）

七律（Ⅳ）式　　范例(17)夏日题老将林亭　　张　蠙

｛⊠仄 ⊕平 平 平 仄 仄，
　⊕平 平 ⊠仄 仄 平 平。
｛⊕平 平 ⊠仄 平 平 仄，
　⊠仄 仄 平 平 仄 仄 平。
｛⊠仄 ⊕平 平 平 仄 仄，
　⊕平 平 ⊠仄 仄 平 平。
｛⊕平 平 ⊠仄 平 平 仄，
　⊠仄 仄 平 平 仄 仄 平。

百战功成翻爱静，
侯门渐欲似仙家。
墙头雨细垂纤草，
水面风回聚落花。
井放辘轳闲浸酒，
笼开鹦鹉报煎茶。
几人图在凌烟阁，
曾不交锋向塞沙。（麻韵）

〔注〕(1)凌烟阁：唐太宗时，建凌烟阁挂功臣画像。当时蜀主王建也建阁绘功臣像。但传到后主王衍时，对旧时的功臣故老却废而不用，甚至有战功者不在其中，没有战功者反而绘了画像。(2)曾不：竟不。

〔提示〕左列格式，首句第二字为仄，又首句不入韵，故称为仄起、首句不入韵式。它是由五律（Ⅱ）式各句前面加上二字而成。此式在唐诗七律中同样较为少见。

〔浅析〕诗人对功臣老将退隐后，庭院冷落、待遇不公以及后主弄虚作假，表示遗憾和不平。颔联的对仗，似有纤巧之嫌。

从以上七律的四种基本格式中可看出，七律的平仄调与五律相似，也只有如下四种基本句型：

① 平平仄仄平平仄，
② 仄仄平平仄仄平。

③ 仄仄平平平仄仄，
④ 平平仄仄仄平平。

它们构成两副完整的对联。就是这四种句型的不同排列，组成了七律的四种基本格式。请看：

七律（Ⅰ）式的排列是：④②③④①②③④
七律（Ⅱ）式的排列是：②④①②③④①②
七律（Ⅲ）式的排列是：①②③④①②③④
七律（Ⅳ）式的排列是：③④①②③④①②

此外还可以看出，七律最基本的格式，其实就是（Ⅰ）（Ⅱ）两式。因为（Ⅲ）式是（Ⅰ）式的变体，只是把首句④换成①，其余七句完全一样；（Ⅳ）式是（Ⅱ）式的变体，只是把首句②换成③，其余七句完全相同。

了解这些规律后，我们对七律的四种平仄格式，就会感到并不复杂而容易记住和背诵了。

第二节 七言律句的变格、孤平及拗救

我们在第四章第二节中，介绍过五言律句（含五绝）的特殊变格句型、孤平以及拗救的方法。在七律（含七绝）中，也同样会遇到这类问题。虽然内容大同小异，为了加深认识，不妨在此以七律为例再次阐述和强调一下。

一、七言律句变格句型

七言律句（含七绝）变格句型的特征与五言律句一样，是把句中末尾的"仄仄"脚变为"平仄"脚，即"㊁仄㊍平平仄仄"，变为"㊁仄平平仄平仄"。此时，七言律句的第三字必须限用平声，不再是宜平可仄。下面举一实例说明：

范例（18）　　**送　瘟　神**（其二）　　毛泽东

　　　春风杨柳万千条，六亿神州尽舜尧。
　　　红雨随心翻作浪，青山着意化为桥。
　　　天连五岭银锄落，地动三河铁臂摇。
（变格句）借问瘟君欲何往？纸船明烛照天烧。　（萧韵）

〔注〕(1)神州：指中国；(2)红雨：指落花，比喻春天瑰丽景象；(3)着意：有意，指青山有意化为桥以便利行人；(4)五岭：统称南岭。这里指南方。(5)三河：原指黄河、淮河、洛河。这里指北方。铁臂：铁一样坚实的臂膀。(6)借问：试问；(7)瘟君：指瘟疫之神。这里指血吸虫病。(8)纸船句：点燃纸船，高烧明烛，送瘟神上路而去。

〔提示〕左列为七律（Ⅰ）式，即平起、首句入韵式。按格式规定，第七句为"㊁仄㊍平平仄仄"。此诗作者从表达诗的意境出发，改为"㊁仄平平仄平仄"变格句型。此时，原句中的第三字必须限用平声，不再是宜平可仄。这样仍合格律。

〔浅析〕诗中歌颂新社会，赞扬劳动人民的创造精神，同时表达人民战胜血吸虫、送走瘟神的喜悦。

注意：这种变格句型一般用在尾联的第七句（绝句的第三句）。上例作者不是按原调"平仄仄"写"何处去？"而是采用变格调"仄平仄"写"欲何往？"其意境就大不一样。说明善于使用变格句型，确实有其特殊功效。

二、避免犯孤平

七言律句（含七绝）中，易犯孤平的句型同样只有"仄平"脚句一种，即"㊁仄平平仄仄平"（即五言律句中易犯孤平句型前面加上"仄仄"二字）。凡遇此句型，第三字必须限用平声，绝不能像其它句型那样宜平可仄（或宜仄可平），否则就犯了孤平忌讳。

但如果是"仄仄"脚句，如"㊄仄㊀平平仄仄"，纵使第三、第五两字改用了仄声、句中只保留一个平声，只算拗句，也不叫犯孤平。

三、七言律句的拗救

前面已经讲过，凡平仄不合常格的句子，叫做拗句。一般来说，在七言律句中，除"孤平"和"三仄脚"应自救外，同联的出句该用平声的地方用了仄声，那么对句必须（或经常）在适当位置上补偿一个平声。这叫做拗救。请看下面几种情况：

1．孤平本句自救

上面讲过，七言律句（含七绝）"㊄仄平平仄仄平"中，第三字必须限用平声，如果用了仄声便犯了孤平。假如作者坚持第三字用仄声，那么就必须在第五字上补偿一个平声。此时，该句成为"㊄仄仄平平仄平"。这个方法，叫做孤平本句自救。

2．拗句的对句相救

在七言律句（含七绝）"㊀平㊄仄平平仄"中，如在第六字改用了仄声，便成了拗句。那么就必在其对句（即下句）"㊄仄平平仄仄平"中的第五字，改用平声加以补偿。此时，该联的平仄调变为："㊀平㊄仄平仄仄，㊄仄平平平仄平"。这叫拗句的对句相救。

3．半拗——可救可不救

同样是刚才上面的七言律句"㊀平㊄仄平平仄"，如果把第五字（不是第六字）改用了仄声，称为"半拗"，属于可救可不救范畴。如果认为有必要救，同样可在其对句"㊄仄平平仄仄平"的第五字，改用平声补偿（与上面对句相救法相同）。

4．尽可能避免"三平脚"（又称"三平调"）

七言律句（含七绝）"㊀平㊄仄仄平平"，如果在句中第五字改用了平声，便出现"三平脚"（"三平调"）。这在近体诗中应尽可能避免。但不算是拗句，无须相救。

5．防止出现"三仄脚"

七言律句（含七绝）"⊕仄⊕平平仄仄"，如果把句中第五字改用了仄声，便出现"三仄脚"。此时，应当在本句中的第三字保留平声，使之成为"⊕仄平平仄仄仄"。这样才合律不拗。

下面举一实例加以说明：

范例(19)　　　　**咸 阳 城 东 楼**　　　　　　　　许　浑

一 上 高 城 万 里 愁，蒹 葭 杨 柳 似 汀 洲。

（半拗）溪 云 初 起 日 沉 阁，山 雨 欲 来 风 满 楼。（自救,拗救）

鸟 下 绿 芜 秦 苑 夕，蝉 鸣 黄 叶 汉 宫 秋。

行 人 莫 问 当 年 事，故 国 东 来 渭 水 流。（尤韵）

〔注〕(1)咸阳：秦、汉都城，今陕西咸阳市，与长安相望；(2)蒹葭（jiān jiā）：芦苇类植物；(3)汀洲：水中小洲。作者怀念之地。(4)溪：咸阳城南的近磻溪。阁：慈福寺阁。日沉阁：指夕阳隐没于寺阁的后面。(5)芜：长满乱草；(6)行人：作者自指；(7)当年事：指秦、汉灭亡的前朝事。

〔提示〕此诗为七律（Ⅱ）式。按格式规定，颔联（第三、四句）原式为："⊕平⊕仄平平仄，⊕仄平平仄仄平。"诗的第三句第五字用"日"为半拗；第四句第三字用仄声"欲"犯孤平。此时，诗人把第四句（对句）的第五字改用平声加以补偿，即以"风"自救"欲"，又救上句"日"半拗。

〔浅析〕写诗人秋夕登咸阳城楼时，感慨社会变迁，只见渭水依然东流。"山雨欲来风满楼"为传诵之名句。

第三节　"一三五不论"的界定

凡初学写诗的人，一般都会听说或从书中看到这样一个歌诀："一三五不论，二四六分明。"其意思就是说，格律诗中每句的平仄格式，第一、三、五三个字（五律句为第"一、三"二字）的平仄，可以不去论理它，而第二、四、六三个字（五律句的"二、四"二字），则要严格遵守其平仄的规定要求。

对于这个流传了几百年的歌诀，应当怎么看呢？上海一位著名的诗词评论家是完全肯定的，但北京一位著名的语言大师、诗词学家是基本否定的。笔者个人的体会是：完全肯定不对，基本否定也不妥。应该说，这个歌诀可以酌情使用，尤其对初学者来说很有益处，但必须有条件地划定其使用范围的界限。

一、对"一三五不论"的界定

这里，我们还是有必要把五律和七律最基本的四种句型重新排列一下（左为五律句型，右为由五律句扩展而成的七律句型）：

① ⦿仄 平 平 仄　（可能出现半拗）　① ⦿平 ⦿仄 平 平 仄
② 平 平 仄 仄 平　（防止犯孤平）　② ⦿仄 平 平 仄 仄 平
③ ⦿平 平 仄 仄　（防止三仄脚，另有变格句型）　③ ⦿仄 ⦿平 平 仄 仄
④ ⦿仄 仄 平 平　（避免三平脚）　④ ⦿平 ⦿仄 仄 平 平

从以上排列可看出：五律句序号为①③④的第一字加了圆圈，七律句①③④的第一字和第三字加了圆圈（表示宜平可仄或宜仄可平）；五律句②第一字没有加圆圈，七律句②第三字没有加圆圈。如果"一三五不论"完全肯定正确的话，五律句①②③④的第一和第三字、七律句①②③④的第一字、第三字和第五字，便是通通加上圆圈了。为什么有些加而有些不加呢？其原因是，"一三五不论"不是绝对的，它是有条件的，所以有必要加以界定。请仔细看看下面说明：

1. 五律和七律①句型：如果把五言第三字、七言第五字的平声改用仄声，则成为半拗句。虽说是可救可不救，但毕竟还是有点拗。对这种句型的界定是：七言的第一和第三字、五言的第一字可

以"不论"。七言的第五字、五言的第三字最好不动（对初学者可暂且"不论"）。如果改用了仄声，最好在它们对句中七言"⊘仄平平仄仄平"的第五字（五言"平平仄仄平"的第三字）改用平声加以补偿。

2．五律和七律②句型：这是必须引起特别注意的一种句型。因为如果你把这种律句的五言第一字、七言第三字的平声改为仄声，便犯了孤平忌讳，而必须在五言第三字、七言第五字的仄声改用平声加以补偿。对这种句型的界定是：七言的第三字、五言的第一字不要轻易去动；如果改了七言第三字、五言第一字的平声为仄声，则必须同时把七言第五字、五言第三字的仄声也改为平声。

3．五律和七律③句型：首先，这句型有一个防止出现"三仄脚"的问题。如果这种句型把七言的第五字、五言的第三字的平声改用了仄声，便出现"三仄脚"，必须在五言第一字、七言第三字保留其平声予以补偿；也就是说，这种可能出现"三仄脚"的句型，五言动了第三字，则不能再动第一字；七言动了第五字，则不能再动第三字。

另外，它们均有特殊的变格句型，即五言第三四两字、七言第五六两字的平仄声互换，即"仄仄"脚变格为"平仄"脚。此时，五言第一字、七言第三字必须限用平声（不再是宜平可仄）。变格后的句型成为：五言"平平仄平仄"，七言"⊘仄平平仄平仄"。因此，这种句型变格后，七言的第三字、五言的第一字不能改动（当然，如果你不使用变格句型那就没这回事了）。

4．五律和七律④句型：这句型也有一个避免出现"三平脚"的问题。如果把这种句型的五言第三字、七言第五字的仄声改用了平声，便出现"三平脚"。虽然在格律上不算是拗，但最好还是尽可能避免。因此，这种句型五言的"三"、七言的"五"，还是不要去动它为妙（对初学者亦可放宽"不论"）。

为了便于记忆，请参阅下表：

五律和七律基本句型"一三五不论"界定表

五言或七言		平仄基本句型	"一三五不论"的界定	说　明
第①种	五言	⊗仄平平仄	一不论，三改仄半拗	半拗时可从对句中补救；也可不救
	七言	⊕平⊗仄平平仄	一、三不论，五改仄半拗	
第②种	五言	平平仄仄平	一改仄，三也要改平	防止犯孤平
	七言	⊗仄平平仄仄平	一不论；三改仄，五也要改平	
第③种	五言	⊕平平仄仄	一不论；若三改仄，一保留平	防止三仄脚；变格句型另式
	七言	⊗仄⊕平平仄仄	一、三不论；若五改仄，三保留平	
第④种	五言	⊗仄仄平平	一不论；三最好不动	避免三平脚
	七言	⊕平⊗仄仄平平	一、三不论，五最好不动	

注：此表同时适用于五绝、七绝和词中的律句。

二、"二四六分明"的道理

凡近体诗的律句结构，一般而言，是以每两个字为一个节奏（声律）单位的。例如，毛泽东《长征》七律句：

|⊕平|⊗仄|仄平|平|，　|⊗仄|平平|仄仄|平|。
|红军|不怕|远征|难|，　|万水|千山|只等|闲|。

从中不难看出，吟诵起来的每个节奏（声律）点，都是落在句中第二、四、六的位置上（最后一字是韵脚）。基于这一原因，第二、四、六位置上的平仄是不能改动的，所以必须"二四六分明"。如果对七言律句中第"二四六"（五言第"二四"）的平仄哪怕是一点点的改动，也就不成为常规的律句了。

第四节　七律对仗的实例分析

七律的对仗与五律对仗的规则要求是相同的。为了加深认识，下面列举两首七律对仗的实例，作进一步的说明。

范例(20)　　咏怀古迹（其三）　　　　　　　杜　甫

群山万壑赴荆门，生长明妃尚有村。
一去紫台连朔漠，独留青冢向黄昏。
画图省识春风面，环佩空归月下魂。
（变格句）千载琵琶作胡语，分明怨恨曲中论。　　（元韵）

〔注〕(1)荆门：今湖北宜都县西北长江南岸荆门山，王昭君生地近处；(2)明妃：王昭君，汉元帝时宫女；(3)一去紫台：指离开汉宫；(4)青冢：王昭君墓，在今呼和浩特市南20里处；(5)省识：忽略认识；(6)环佩：妇女装饰物。这里指昭君。

〔浅析〕诗中揭示汉元帝昏庸，婉转地表达昭君的悲苦命运，反映出诗人对她的同情。全诗风流摇曳，极富有韵致。

全诗中两联对仗，颔联为顺接对，颈联为映比对。尾联出句（第七句）为变格句型。

范例(21)　　　　无　　题　　　　　　　　李商隐

昨夜星辰昨夜风，画楼西畔桂堂东。
身无彩凤双飞翼，心有灵犀一点通。
隔座送钩春酒暖，分曹射覆蜡灯红。
嗟余听鼓应官去，走马兰台类转蓬。　　（东韵）

〔注〕(1)无题：表示主题不便说。常人多看作是爱情诗。(2)身无二句：虽未晤谈，但心心相通。灵犀：犀牛角中央有白纹通两端，传说有神通。(3)隔座二句：宴会上隔座相遇，气氛欢乐。送钩，射覆：均为酒兴猜物游戏。(4)嗟余二句：叹自己到点要上班了，对分别感到遗憾。转蓬：比喻自己像蓬草，随风飘荡，行踪不定。

〔浅析〕因"无题"，是写官宴场面，还是"妓席之作"？费人思量。作者写过不少"无题"诗。

额联"身无"对"心有",反比对,令人拍案称奇。"心有灵犀一点通"为传诵佳句。颈联为并肩对。全诗用字华丽,音韵对仗精工。

在七律中,除中两联必定是对仗外,亦有在首联也对仗的(首句不入韵时),谓之"对起"。如王维的《奉和雨中春望应制》:"渭水自萦秦塞曲,黄山旧绕汉宫斜。"杜甫的《恨别》:"洛城一别四千里,胡骑长驱五六年。"还有在尾联安排对仗的,称为"对结"。如杜甫《闻官军收河南河北》:"即从巴峡穿巫峡,便下襄阳向洛阳。"用的是顺接对。但这两种情形,在七律中毕竟少见(五律稍为多些),就不再详细介绍了。

第五节 七言律句的节奏和语句特点

由于七言律句比五言律句的字数稍多,因此在遣词用字的节奏和语句(语法)上,略有些不同。

一、七言律句的节奏

七言律句(含七绝)在节奏上,以"四三"为基本句式,即每句诗文由上四字、下三字组成句子的两大节奏(声律)单位。这是最为常见的基本句式。

但从字义上看,上"四"有时又可分解为"二二"或"三一"式;下"三"往往也可分解为"二一"或"一二"式。故七言律句可出现多种句式。下面介绍常见常用的五种:

1. "四三"基本式

例句(1) |群山万壑|赴荆门|,|生长明妃|尚有村| (杜 甫)

例句(2) |昨夜星辰|昨夜风|,|画楼西畔|桂堂东| (李商隐)

2. "二二三"式

例句（1）|行人|莫问|当年事|，|故国|东来|渭水流|（许　浑）
例句（2）|云开|远见|汉阳城|，|犹是|孤帆|一日程|（卢　纶）

3．"三一三"式
例句（1）|卢橘子|低|山雨重|，|棕榈叶|战|水风凉|（白居易）
例句（2）|回乐峰|前|沙似雪|，|受降城|外|月如霜|（李　益）

4．"二二二一"式
例句（1）|少小|离家|老大|回|，|乡音|无改|鬓毛|衰|

（贺知章）

例句（2）|燕台|一望|客心|惊|，|笳鼓|喧喧|汉将|营|

（祖　咏）

5．"二二一二"式
例句（1）|沙场|烽火|连|胡月|，|海畔|云山|拥|蓟城|

（祖　咏）

例句（2）|一去|紫台|连|朔漠|，|独留|青冢|向|黄昏|

（杜　甫）

七言律句（含七律、七绝）的写作，在造句结构上，必须遵循上述各式的构架，否则读起来就会拗口，使人感到别扭。下面，列举七绝、七律范例各一首，读后会有所启迪。

范例（22）　　**枫　桥　夜　泊**　　　　　　张　继

|月落|乌啼|霜满天|，|江枫|渔火|对愁眠|。
|姑苏|城外|寒山寺|，|夜半|钟声|到客船|。（先韵）

〔注〕(1)枫桥：原名封桥，在苏州市西郊。此诗出名后改为枫桥。泊：停靠岸边。(2)江枫：江边的枫树。渔火：渔船上的灯火。对愁眠：因忧愁而不眠的人，与江枫、渔火相伴。(3)姑苏：苏州城的别称，因城内有姑苏山而得名。寒山寺：在枫桥近处。相传唐初有诗僧寒山在此居住而得名。(4)夜半钟声：唐代寺院有半夜撞钟的习惯。

〔浅析〕据说此为诗人赴京考试落第失眠之作。诗中四句把形象、色彩、音响、环境、情绪等交织融合在一起，形成强烈的感情波动，产生深刻的艺术效果。寒山寺也因此诗流传而闻名于世。

此诗一、四句为"二二一二"式节奏，第二句为"二二二一"式节奏，第三句为"二二三"式节奏。

范例(23)　　　　　　宿　府　　　　　　　　杜　甫

|清秋|幕府|井梧|寒|，|独宿|江城|蜡炬|残|。
|永夜|角声|悲自语|，|中天|月色|好谁看|？
|风尘|荏苒|音书|绝|，|关塞|萧条|行路|难|。
(变格句)|已忍|伶俜|十年|事|，|强移|栖息|一枝|安|。(寒韵)

〔注〕(1)题解：诗人当时任成都节度使参谋，因家在城外，上班困难，故夜宿府署（办公地）。(2)井梧：井边梧桐；(3)永夜句：整夜军中号角声不绝，像自诉其悲；(4)风尘荏苒：战乱连年。荏苒（rěn rǎn）：指岁月渐逝。(5)伶俜（líng pīng）：孤单飘零；(6)十年：安史之乱已有十年；(7)强移句：勉强到任，以求暂且安身，或许不久将辞退而去。栖息一枝：比喻鸟巢。

〔浅析〕前四句写景，后面四句抒情。描写诗人忧郁、愁苦、孤独和凄凉的心境。

诗人运用"二二二一"式、"二二一二"式不同节奏，使声律有所变化。

二、七言律句的语句特点

在近体诗七律（含七绝）中，语句结构特点与五律（五绝）有相同之处，也是省略和倒装。下面列举一些例句说明：

（一）省　略

1. 省略主语

例句（1）："（　）身无彩凤双飞翼，（　）心有灵犀一点通。"

（李商隐）

按语法结构，上句省去了主语"我"，下句省去了主语"我和伊（她）"。

例句（2）："剑外忽传收蓟北，（　）初闻涕泪满衣裳。"

（杜　甫）

下句显然省略了主语"我"。

2．省略谓语动词

例句（1）："多少楼台（　）烟雨中。" （杜　牧）

按语法结构，应是楼台"耸立"或"隐藏"在烟雨中，省去了谓语动词。

例句（2）："（　）云里（　）帝城双凤阙，（　）雨中（　）春树万人家。"

（王　维）

显然，"云里""雨中"前面应有"见"的意思，"云里""雨中"后面，也省去了"有"。

此外，一般在诗句中还常常省略介词、连词或助词等虚词，如"于""向""对""则""之"等等。

（三）倒　装

1．两句之间的倒装

例如："黄昏鼓角似边州，三十年前上此楼。" （李　益）

显然是个倒装句，先说现在，后说从前。它相当于文章中的补叙。

2．句子内部词语的倒装

(1) 顺乎平仄格律的倒装，最为常见。

例句（1）："孤帆一片日边来。" （李　白）

此句的平仄格式是："平平仄仄仄平平"。如果写成"一片孤帆"，便不合平仄格律了。

例句（2）："今日山川对垂泪。" （李　益）

句子本意是："今日对山川垂泪。"但如此写法，既不符合"四三"句式节奏，亦无诗味，因而必须倒装处理。

例句（3）："江枫渔火对愁眠。" （张　继）

此句的原意是："对江枫渔火愁眠。"但这样既不合平仄，也不合"二二一二"式节奏。倒装后，既合句子声律，又有诗韵。

（2）为修辞效果而倒装

例句（1）："自去自来梁上燕，相亲相近水中鸥。" （杜 甫）

按语法结构，显然主语谓语倒置。但这样表达，艺术效果便奇迹般地出现了。

例句（2）："估客昼眠知浪静，舟人夜语觉潮生。" （卢 纶）

诗句的原意是：估客（商人）因知浪静而昼眠，舟人（船家）因觉潮生而夜语。倒装处理后，既符合对仗要求（颔联），修辞和艺术效果也就大不相同了。

大凡诗人使用倒装句，除迁就平仄格律外，还可使句子波澜起伏，增加动感，又使人觉得新鲜有味，甚至令人回味无穷。当然，运用倒装技巧，不能胡编乱造，甚至弄出一些使人无法读懂的句子来，那就没有任何意义了。

〔复习与思考〕

1．熟悉和尽可能背出七律的基本格式。

2．记住七言律句特种的变格句型和容易出现孤平的句型，以便在写作和鉴赏中注意。

3．对七言律句"一三五不论"（五言"一三不论"），要切实记住四种基本句型的界定，尤其是防止犯孤平的界定，才能在写作中避免出现违反声律的毛病。

4．了解和掌握七言律句节奏及其语句特点。

5．选择一种七律常用格式（Ⅰ式或Ⅱ式），试写一首七律。

（图41）

刘禹锡七律《西塞山怀古》：
"人世几回伤往事，山形依旧枕寒流。"

（图42）

杜甫七律《咏怀古迹》（其三）：
"千载琵琶作胡语，分明怨恨曲中论。"

（图43）

张继七绝《枫桥夜泊》：
"月落乌啼霜满天，江枫渔火对愁眠。"

（图44）

（图45）

祖咏七律《望蓟门》：

"燕台一望客心惊，笳鼓喧喧汉将营。"

李商隐七律《无题》：

"身无彩凤双飞翼，心有灵犀一点通。"

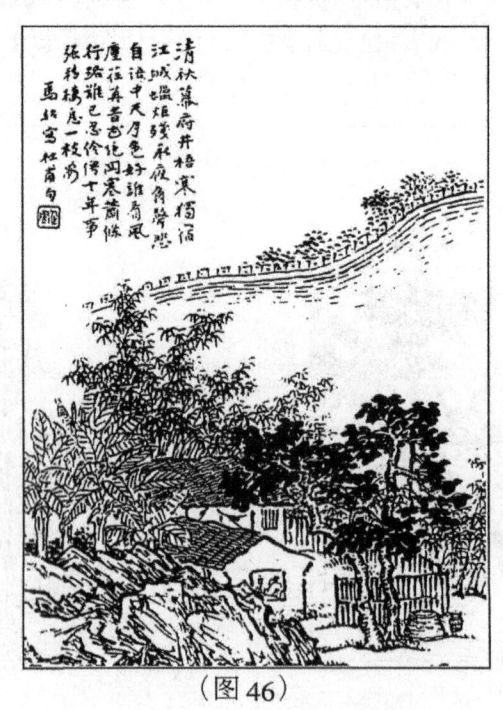

（图46）

杜甫七律《宿府》：

"清秋幕府井梧寒，独宿江城蜡炬残。"

第六章 律诗的章法及名篇赏析

学习律诗章法，对初学写作的人来说，是进入"实战"阶段。本章将列举五律、七律的名篇范例，对其写作技巧进行剖析，以便在学习写作的同时，更深一层地赏析其文学艺术价值。

第一节 律诗的章法

所谓章法，就是篇章结构的方法。它既是作者下笔前的构思、布局，又是诗篇成败优劣的关键所在。

律诗的章法，可概括为"起""承""转""结"四个字。所谓"起"——诗的开头；"承"——承接开头的意思加以发展；"转"——转折和开拓新意；"结"（又称"合"）——结束全篇。

律诗由八句四联组成，一般是以一联为一个单位。每联的上下句（出句和对句），是互连相承的。在八句四联中，入题点旨、表达题意、启承相接、前呼后应，都有其一定的内在规律。

下面，分别介绍律诗常用的几种结构形式：

一、首联"起"，颔联"承"，颈联"转"，尾联"结"

这是律诗结构中较为常见的形式之一。全诗一般分为前四句和后四句两段，但两段之间联系比较紧密，看不出明显的间隙或跳跃。下面是这一形式的实例：

范例(24)　　　　春　宫　怨　　　　　　杜荀鹤

　　　　　早被婵娟误，　　　欲妆临镜慵。（自救）
　　　　　承恩不在貌，　　　教妾若为容！
（半拗）　风暖鸟声碎，　　　日高花影重。（自救,拗救）
（变格句）年年越溪女，　　　相忆采芙蓉。（冬韵）

　　〔注〕(1)婵娟：容态美好。由于美貌，害得自己多年前被选为宫女。(2)慵：困倦；没力气。(3)承恩二句：既然受宠不在乎美貌，那我又怎么去打扮呢！(4)风暖二句：看见宫中繁丽温暖的春色，更加深了孤独和凄凉情感；(5)越溪女：越浣溪纱的西施。这里比喻诗中宫人和她家乡女伴。

　　〔浅析〕诗人代宫女抒怨，也可能是暗示自己怀才不遇之苦。"风暖鸟声碎，日高花影重"，是受人赞赏的佳句。

　　首联"起"、颔联"承"，写宫女平时的怨。欲妆→临镜→慵，三次顿挫，表现心理矛盾，迟缓犹疑。颈联"转"写景，暗示"欲妆临镜慵"的原因，反差强烈，声、光、色俱全。以乐景写哀，更增加哀的分量。"碎"对"重"，用字工切，情景交融。尾联两句，不是重复申述怨情，而是以"忆"——思念当年欢悦的生活结尾，神韵言外，更含蓄地托出宫女之"怨"！

范例(25)　　　　贫　女　　　　　　　秦韬玉

　　　　　蓬门未识绮罗香，　拟托良媒益自伤。
　　　　　谁爱风流高格调，　共怜时世俭梳妆。
　　　　　敢将十指夸针巧，　不把双眉斗画长。
（变格句）苦恨年年压金线，　为他人做嫁衣裳。（阳韵）

　　〔注〕(1)蓬门：简陋的门。这里指穷人家。(2)谁爱二句：有谁欣赏不同流俗的格调，与贫女一样共爱俭朴的梳妆呢？(3)敢将句：自信刺绣手巧过人；(4)不把句：

不愿去画长眉与人争美；或自信自然美，无需画眉；(5)苦恨二句：表现贫女哀怨，年年刺绣，都是替别人做出嫁的装饰品；或指作者借贫女之"恨"，表达当幕僚的悲苦心情。

〔浅析〕此诗语义双关，既似写未嫁贫女内心惆怅的自白，又似暗示"贫士"（作者自己）怀才不遇，不得不为他人劳碌的感叹。

首联点题立意，贫女自伤，以"伤"贯通全篇线脉。颔联流水对，伤感地揭露和批判鄙薄的流俗。颈联顺接对，转为自信地表达自己的品格技能。尾联又伤感自己不得其时，不得其人，不得其用。"压金线"，既照应前联"针巧"，又启下句"做嫁衣"。"苦恨"，既照应前联"自伤"，又是自伤的深化。前后多处呼应。尾联点出诗的深刻主题：每年的辛勤劳动，都是为富贵人家的女儿做出嫁衣裳。这就是贫女的"苦恨"所在；也可理解为作者自身"寄人篱下"心理的反照。

二、首联"起"，颔联和颈联"承"，尾联"转""结"

这也是律诗中较为常见的一种写作形式。

范例(26) 　　　　过故人庄　　　　孟浩然

故人具鸡黍，邀我至田家。
绿树村边合，青山郭外斜。
（变格句）开筵面场圃，把酒话桑麻。
待到重阳日，还来就菊花。（麻韵）

〔注〕(1)过：探望；(2)鸡黍：泛指待客饭菜；(3)合：指村庄树木稠密；(4)开筵句：在打谷场和园子里摆开酒菜。"筵"一作"轩"。(5)把酒：手执酒杯；(6)就菊花：欣赏菊花。古人有重阳节饮菊花酒风俗。就：接近。

〔浅析〕诗写田家闲适恬淡的生活情景，同时表现出朋友之间的亲切感情。

首联点题,"至田家"为全诗纲领。颔联(未到田家)写田家周围优美的环境。颈联写到田家后的饮食言谈,包括场圃和生产情况。颔联、颈联均为承接首联而出。经过前三联的铺垫:景美、物美、情美,尾联"转"为后约(重阳日)作结,与首联"邀"相照应。自然、亲切、流畅。

范例(27)　　　　　江　村　　　　　　　　杜　甫

清江一曲抱村流,　长夏江村事事幽。
自去自来梁上燕,　相亲相近水中鸥。
老妻画纸为棋局,　稚子敲针作钓钩。
但有故人供禄米,　微躯此外更何求？　（尤韵）

〔注〕(1)幽:僻静;隐蔽;(2)但有句:希望朋友会有所接济,使之能生活下去;(3)微躯:微弱的身躯。

〔浅析〕此诗作于成都草堂搭成的夏天（即写《茅屋为秋风所破歌》前不久），表现出诗人晚年生活的贫困窘境。

首联即入题,以"事事幽"立纲。颔联写景物之幽静,"燕"照应"村","鸥"照应"江"。颈联写人事之幽,"棋局"贴"村"而说,"钓"鱼贴"江"而述。中两联都是"承上"(并肩对),补足"事事幽"之趣和乐。尾联"但"字一"转"——这种幽静的乐趣能维持多久呢？迫切需要有朋友的接济才能生活下去啊！含蓄地表达出作者的愿望,暗暗地关合"事事幽",更突出诗篇主题。

三、首联、颔联并"起",颈联"承",尾联"转""结"

这种写法,在律诗中较为少见。

范例(28)　　　　**送梓州李使君**　　　　　　王　维

万壑树参天,　千山响杜鹃。

山中一夜雨，　　树杪百重泉。
汉女输橦布，　　巴人讼芋田。
文翁翻教授，　　不敢倚先贤。（先韵）

〔注〕(1)梓州：今四川省三台；(2)使君：指刺史，相当于后来的知府；(3)壑：山谷；(4)杜鹃：布谷鸟；(5)树杪（miǎo）：指树梢；(6)输：交纳；(7)橦（tóng）布：木棉树纤维织成的布；(8)巴人：川东古国，今四川东部人；(9)讼：争辩是非，打官司；(10)芋：泛指马铃薯、甘薯等农作物；(11)文翁句：汉代蜀群太守兴办学校，使巴蜀人大为开化。这喻李使君。翻教授：翻新教化。翻：彻底；教授：教育。不敢句：不依赖先贤政绩，不敢无所作为，有负那里人民。

〔浅析〕此系一首送别诗。但与一般谈风土、勉励人事写法有所不同，被誉为"景有意，事有意，前无古人"之作。

首联突"起"，两句互文。颔联为顺接对，以夜色、泉滴声与首联照应。四句一气贯注，似天外飞来，犹如龙腾虎跃势态。颈联并肩对，"承接"写民情，一述汉女老实交税，一述巴人总是喜欢是非之争，承上启下。尾联转谈政事，对李使君的鼓励和期望，转结如水到渠成。诗的前半峭拔，后半舒缓，有波澜起伏之特色。

注意：律诗的章法，由于中间两联有对仗关系，一般是前景后情（或前情后景）、前人后景，或前他人后自己。两联对仗要相映成趣，或相反相成。同时要注意中两联对仗的语法句式不要雷同。

第二节　律诗名篇赏析

范例(29)　　　**送杜少府之任蜀州**　　　王　勃

城阙辅三秦，　　风烟望五津。
与君离别意，　　同是宦游人。

海内存知己，　　　天涯若比邻。
（变格句）无为在歧路，　儿女共沾巾。（真韵）

〔注〕(1)少府：县尉通称，管治安官，在县令之下。杜少府：作者朋友。(2)之任：到任；(3)蜀州：在今四川崇庆县；(4)城阙：城郭和宫阙。此指长安。阙：皇宫门前的望楼。(5)辅：护持，辅佐；(6)三秦：长安一带是秦国发祥地，项羽灭秦后，将这一带分为雍、塞、翟三国，旧称"三秦"。这指京都长安以三秦地为辅。(7)风烟：风尘烟雾；(8)五津：四川岷江上的五个渡口。此泛指蜀地。(9)宦游人：异乡做官的人；(10)海内：四海之内，天下。存：有。知己：知心好友。(11)天涯：天边，极远之处。比邻：贴近的邻居。唐代制度以四家为邻。(12)无为：不要。歧路：岔路，分手的路上。

(13)沾巾：因流泪而沾湿佩巾。

〔作者简介〕王勃（649—676），字子安，绛州龙门（今山西河津县）人。14岁应举及第，曾为沛王府修撰，后为虢州参军，因罪革职。少年时崭露头角，才华出众，被称为初唐"四杰"之一。其诗以高朗著称，笔调清新质朴，韵律宛转起伏，对唐诗的形成和发展有一定贡献。尤善作骈文（骈体），其著名的《滕王阁序》为世人所推崇。在唐高宗上元三年（公元676年）八月间，探望其父亲渡海时溺水身亡，时年仅28岁。存世有《王子安集》。

〔赏析〕这是一首作者远离家乡客居长安时，为送别朋友写的诗。既写了送别之情，又写出分别时的壮志。首联出句气势雄壮，意境挺拔。"城阙"本身巍峨高大，加之辽阔的"三秦"地相辅，地域延伸入蜀中，象征着作者送别时情深无限。首联对句用"风""烟""望"三字，把相隔千里之遥的秦、蜀两地连在一起，泛起淡淡的伤别之情，为下文的"离别""知己""比邻"设下伏笔。颔联笔锋一转，写别中之别，客中送客，从虚到实，承接上联——暂时"离别"又算得了什么？我们本是宦游异乡的人，分手只是客地作别，无须过分伤感。颈联两句——"海内存知己，天涯若比邻。"异峰突起，豪气冲天，包含着深刻的哲理，吟诵起来近乎口语，却别具一格，独标高风（此二句曾为毛泽东所赞赏和引用），从而彻底打破了送别诗中常见的那种格调低沉、哀愁悲伤的俗套，表达出作者当年意气风发、谋求大业的精神面貌。尾联描写惜别之情，但不出哀语——我们在分别的路上，可不要像小儿女那样地哭泣流泪哟！同样别有一番风味。

全诗既深情又超脱，既缠绵又豪迈，起伏跌宕，抑扬顿挫，不愧是"化悲为壮"的代表作。

范例(30) 无 题　　　　李商隐

相见时难别亦难，东风无力百花残。
春蚕到死丝方尽，蜡炬成灰泪始干。
晓镜但愁云鬓改，夜吟应觉月光寒。
蓬山此去无多路，青鸟殷勤为探看。（宽韵）

〔注〕(1)无题：题旨不便说。作者有一部分"无题"诗，内容隐晦，或写爱情，或另有寄托。此诗写离别相见之情，亦可能有政治隐喻。(2)蜡炬：蜡烛。泪：指蜡泪，即燃烧时流下的蜡油。(3)云鬓：多用于形容妇女浓密如云的鬓发，亦指男人耳朵前鬓角头发。(4)蓬山：蓬莱山，传说为海上的仙山。此借喻对方的住处。(5)青鸟：传说西母王会汉武帝，有青鸟先到殿前，后人以"青鸟"为使者代称。（见《汉武故事》）(6)探看（kān）：探望、慰问。

〔作者简介〕李商隐（813—858）字义山，号玉溪生，怀州河内（今河南沁阳县）人。唐文宗开成二年（837年）进士。他生活在唐王朝日趋腐败、皇帝昏庸、宦官（太监）专权、藩镇跋扈时代。在当时朋党倾轧中，他总是被排斥，长期在外地当幕僚（佐助别人的小官职），因而深受压抑，45岁时忧郁而终。李是晚唐诗坛中很有特色的诗人。他忧心国事，在一些诗中反映当时政治黑暗和农民的苦难生活。在咏史诗中讽刺皇帝奢侈、迷信神鬼、不重人才等弊端。他写过不少"无题"诗，寄托自己政治上和爱情生活上的隐衷，虽后人一向在解释上有分歧，但亦不影响他那独具一格的诗情美。他的诗想象丰富、清词丽句，常用含蓄手法，细致而曲折，耐人咀嚼回味。

〔赏析〕我们暂且把此诗看成是一首爱情诗，你仿佛听见一位深情女子的自述。

首联二句：正当暮春时节却遭逢难堪的离别。由于相见的机会难得，所以分别时更觉得难舍难分。这种推进一层的写法，更突出感情深厚。东风无力，百花凋残，虽写的是自然景象，但却是女主人公心情的反照，叹息个人生命的春天也随之而消逝了！颔联表示她对爱情的坚贞不渝：我的思念之情（"丝"和"思"谐音），如同春蚕吐丝，到死方休；亦像蜡烛烧成灰烬一样，直到蜡泪流尽为止。这两句用谐音、双关、比喻手法，形象而又深刻地表达出女主人公痛苦相思和真挚的感情。颈联是设想对方也深陷痛苦之中，担心他入夜难眠，形容憔悴：当你早上起来对镜时，只怕会为颜容憔悴而发愁；月夜吟诗时，也会感觉孤独而凄冷吧？由于自己的相思，想象对方也为相思而憔悴难眠。这种推己及人的写法，可进一步显示女主人公的情深，也可托出对方同样是重情义之人。尾联是诗文的"结"。由于相思至极，无法摆脱，女主人公陷入了幻想之中：对方的住处也不算太远，只盼着有为西母王传递信息的神鸟，能替自己常去看望他。这种处理手法，尤感神韵悠扬，一往情深。

　　诗人构思新颖、巧妙，想象细致入微，语言自然优美，刻画出一位对爱情忠贞不渝的妇女形象。

〔复习与思考〕

　　1. 加深理解律诗章法"起""承""转""结"的要领，对照范例掌握常见的几种章法结构形式。

　　2. 试选一二首你最为喜欢的律诗，运用已学过的知识，加以欣赏和分析。

　　3. 如果你曾经写过律诗的话，可重新找出来，运用已学过的知识，进行鉴别和修改。

　　4. 试写五律、七律各一首。

(图47)

(图48)

秦韬玉七律《贫女》：
"苦恨年年压金线，为他人做嫁衣裳。"

杜荀鹤五律《春宫怨》：
"年年越溪女，相忆采芙蓉。"

(图49)

孟浩然五律《过故人庄》：
"绿树村边合，青山郭外斜。
开筵面场圃，把酒话桑麻。"

(图50)

(图51)

王维五律《送梓州李使君》
"万壑树参天,千山响杜鹃。"

李商隐七律《无题》:
"春蚕到死丝方尽,蜡炬成灰泪始干。"

此等诗气格浑成,不以景物取妍,具初唐之风骨。
《古唐诗合解》

(图52)

王勃五律《送杜少府之任蜀州》:
"海内存知己,天涯若比邻。"

第七章 五言绝句

五言绝句每句五个字、四句为一首。五言绝句分五言古绝和五言律绝两种。五言古绝属古风，五言律绝属近体诗。律绝是近体诗兴起后才产生的。今人称"五绝"，一般指五言律绝。

第一节 五言古绝

五言古绝最主要的特征是，句中不拘平仄，格律限制也少，比较容易掌握和上手。由于它字数少，篇幅短，容易成篇，有人主张初学者最好先学写五言古绝。

一、五言古绝句末字的平仄和用韵

五言古绝的首句一般不押韵，在二、四句末押韵。可用平声韵，也可用仄声韵，但在同一首诗中平仄韵不能混押。第三句的末字通常要与韵脚字的声调相反，即押平声韵时用仄声，押仄声韵时用平声。

平仄声韵不通押，在旧体诗中是很严格的，甚至在押仄声韵时，上、去、入三声韵也不通押，尤其是入声韵强调独立使用。

但古绝用韵比较宽，除选定某一韵外，还可兼用相通或相近的邻韵。

五言古绝，按其每句末字的平仄及用韵，一般有如下四种常用格式，其中又以首句不押韵的1，2两式最为常见（见下表）。

五言古绝每句末字平仄及用韵四种格式

格式	首句末字	第二句末字	第三句末字	第四句末字
1	宜平可仄	仄　韵	平　声	仄　韵
2	宜仄可平	平　韵	仄　声	平　韵
3	仄　韵	仄　韵	平　声	仄　韵
4	平　韵	平　韵	仄　声	平　韵

除以上四种常格外，也有是拗格的，即第三句末字与前后韵脚同声，但比较少见。

注意：写古体绝句押仄声韵时，一、三句的末字最好用平声；押平声韵时，一、三句的末字最好用仄声。

二、五言古绝四种格式范例

下面列举五言古绝每句末字平仄及用韵四种格式的范例，并作必要的"注释""提示"和"浅析"。

范例(31)　　　　　静　夜　思　　　　　　　李　白

　　床前明月光，　疑是地上霜。
　　举头望明月，　低头思故乡。　　（平声阳韵）

〔注〕(1)疑：猜疑；(2)举头：抬头；(3)思：怀念。

〔提示〕诗中平仄不受律诗格律约束，在一、二、四句末押平声阳韵。每句末字平仄及用韵格式为：平，平，仄，平。即上表的第4格式。

〔浅析〕诗句落笔自然，意境深远，描绘出一幅诗人月夜思乡图，给人留下回味无穷的情思，为后人千古传诵。

范例(32)　　　　悯　农　　　　　　　　　李　绅

锄禾日当午，　　汗滴禾下土。
谁知盘中餐，　　粒粒皆辛苦。　　（上声麌韵）

〔注〕(1)悯：哀怜；(2)当午：正当烈日当空的中午；(3)餐：饭。

〔提示〕一、二、四句末押上声麌韵。每句末字的格式为：仄，仄，平，仄。即上表的第3格式。

〔浅析〕此诗表达粮食来之不易，对农民的苦难生活表示同情和哀怜。亦是历代世人传诵之作。

范例(33)　　　　鹿　柴　　　　　　　　　王　维

空山不见人，　　但闻人语响。
返影入深林，　　复照青苔上。　　（上声养韵）

〔注〕(1)鹿柴：地名，在长安郊外，作者晚年住地；(2)返影：阳光返照。

〔提示〕首句末字不押韵，二、四句末字押上声养韵。每句末字为：平，仄，平，仄。即上表第1格式。

〔浅析〕此为田园诗。诗人置于画外，首句"不见"，二句"闻语"，静中有动，托出诗人隐居的怡然自适心态。

范例(34)　　　　怨　情　　　　　　　　　李　白

美人卷珠帘，　　深坐颦蛾眉。
但见泪痕湿，　　不知心恨谁？　　（平声支韵）

〔注〕(1)卷珠帘：把珠子串的帘子卷起，等待意中人；(2)颦：皱眉；(3)蛾眉：同娥眉。

〔提示〕首句不押韵，二、四句末字押平声支韵。每句末字为：平，平，仄，平。即上表第2格式。

〔浅析〕诗中描写美人（闺人）幽怨情态，既寄予希望，又感到失望和怨恨。

第二节　五言律绝

今人所指"绝句"，一般指律体绝句，简称"律绝"或"近绝"。

五言律绝，即每句五字、四句为一首的"五绝"，属近体诗。既然是近体，自然要讲究平仄声调的交替配合，才有抑扬顿挫的节奏感和声律之美。

Ⅰ．五言律绝的平仄规则和格律要求

五绝的平仄和粘对规则，与律诗是相同的，其用韵也与律诗相似。主要有如下几个特征：

1．每字每句必须按其格式要求讲究平仄。这是近体诗最为重要的格律元素。

2．五绝的四句，同样应把它看成是首联（一、二句）和尾联（三、四句）构成。同联内上下两句的平仄声要求相对（或基本相对）。违反这一点，谓之"失对"。

3．首联的对句（第二句）和尾联的出句（第三句）第二字的平仄要相同（即相粘）。违反这一点，谓之"失粘"。

4．五言律绝通常使用平声韵（注意这点与五言古绝不同），故凡句子的末字为平声者，均应视为韵脚。

Ⅱ．五绝的基本格式和范例

一、仄起、首句不入韵式（编号：五绝Ⅰ式）

五绝（Ⅰ）式

$$\begin{cases} ⊘仄平平仄， \\ 平平仄仄平。△ \end{cases}$$

$$\begin{cases} ⊕平平仄仄， \\ ⊘仄仄平平。△ \end{cases}$$

范例(35) 渡汉江　　宋之问

岭外书音断，
经冬复历春。
近乡情更怯，
不敢问来人。　（真韵）

〔注〕(1)汉江：汉水中游的襄河。作者因罪贬泷州（今广东罗定县），逃归洛阳时渡汉江；(2)岭外：岭南；(3)怯：畏缩。《唐诗三百首》把此诗误为李频之作。

〔提示〕此式首句第二字为仄，首句不入韵，故曰仄起、首句不入韵式（编号为五绝Ⅰ式）。此为常见正格。它是五律（Ⅰ）式的前四句或后四句或首尾两联。

〔浅析〕诗中描写作者被贬充军后对家人的担忧及逃跑回来途中的惊恐。作者系近体诗格律的创始人之一，早岁即知名，但命途多舛，几次遭贬谪流放。

二、仄起、首句入韵式（编号：五绝Ⅱ式）

五绝（Ⅱ）式

$$\begin{cases} ⊘仄仄平平，△ \\ 平平仄仄平。△ \end{cases}$$

$$\begin{cases} ⊕平平仄仄， \\ ⊘仄仄平平。△ \end{cases}$$

范例(36) 哥舒歌　　西鄙人

北斗七星高，
哥舒夜带刀。
至今窥牧马，
不敢过临洮。　（豪韵）

〔注〕(1)哥舒：即哥舒翰，唐代安西右节度使，屡次击败吐蕃入侵而威名；(2)牧马：指吐蕃侵扰偷放牧者；(3)临洮(táo)：今甘肃岷县秦长城的西起点。

〔提示〕此式首句第二字为仄，又首句即入韵，故称仄起、首句入韵式。它与五绝（Ⅰ）式相比，只是首句的后三个字平仄稍有变化。它是五律（Ⅲ）式的前四句，或首尾两联。

〔浅析〕诗从"北斗星"起兴，托出哥舒通宵巡逻、保国安民的威武形象，以及对其功绩感念之情。

三、平起、首句不入韵式（编号：五绝Ⅲ式）

五绝（Ⅲ）式

⟨⊕平平仄仄，
　⊗仄仄平平。
⟨⊗仄平平仄，
　平平仄仄平。

范例(37) 听　筝　　李　端

鸣筝金粟柱，
素手玉房前。
欲得周郎顾，
时时误拂弦。（先韵）

〔注〕(1)金粟柱：金粟，桂皮树别名，花蕊黄色如金粟。此指精美弦轴。(2)周郎：三国时吴将周瑜。雄姿英发，又精音乐，听人奏曲有误必顾看，故时人云：曲有误，周郎顾。此借指弹筝女意中男人。

〔提示〕此式首句第二字为平，首句不入韵，故称平起、首句不入韵式。其实它就是五律（Ⅱ）式的前四句或后四句或首尾两联。

〔浅析〕诗中借三国时吴国名将周郎的故事，托出女子如何去博得心中知音的青睐。别开生面，点活其心态和情感。

四、平起、首句入韵式（编号：五绝Ⅳ式）

五绝（Ⅳ）式

⟨平平仄仄平，
　⊗仄仄平平。
⟨⊗仄平平仄，
　平平仄仄平。

范例(38) 闺人赠远　　王　涯

花明绮陌春，
柳拂御沟新。
为报辽阳客，
流光不待人。（真韵）

〔注〕(1)绮陌：纵横交错的小路；(2)御沟：流入宫内的河沟；(3)报：报效，报

答；(4)辽阳：唐代东北边境地；(5)流光：光阴。

〔提示〕此式首句第二字为平，又首句即入韵，故称平起、首句入韵式。其与五绝（Ⅲ）式比，只是首句后三字平仄稍有变化。它是五律（Ⅳ）式的前四句，或首尾联四句。

〔浅析〕春光明媚，道出闺人想等待镇守边关的意中人，又怕青春流逝的矛盾心态。

注意：以上的四种格式，实际上主要是（Ⅰ）式和（Ⅲ）式。因为（Ⅱ）式只是（Ⅰ）式首句略有变化的变体，（Ⅳ）式也只是（Ⅲ）式首句略有变化的变体。

Ⅲ．仄韵五绝格式

前面讲过五绝通常使用平声韵，为什么又来个"仄韵五绝"？主要原因是在五绝中仄韵很少见，但也不是绝对没有。这里只作简要介绍并列举范例一首。

一、仄起仄韵式

（首句可入韵可不入韵）

⟨仄⟩仄平平仄，
⟨平⟩平平仄仄。
平平仄仄平，
⟨仄⟩仄平平仄。

二、平起仄韵式

（首句可入韵可不入韵）

⟨平⟩平平仄仄，
⟨仄⟩仄平平仄。
⟨仄⟩仄仄平平，
⟨平⟩平平仄仄。

范例(39) **春　晓**　　　　　　孟浩然

春眠不觉晓，处处闻啼鸟。
夜来风雨声，花落知多少？　（上声筱韵）

〔注〕(1)春晓：春天的早晨；(2)春眠二句：说春天夜短又有风雨而少睡，故不觉天亮；(3)夜来二句：因风雨而为花木担忧，怕花落得太多。

〔提示〕此式应是平起仄韵式，且首句即入韵。但首尾两联显然拗粘，三、四句拗救。只能说基本上遵守了绝句格律，后人勉强将它归入近绝。

〔浅析〕这是一首为历代世人传诵的绝句。语言明白如话，亲切宜人，寓意曲折，给烂漫春光添注了另一番隽永情趣。

〔复习与思考〕

1. 五言古绝押韵较宽，表现在哪些方面？
2. 五言古绝按其每句末字的平仄和用韵，有哪几种格式？
3. 五言律绝的格律规则要求主要有哪些？
4. 五言律绝有哪几种基本格式？你能否知道其格式名称后，便可逐一写出来？
5. 试选五言古绝和五言律绝各一种格式，写一首古绝和近绝。

(图54)

(图53)

李白五言古绝《静夜思》：
"床前明月光，疑是地上霜。"

王维五言古绝《鹿柴》：
"山中不见人，但闻人语响。"

(图55)

(图56)

李白五言古绝《怨情》：
"美人卷珠帘，深坐颦蛾眉。"

宋之问五绝《渡汉江》：
"近乡情更怯，不敢问来人。"

（图57）

西鄙人 五绝《哥舒歌》：
"北斗七星高，哥舒夜带刀。"

（图58）

李端 五绝《听筝》：
"欲得周郎顾，时时误拂弦。"

（图59）

孟浩然 五绝《春晓》：
"春眠不觉晓，处处闻啼鸟。"

（图60）

岑参 七绝《逢入京使》：
"马上相逢无纸笔，凭君传语报平安。"

第八章　七言绝句

七言绝句同样可分为七言古绝和七言律绝两体。由于七言古绝实在少见，就省略不去谈它了。我们一般所说的七言绝句，是指七言律绝，简称为"七绝"。

七绝在唐诗中占的比重较大，名篇也甚多。由于它篇幅短小，一般又无须去构思对仗那高难技巧，故今人多喜欢写七绝。

第一节　七绝的基本格式

七绝，由五绝每句的前面加上两个字扩展而成。五绝格式各句前面是"平平"的，加上"仄仄"二字；前面是"仄仄"的，加上"平平"二字。加字后首字平仄不拘。七绝一般押平声韵，其平仄交替、粘对和押韵规则，与五绝的要求基本相同。

一、平起、首句入韵式（编号：七绝Ⅰ式）

七绝（Ⅰ）式

⊕平⊗仄仄平平，
⊗仄平平仄仄平。
⊗仄⊕平平仄仄，
⊕平⊗仄仄平平。

范例(40) 逢入京使　　岑参

故园东望路漫漫，
双袖龙钟泪不干。
马上相逢无纸笔，
凭君传语报平安。（寒韵）

〔注〕(1)入京使：进长安的使者；(2)故园：故乡，作者长安的家；(3)漫漫：漫长，遥远；(4)龙钟：湿淋淋的样子。

〔提示〕此式首句第二字为平，又首句即入韵，故称平起、首句入韵式。它是七绝最为常见的格式。由五绝（Ⅱ）式各句前面加上二字而成。由于首句押韵，所以首联出句和对句平仄只能基本相对。

〔浅析〕诗写作者赴安西边疆途中的事。前两句写离情的哀伤，后两句以平常语，道出不平常的绝唱。先落泪，后才逢见使者，是倒叙写法。

二、平起、首句不入韵式（编号：七绝Ⅱ式）

七绝（Ⅱ）式

⊕平⊗仄平平仄，
⊗仄平平仄仄平。
⊗仄⊕平平仄仄，
⊕平⊗仄仄平平。

范例(41) 石头城 刘禹锡

山围故国周遭在，
潮打空城寂寞回。
淮水东边旧时月，（变格句）
夜深还过女墙来。（灰韵）

〔注〕(1)石头城：今南京市，六朝时的国都；(2)故国：故都，从唐高祖起该城被废弃为"空城"；(3)潮打：长江潮水拍打；(4)周遭：四周；(5)淮水：指秦淮河，不是现在的淮河；(6)女墙：城墙上的矮墙。

〔提示〕此式首句第二字为平，又首句不入韵，故称为平起、首句不入韵式。它与（Ⅰ）式相比，只是首句的后几字略有变化，其余三句完全一样。它是由五绝（Ⅰ）式每句前面加上二字而成。

〔浅析〕诗中描写昔日繁华的六朝故都如今荒废的寂寞。周边山水依旧，深夜月照空城，显得更为寂寞。揭示了常与变、瞬息与永恒的规律。

三、仄起、首句入韵式（代号：七绝Ⅲ式）

七绝（Ⅲ）式

范例(42) 芙蓉楼送辛渐 王昌龄

$$\begin{cases}（仄）仄平平仄仄平，\\（平）平（仄）仄仄平平。\end{cases}$$
$$\begin{cases}（平）平（仄）仄平平仄，\\（仄）仄平平仄仄平。\end{cases}$$

寒雨连江夜入吴，
平明送客楚山孤。
洛阳亲友如相问，
一片冰心在玉壶。（虞韵）

〔注〕(1)芙蓉楼：故址在唐代润州，即今江苏镇江市；(2)平明：天亮的时候；(3)吴、楚：泛指今镇江一带；(4)孤：孤影；(5)冰心：以冰比心，表示清白。唐人常以冰壶比作做官廉洁。

〔提示〕此式首句第二字为仄，又首句即入韵，故称为仄起、首句入韵式。由于首句入韵，所以首联出、对句的平仄只能基本相对。它是由五绝（Ⅳ）式每句前面加上二字而成。

〔浅析〕作者以送客为名，借题发挥，从景写起，抒发自己洁白无瑕、光明磊落的胸襟，以告慰亲友。

四、仄起、首句不入韵式（编号：七绝Ⅳ式）

七绝（Ⅳ）式

范例(43)九月九日忆山东兄弟

王 维

$$\begin{cases}（仄）仄（平）平平仄仄，\\（平）平（仄）仄仄平平。\end{cases}$$
$$\begin{cases}（平）平（仄）仄平平仄，\\（仄）仄平平仄仄平。\end{cases}$$

独在异乡为异客，
每逢佳节倍思亲。
遥知兄弟登高处，
遍插茱萸少一人。（真韵）

〔注〕(1)山东：华山以东（今山西祁县），作者故乡；(2)插茱萸：古代风俗，重阳节时佩茱萸登高，以辟邪灾。茱萸：落叶乔木，果可入药和制芳香油。

〔提示〕此式首句第二字为仄，又首句不入韵，故称为仄起、首句不入韵式。它与（Ⅲ）式比，只是首句后面几个字略有不同，其余三句完全一样。它是由五绝（Ⅲ）式各句前面加上二字而成。

〔浅析〕此系诗人少年时17岁之作。以平常语，写出不平常的情境心思。首联叠"异"、尤其"倍"字，表达思亲更甚。"每逢佳节倍思亲"，是千古传诵的佳句。

　　七绝，通常以首句入韵为正格，首句不入韵为变体。它与其它近体诗一样，一般必须依照韵部入韵。由于首句可押韵也可不押韵，因而首句在押韵的规则上略有通融，自晚唐以来，允许用邻韵相押。

　　绝句的写作，贵在语浅情深。元代杨载曰："绝句之法，要婉曲回环，删芜就简，句绝而意不绝。"清人沈德主张："七言绝句，以语近情遥、含吐不露为贵。只眼前景，口头语，而有弦外音，使人神远。"均不愧为精辟之说。

第二节　绝句孤平及拗救的范例分析

　　我们在第四章、第五章中，已分别讲过五律和七律避免犯孤平及拗救的方法，它对五绝和七绝是同样适用的，因此在这里不再详细论述。但为了加深认识，这里还是有必要列举一些五绝和七绝的实例，加以分析并作进一步的说明。

一、孤平自救范例

五绝（Ⅰ）式

{ ⊗仄平平仄，
　平平仄仄平。

{ ⊕平平仄仄，
　⊗仄仄平平。

范例(44) 宫中题　　李昂

辇路生秋草，
上林花满枝。（自救）
凭高何限意，
无复侍臣知。（支韵）

〔提示〕此为五绝（Ⅰ）式。按其定式，第二句是避免犯孤平句型，第一字为平（不是宜平可仄），第三字为仄。若把第一字改为仄，则犯孤平。

〔浅析〕诗人在第二句定式"平平仄仄平"中，把第一字改为仄声，犯了孤平，因而在本句第三字上，把仄声改用平声补偿，以"花"救"上"。这是五言律句的孤平自救。

七绝（Ⅰ）式

$\begin{cases}⊕平⊗仄仄平平，\\⊗仄平平仄仄平。\end{cases}$

$\begin{cases}⊗仄⊕平平仄仄，\\⊕平⊗仄仄平平。\end{cases}$

范例(45) 从军北征　　李　益

天山雪后海风寒，
横笛偏吹行路难。
碛里征人三十万，
一时回首月中看。（寒韵）

〔提示〕此为七绝（Ⅰ）式。按其正格规定，首联对句（第二句）是防止犯孤平句型，如第三字保留了平声，则没犯孤平，但第五字仄也可改平。

〔浅析〕诗人在第二句"⊗仄平平仄仄平"定式上，第三字保留了平声，此时该句第五字的仄声也可改为平声。这是七言律句孤平自救处可灵活处理的例证。

注意：孤平拗救，不仅可以达到本句自救目的，而且往往还可以助救同联出句的仄拗（见下面实例）。

二、对句相救范例

五绝（Ⅰ）式

$\begin{cases}⊗仄平平仄，\\平平仄仄平。\end{cases}$

$\begin{cases}⊕平平仄仄，\\⊗仄仄平平。\end{cases}$

范例(46) 登乐游原　　李商隐

向晚意不适，（特拗句）
驱车登古原。（拗救）
夕阳无限好，
只是近黄昏。（元韵）

〔提示〕此为五绝（Ⅰ）式。其正格规定，首句第三、四两字皆为平声。第二句是防止犯孤平句型，其第三字原是仄声。　　注意：这两句是首联出句和对句的关系。

〔浅析〕诗人在首联出句（第一句）"⊕仄平平仄"定式上，将第三、四两字改用了仄声，成为特拗句（只改第三字为半拗）。补救的办法是，在其同联对句（第二句）"平平仄仄平"上，把第三字的仄声，改用平声加以补偿。这是五言律句的对句相救。

七绝（Ⅲ）式　　　　范例(47) 回乡偶书　　贺知章

⊕仄平平仄仄平，　　　　少小离家老大回，
⊕平⊕仄仄平平。　　　　乡音无改鬓毛衰。
⊕平⊕仄平平仄，　　(半拗)儿童相见不相识，
⊕仄平平仄仄平。　　(自救,拗救)笑问客从何处来。(灰韵)

〔提示〕此为七绝（Ⅲ）式。按其定式，尾联出句（第三句）第五字为平声，对句（第四句）的第三字为平声，第五字为仄声。

〔浅析〕诗人在尾联出句（第三句）"⊕平⊕仄平平仄"定式上，把第五字平声改为仄声，成为半拗，属可救可不救。由于在其同联对句（第四句）"⊕仄平平仄仄平"定式上，第三字改用了仄声，故必须把第五字的仄声改为平声。这样，既救了出句的半拗，又自救了本句而避免犯孤平（即以"何"救"客"）。

五绝（Ⅰ）式　　　　范例(48) 复　愁　　杜甫

⊕仄平平仄，　　　　　万国尚防寇，(半拗)
平平仄仄平。　　　　　故园今若何？(自救,拗救)
⊕平平仄仄，　　　　　昔归相识少，
⊕仄仄平平。　　　　　早已战场多。　　(歌韵)

〔提示〕此为五绝（Ⅰ）式。按其正格：首联出句（第一句）第三字为平；对句（第二句）是防止犯孤平的句型，第一字为平，第三字为仄。

〔浅析〕诗人在首联出句（第一句）定式"⊘仄平平仄"上，第三字改用了仄声，成为半拗句，本属可救可不救范畴。但诗人在其同联对句（第二句）定式"平平仄仄平"上，又使用了一个拗救句：由于第一字改为仄，故把第三字改为平。这样，"今"既救了上句半拗，又救了本句"故"（孤平）。

三、"三仄脚"拗救范例

五绝（Ⅰ）式

⊘仄平平仄，
平平仄仄平。△
⊕平平仄仄，
⊘仄仄平平。△

范例(49)**独坐敬亭山** 李　白

众鸟高飞尽，
孤云独去闲。
相看两不厌，（拗救）
只有敬亭山。（删韵）

〔提示〕此为五绝（Ⅰ）式。按其正格：尾联出句（第三句）第三字为平；如果改用了仄，则该句成为"三仄脚"拗，必须相救。

〔浅析〕诗人在尾联出句（第三句）的定式"⊕平平仄仄"上，把第三字改用了仄，成了"三仄脚"拗。此时，将本句第一字（原为宜平可仄）的平声保留，这样就合律不拗了。

五律仄起、首句不入韵式
（即五律Ⅰ式）

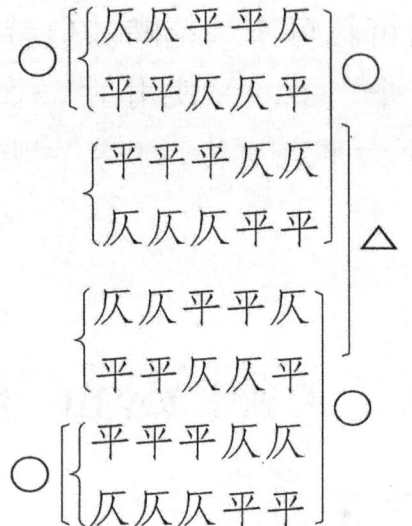

五律平起、首句不入韵式
（即五律Ⅱ式）

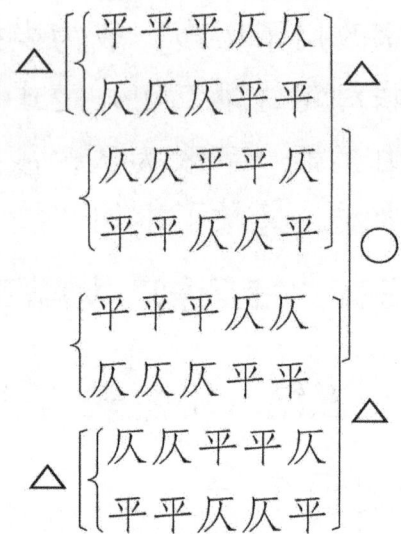

我们从标注的"○""△"两种符号中不难看出：五律（Ⅰ）式截取前面两联、后面两联和前后两联三种情况，都是完全同一格式的绝句；五律（Ⅰ）式截取中间两联，则是五律（Ⅱ）式截取前面两联、后面两联和前后两联相同的绝句。截来截去都是那么回事，因此，所谓区分对仗的"根据"，是难以令人信服的。

既然如此，我们还是老老实实地遵照古人通行的办法，即绝句（五绝、七绝）原则上允许不用对仗。如果作者认为有必要运用对仗的话，可参照上述半对、全对的方式去写。但必须指出如下几点：（1）绝句首联对仗，只适合于首句不入韵的格式；（2）绝句尾联对仗的很少见，如果要用也多用流水对；（3）绝句全对仗的更为少见。

下面，列举两首绝句对仗的实例：

范例（50）　　　　**登鹳雀楼**　　　　　　　　王之涣

白日依山尽，　黄河入海流。
欲穷千里目，　更上一层楼。（尤韵）

〔注〕(1)鹳雀楼：在蒲州（今山西永济县）城西南，三层，前瞻中条山，西可俯瞰黄河。因时有鹳雀栖其上而得名。"雀"：一作"鹊"。(2)穷：穷尽，彻底。

〔浅析〕此五绝为全对仗。首联并肩对，写夕阳西下，黄河东流；尾联为流水对，希望眼界更开拓，须立足更高。从眼前景写人物思想活动，以平常语，寄寓诗人的襟怀抱负。

范例（51）　　　　**饮湖上初晴后雨**　　　　　　苏　轼

水光潋滟晴方好，山色空濛雨亦奇。
（变格句）欲把西湖比西子，淡妆浓抹总相宜。（支韵）

〔注〕(1)饮：心里存着，含着。此为咏意。(2)湖：杭州西湖。当年诗人任杭州通判。(3)潋滟（liàn yàn）：水波影出的晶莹亮光；(4)空濛：雾气迷茫；(5)西子：西施，春秋越国美女。

〔浅析〕此七绝首联并肩对，尾联出句为变格句。诗咏西湖风光姿色，无论是晴是雨，都与美女西施一样，千娇百态，十分宜人。被世人赞颂为"前无古人"的绝唱！从此西湖远近闻名，并得"西子湖"之美誉。

第二节　绝句的章法及结构模式

绝句（含五绝、七绝，乃至古绝），其篇章结构，同样也离不开"起""承""转""结"四个字。若以打排球作比喻："起"是发球；"承"是一传到位；"转"是二传手巧妙转舵；"结"是扣杀或来个"短平快"结束。

Ⅰ．"起""承""转""结"运用要领

一、"起""承"的平直承接

绝句因篇幅短小，开端时不允许迂回、曲折或铺排，一般必须直入本题。无论是写景、叙事或抒情，都要紧扣主题入手，从容承托和接续。请看下面两首实例：

范例（52）　　　**竹　里　馆**　　　　　　　　王　维

独坐幽篁里，　　弹琴复长啸。
深林人不知，　　明月来相照。　　（啸韵）

〔注〕(1)竹里馆：建在竹林里的房舍；　(2)幽篁：幽深的竹林；(3)啸：吹口哨。

〔浅析〕诗的开头，对馆的情况一概不说，甚至连"馆"字也不提（题已点明），直写自己独坐幽深的竹林里。二句写自己的活动——琴啸自娱。初步表现出一种恬淡幽静的情趣。这是"起""承"的一般写法。接着，后两句进一步表现物我两忘、无所容心的清静境界。

范例（53）　　**黄鹤楼送孟浩然之广陵**　　　　　李　白

故人西辞黄鹤楼，烟花三月下扬州。
孤帆远影碧空尽，唯见长江天际流。（尤韵）

〔注〕(1)之：往；(2)广陵：今江苏扬州市；(3)故人：旧友；(4)黄鹤楼：原址在今长江大桥西，相传仙人驾鹤过此而得名；(5)烟花：春天繁华景物。

〔浅析〕诗人送孟浩然游吴越时所作。开门见山，直入主题。"西辞黄鹤楼"，暗示黄鹤不归，为后面茫茫离别思情埋下伏笔。二

句"烟花三月",把诗境推向婉曲、回环之境界,令人神往。不失为绝句"起""承"写法的典范。

二、"转舵"是关键

一般来说,绝句的后两句比前两句更为重要,尤其第三句,一般担负"转"的重任,是全篇的关键。

"转"的手法运用,一般有如下几种:(1)由人的活动转到景物状况;(2)由景物状况转到人物行动或思想活动;(3)由别人的行动转到自己的见闻或行动;(4)由过去的人和事转到现在的情景;(5)由现在的情景转到将来的情景;(6)由眼前的情景转到自己的想象;(7)由自己的爱和憎转到爱憎的原因,等等。

元代杨载曰:"大抵起承二句困难,然不过平铺直叙为佳,从容承之为是;至于宛转变化,功夫全在第三句。若于此转变得好,则第四句为顺流之舟矣。"请看下面三首范例:

范例(54)　　　　　赠　别　　　　　　　杜　牧

多情却似总无情,　　惟觉樽前笑不成。
蜡烛有心还惜别,　　替人垂泪到天明。　　(庚韵)

〔注〕(1)此诗可能是为临别的年轻意中歌女而作。

〔浅析〕诗篇开门见山,有突然而起的感觉,然后由人物活动转到景物状况。"多情却似总无情",表明没有不散的筵席,一切话语变得多余,亦为后面"惜别"伏笔。第三句一转,点出"惜别",从而道出惊人的第四句:"替人垂泪到天明。"语汇奇想旖旎,确乎句绝而意不绝!

范例（55）　　　**别　董　大**　　　　　高　适

千里黄云白日曛，北风吹雁雪纷纷。
莫愁前路无知己，天下谁人不识君！（文韵）

〔注〕(1)董大：董庭兰，著名琴手；　(2)曛（xūn）：昏暗。

〔浅析〕诗从景物写起，转到人的思想行动。"起""承"写时令天气，道出昏暗、寒彻、严酷的环境，托出送友的凄苦、难忍。第三句笔锋一转，虽然是安慰话，意境却为之一变。第四句一收："天下谁人不识君！"语句肯定有力，仿佛将前面严酷的景象一扫而空。

范例（56）　　　**夜 雨 寄 北**　　　　　李商隐

君问归期未有期，　巴山夜雨涨秋池。
何当共剪西窗烛，　却话巴山夜雨时。（支韵）

〔注〕(1)此诗一作《夜雨寄内》。诗人在巴蜀（今四川）旅行，寄给远在长安的妻子王氏。(2)巴山：泛指四川境内的山；(3)何当：何时；(4)却话：回头追述。

〔浅析〕诗从现在的情景写起，转到对未来情景的想象。首句直入本题：你问起我的归期？如今却还没有把握，怅惘之情隐蔽其中。二句写目前所处的环境：巴山一带夜雨连绵，水池都涨满了。三句为之一转：不知何时才能同你一起在西窗下共剪蜡烛？第四句又宕开一层：以便回头述说我今夜在雨声之中怀念眷恋你的情景。转结二句，妙笔生花，意境曲折，新意盎然。全诗表现出诗人归心之切和对妻室的缠绵情致，但又含蓄不露，语浅情浓。

绝句"转舵"之目的，大都是起到拉起、反激或强调的作用，从而拓出新意或深意。一般转度大、角度新，诗意越动人。

值得提醒的是：唐代诗人在转句开头，常用"不""莫""更"

"如""若""何""谁""欲""愿""今""昔"等字眼，或使用"遥知""早知""谁知""须知"等一类词语，从而达到转拓新意的效果。

三、"结"句画龙点睛

绝句的结语，要求语绝而意不绝，言虽尽而意无穷，有如撞钟声响，余音袅袅。结句写得好，全诗皆活，顿觉生辉。

结句写法一般有三种：（1）以理结尾。但纯粹说理（尤其是大道理）往往不动人，一般皆伴随抒情、议论，寓理于事。（2）以情结尾。一般由景及情，或情的深化。（3）以景结尾。但又不能一般性写景，要求有神韵，令人神远。请看下面两首范例：

范例（57）　　早发白帝城　　　　李　白

朝辞白帝彩云间，千里江陵一日还。
两岸猿声啼不住，轻舟已过万重山。（删韵）

〔注〕(1)诗人被流放途中遇赦，从白帝城返江陵而作；(2)白帝城：东汉公孙述所建，在今四川奉节县白帝山上；(3)江陵：今湖北江陵县；(4)啼不住：此起彼伏，不停地叫着。"住"，一作"尽"。

〔浅析〕诗人流放途中获赦东归，心情特别欢畅，诗中洋溢着轻快而奔放的情感。首句写清晨离开高耸云彩的白帝城。二句写乘船东下，江流湍急，行船似箭，一日千里（其实白帝城至江陵才六百里，诗人运用夸张手法）。三句补叙路途所见，借"猿"比喻行船之快，但不直说，以避免重复、呆板，使诗曲折、回旋。最后以景结尾："轻舟已过万重山"，更进一步把诗人的轻快心情和行船的神速生动地表现出来。全诗寓情于景，节奏明快、响亮。后人评曰：此"乃太白绝中之绝"！

范例（58）　　　　望庐山瀑布　　　　　　　李　白

日照香炉生紫烟，　　遥看瀑布挂前川。
飞流直下三千尺，　　疑是银河落九天。（先韵）

〔注〕(1)香炉：即香炉峰，庐山西北角一座高峰，山上云雾缭绕，好像香炉在点燃；(2)前川：一作"长川"；(3)九天：古代传说天有九重，九天是最高一重。

〔浅析〕首句写阳光照着香炉峰，缕缕紫烟在缭绕（化静为动）。二句点题："遥看瀑布"，就像一条洁白的带子挂在山壁上（化动为静）。三句由眼前景转到自己的想象：直泻三千尺（形容极高，并非一定三千尺）。最生动的是结句：看，多么像是从九天掉下来的银河啊！（化实为虚）诗人虽是想象、夸张，但却使人感到真实、逼真、可信，给人留下无穷的回味和奇特的联想。

Ⅱ．绝句结构模式

绝句中的四句，其结构常见有四种模式。我们以①②③④代表诗中的四句，可简单地描绘出如下各式。

一、单排列式

①──　　②──　　③──　　④──

这是最为常见的结构模式。一般头两句为一起一承，点题；三、四句为一转一结。前两句与后两句的间隙或跳跃比较大。如前例王维的《竹里馆》、李白的《黄鹤楼送孟浩然之广陵》、岑参的《逢入京使》等。

二、双单排列式

```
①——           ③——      ④——
②——
```

此式为头两句相对并起，有时在三句或四句才点题。这也是一种较为常见的模式。如认为有必要，还可在头两句运用对仗（当然，不对仗也是允许的）。如前例刘禹锡的《石头城》、杜甫的《八阵图》等。

三、单双排列式

```
①——    ②——    ③——
                ④——
```

此式为头两句一起一承，点题；三句四句相对并列。如有兴趣，可在后两句运用对仗。如张祜的《宫词》、李商隐的《登乐游原》等。

四、双双排列式

```
①——      ③——
②——      ④——
```

此式的前两句与后两句为并列关系，彼此的关连不一定很密切，但均共同表达一个主题。如有兴趣，两联均可对仗。如王之涣的《登鹳雀楼》等。

第三节　绝句名篇赏析

绝句在唐诗中名篇众多，五言多为古绝，七言多为律绝。前面所列举的绝句二十多首范例，大都属于名篇之作。这里挑选两首较有代表性的范例，进行更为深入的赏析。

第七章范例（31） 静 夜 思　　　　　　李　白

床前明月光，　　疑是地上霜。
举头望明月，　　低头思故乡。　（平声阳韵）

〔注〕（见第七章第一节范例31）

〔作者简介〕李白（701—762），字太白，祖籍今甘肃天水县附近，因先辈流徙中亚，诞生于中亚碎叶（今吉尔吉斯坦境内托克马克）。思想比较复杂，走传奇式道路，度过了他光彩而坎坷的一生。41岁入京供奉翰林，享受唐玄宗批准的特殊待遇，但不予重用，后"赐金放还"。56岁因罪牵连被流放夜郎（今甘肃桐梓县一带），途中遇赦得还。61岁时请缨杀敌，因病中途返回，62岁病逝。

政治上不得志，造就出一个伟大的浪漫主义诗人。李白是五言绝句、七言绝句圣手，尤其七绝被誉为"有唐三百年的典范"。同行称他的诗为"笔落惊风雨，诗成泣鬼神"，是我国人民精神财富中的瑰宝。其诗以清人王琦所编《李太白诗集》最为详备。

〔赏析〕这是一首千古传诵、连未学龄童都能背诵的五言古绝。全诗仅20字，运用白描手法，使人一看就懂，琅琅上口。看似平淡，却耐人寻味。

首句"床前明月光"，看出诗人已上床休息，是睡了一会儿，还是未睡而陷入沉思？让读者自己去想象。从标题看，已入深夜，万籁俱寂，为渲染后面"思乡"埋下一笔。二句"疑是地上霜"：月下思乡，本来色彩已浓，如今以"疑"字把月光比喻为"霜"，令人想到深秋月色之寒意，更显出寂寞情境。以上两句为点明题意，是"静"中的夜思。后两句由"静"转为"动"，仿佛看到诗人的动作。"举头望明月"：头两句是偶然瞥见床前被月光照亮，如今是伤感地抬头怅望，明月当头，令人有多少往事泉涌而生。结句"低头思故乡"，最后点出"思"的主题。明月既照他乡，也照故乡，然而在他乡望月，极易勾起人们对故乡往事的联想，"月是故乡明"的情感，自会悠然而生。诗人极其巧妙地把天上、地下、床前、故乡，以"月光"为线糅合在一起，静中见动，动中见静，暗示出思乡的寂寞情怀。思念故乡什么？诗人没有说明。古人评曰：

其淡语皆有味,浅语皆有致。""五言短,故不可明白说尽,含蓄则有余味。"

范例(59)　　　　　清　明　　　　　　　　　　杜　牧

清明时节雨纷纷,　　路上行人欲断魂。
借问酒家何处有?　　牧童遥指杏花村。　　（文元韵）

〔注〕(1)清明:节气名;(2)断魂:好像神魂与身体要脱离开来,形容旅途极度困苦;(3)杏花村:在安徽贵池县城西,因产酒而著称。至于山东、山西、江苏等地的"杏花村",均可能因此诗影响而仿名。

〔作者简介〕杜牧(803—约852年),字牧之,号樊川,今陕西西安人,系唐宰相杜佑谪孙。青年时期胸怀大志,谈文论政,唐文宗大和二年进士,历官监察御史、中书舍人等职。爱国心重,但唐已日趋衰败,致使他理想破灭,产生沉沦悲凄之感,生活日益放浪。其诗明媚流畅,清新有致,尤擅长于七绝,抒情写景情韵深远,晚唐与李商隐齐名。著有《樊川文集》。

〔赏析〕这是一首千百年来流传很广、脍炙人口的七绝。诗中无一个难字,清新俊秀,好似一首歌谣。但仔细品味,却寓意深远,像是美酒佳酿,醇味自在其中。全诗四句都在写"动",于动中见景见情。"雨纷纷""路上行人""借问""遥指",都是"动"的境状。诗人通过这些动态的细致描写,着意刻画出环境气氛和人物性格。首句写"雨",看似平常,但以"清明"作为背景,则不一般,因为清明在民间习惯上是上坟扫墓的悲哀日子,再加上阴雨绵绵,自然触景生情,倍感凄凉。"纷纷"细雨,往往夹带阵阵寒意,可见此处隐藏着一个"寒"字。二句写"路上行人",给人孤单焦急、来去匆匆的感觉;"欲断魂"三个字,文笔传神,顿挫有力,表明寒愁、焦急心情已达到极点。三句一转,为了缓和这种令人极端难受的心情,很想找个地方落脚歇息,以避风雨,解除饥渴,消除烦愁。三、四句以"行人"与"牧童"对话方式,形象地把这种心情和愿望淋漓尽致地表现出来。尤其结句的一个"遥"字,似远似近,若隐若现,可谓妙笔生花,把读者带到一个诗的意境中，给人留下神韵和寻思！"行人"还要走多远？是否找到酒家？这些都留给读者去想象。

〔复习与思考〕

1. 领会和掌握绝句章法的要领，结合范例分析，尤其要认识和领会"转"和"结"的重要性。

2. 自选一首五绝名篇、一首七绝名篇，按学过的知识，进行较为深入的分析和鉴赏。

3. 把前面自己试作的五绝、七绝，按本章所学的章法结构知识，进行修改、提炼。如果自己认为满意，可寻找机会投稿发表。

（图69）

孟郊乐府《游子吟》：
"慈母手中线，游子身上衣。"

（图70）

陈子昂七古《登幽州台歌》：
"前不见古人，后不见来者。"

（图71）

李白七言乐府《蜀道难》：
"蜀道之难，难于上青天！"

屈原《离骚》本千古辞赋之宗，而后人摹仿盗袭，不胜厌饫……至《远别离》、《蜀道难》、《天姥吟》则变幻恍惚，尽脱蹊径，实与屈子互相照映。
《诗源辨体》

两句是去路。

《读杜心解》

通体写景处多浓丽，即事写怀，以淡语出之。浓淡相间，纯任自然，似不经意，而实极经意之作也。

《山泾草堂诗话》

（图72）　　　　　　　　　（图73）

杜甫五古《赠卫八处士》：
"人生不相见，动如参与商。"

韩愈七古《山石》：
"人生如此自可乐，岂必局束为人鞿？"

（图74）

李白乐府《子夜吴歌》：
"长安一片月，万户捣衣声。
秋风吹不尽，总是玉关情。"

第十章 古 体 诗

古体诗又称为"古风"。五言古体诗简称为"五古",七言古体诗简称为"七古"。

古体诗是一种半自由体诗,除押韵有其独特的规则外,不受其它格律的约束。学会写近体诗之后,再来写古体诗,就显得比较简单和容易了。

古体诗在我国古典文学遗产中占有很大的分量,文学艺术水平很多已达到登峰造极。虽然今人已较少写这种古体诗,但为了能更好地鉴赏古体诗,我们还是专门开辟一章(第七章中介绍过五言古绝),进行必要的阐述。

第一节 古体诗的平仄、对仗和用韵

古体诗有其"古"的特征。它与近体诗相比,在字句、平仄、对仗和用韵上,均有不同之处。下面,分五个方面介绍:

一、古体诗的字句

我们知道,近体诗的每句字数都是有规定的,如律诗有五言、七言,绝句也有五言、七言。而古体诗则花样比较多,有由五言或七言组成一句的"齐言诗",也有由二三字乃至十余字组成一句的"杂言诗"。由于杂言诗一般多数是七言,故人们把它归入"七言古诗"。最擅长于写杂言诗的是李白,著名的《蜀道难》,就是属于杂言诗。

近体诗有一定的句数，如绝句为四句，律诗为八句；排律虽句数也多，但一定是偶数句。而古体诗则句数不定，短的四句（如古绝），或七八句，长的却难以计数；它可能是偶数句（属多数），但也可能是奇数句。

因此我们要注意，在字句上是五言或七言、四句或八句的诗，不一定都是律绝或律诗。要区别它们是古体诗还是近体诗，主要应看其平仄、粘对和用韵是否符合格律的规范。

二、古体诗的平仄

近体诗在平仄格律上要求严格，只能使用律句或"准律句"（如变格句、拗救句）。而古体诗在平仄上则没有任何的规定和约束。在唐代以前是如此，在唐代以后亦是如此。唐宋以来，有些诗人写古体诗时，亦刻意避免律句，以表明与律诗相区别，甚至认为区别得越明显越好，以显示其风格高古。常用的方法是：（1）尽可能多用拗句，且不拘粘对；（2）句的收尾以"三平脚"（即"三平调"）为"正格"，甚至常用"三仄脚"，或无条件地在句尾使用"平仄平"或"仄平仄"等；（3）不像近体诗那样在"二四六"位置上平仄交替，而是叠平叠仄；（4）句中不押韵的句末字，可能与韵脚的声调相反，也可能相同。

三、古体诗的对仗

近体诗的对仗要求工整，宽严也有度，禁止用同字相对。古体诗如使用对仗，一般只求其意义、语法句式相对，既不讲究平仄（不求平与仄相对），也不忌讳同字，甚至有意求拙。

例句（1）："前不见古人，后不见来者。"　　　　　　　　（陈子昂）

例句（2）："上有青冥之高天，下有渌水之波澜。"　　　（李　白）

例句（3）："夜雨剪春韭，新炊间黄粱"。　　　　　　　　（杜　甫）

例句（4）："将军角弓不得控，都护铁衣冷难着。"（岑参）

以上四例：例(1)为同字对；例(2)为同声对(平声)；例(3)为意对（非律对）；例(4)亦是同声对(平声或仄声)。

四、古体诗的用韵

在近体诗中，一般用平声韵，且一韵到底。而古体诗，既可用平声韵，也可用仄声韵；既可一韵到底，也可在篇中转韵。

近体诗只允许在首句使用邻韵，而古体诗则不限于首句，全篇邻韵通押的现象也常常可见。因此，古体诗的韵域较宽。

注意：所谓邻韵通押，并不是说任何相邻的两韵可通押，一般不能超出《词韵部目表》（见"附三"）范围。古人写古风，多数情况下还是选择一"本韵"，必要时才借用"邻韵"。

近体诗一般是隔句入韵（首句按不同格式入韵或不入韵）。古体诗则不完全相同，虽然常见的也是隔句押韵，但也允许隔三句才押韵，或每三句换一韵、句句押韵；甚至通篇一韵、句句押韵（如七古"柏梁体"）。

五、入律的古体诗

自初唐律诗产生以后，有些诗人写古体诗时，也不可避免地会受到律诗的影响，写出一些带有律诗性质的古风。主要表现在：(1)句中注意粘对（但往往只管第二字，不管第四、第六字）；(2)喜欢使用律句。在七言古风中更为突出，如王勃所撰著名的《滕王阁序》诗，平仄合律，粘对也基本合律，像是由两首律绝（前为仄韵，后为平韵）组成。这种仄韵与平韵交替、四句一换韵的形式，后来成为入律古风的典范。

就古风入律和不入律而言，王勃、高适、王维、白居易、陆游等为一派（入律派），李白、杜甫、韩愈、苏轼等为另一派（不入律派）。由此可见，杂言古风与入律古风是两个极端。从整体上看，五古多为入律，而七古则不入律者居多。

下面，列举几首实例加以说明：

范例（60）　　　　**登幽州台歌**　　　　　　陈子昂

前不见古人，　　后不见来者。
念天地之悠悠，　独怆然而涕下。　　（马祃韵）

〔注〕(1)幽州台：即燕台，又名蓟北楼。唐时属幽州，故称幽州台。故址在今北京市西南面。(2)悠悠：长远，无穷无尽；(3)怆（chuàng）然：凄恻、悲伤。

〔提示〕全诗共四句，前两句为五字，后两句为六字，属七言古诗。句中平仄不拘，也不讲究粘对。隔句押韵，第二句押上声马韵，第四句押去声祃韵。前两句的对仗，是"不见"对"不见"，同声同字对。这些都是古风与近体诗的显著区别。

〔浅析〕诗人面对壮丽山川，心潮奔涌：先贤已逝去，后贤又还没有见到。仰天感叹历史长河无穷无尽，而自己却任岁月流逝，未能有所作为，不禁"怆然而涕下"。表现出诗人感时不遇、独自悲酸的情境。虚中见实，言外有不尽之意。

范例（61）　　　　**游子吟**　　　　　　　孟　郊

慈母手中线，　　游子身上衣。
临行密密缝，　　意恐迟迟归。
谁言寸草心，　　报得三春晖？　　（微韵）

〔注〕(1)作者自注："迎母溧上作"。即任江苏溧（lì）阳县尉时作（800年），时年50岁。(2)吟：古体诗的一种文体；(3)寸草心：小草的嫩叶心。此指自己心意，双关语。(4)三春晖：春季三个月的阳光。喻母爱的温暖。

〔提示〕此为五言古诗（乐府），共六句。句中不受平仄格律限制，也不讲究粘对，隔句押韵（平声微韵），且一韵到底。第三、第五句末字与第四、第六句韵脚同声（平），第二句收尾为"平仄平"，第四、六句收尾均为"三平调"。

〔浅析〕诗的前四句写母爱，为直陈其事赋体。虽语言平常，却声情并茂。末两句以"寸草"与"春晖"比喻母子关系：小草成长需要阳光，儿子永远也报答不完母恩！感情真挚，音韵和谐，吟诵起来，万古犹新。

第二节　古体诗的章法

古体诗的篇章结构与其它诗文一样，仍不外乎是"起""承""转""结"四步曲。

短篇的古风（如四句以上、八句以内），其篇章结构基本上与绝句和律诗相同。而中长篇的古风，多为叙事，涉及到写景、议论、抒情等，其篇章结构比较类似于作文。一般可分为若干段，在"转"的部分会有较大的波折变化。因此，写作时要注意层次（内容的次序）、提顿（展开与停顿）、分合（句子结构）、伏应（前后相互照应）、过渡（自然转折）等等，使诗文一脉贯穿，表达一个中心主题。

一、古体诗章法范例分析

下面，举两首实例进行分析和说明：

范例（62）　　　　**赠卫八处士**　　　　　　　杜　甫

人生不相见，动如参与商。
今夕复何夕？共此灯烛光。
少壮能几时？鬓发各已苍！
访旧半为鬼，惊呼热中肠。
焉知二十载，重上君子堂。
昔别君未婚，儿女忽成行。
怡然敬父执，问我来何方？

换韵的一般规则要求是：

1．一般是在一层新的意思开始时换韵，如常见在"承""转""结"时换韵。但也可在小层次上转换，或一韵用于几个小层次，甚至跨越一个大层次。

2．无论是五言诗或七言诗，换韵时一般开头的一二句都要入韵，以提示层次过渡的界限。

3．如一首诗出现多次换韵，一般是平仄韵交替使用。这与律句的平仄交替道理相同，可使声调既有变化，又感觉和谐。当然，也有平韵转换平韵、仄韵转换仄韵的，但毕竟较为少见。

4．在全篇诗文中，韵的转换，少的可一次，多的可达二三十次。转换以多少次数为宜？密度如何掌握？该选择响亮的韵还是幽微的韵？这些都无明确规定，全看内容表达的需要和效果。

第三节　古体诗名篇赏析

古体诗的名篇众多，李白、杜甫、王维、孟浩然、韦应物、李颀、韩愈、白居易等等，都是写古诗的高手，而且有的代表作早已选入中学语文教材。这里，只列举一首范例，进行鉴别和赏析。

范例（64）　　　**蜀　道　难**　　　　　李　白

噫吁戏，危乎高哉！
蜀道之难，难于上青天！（先韵1）
蚕丛及鱼凫，开国何茫然。（先韵2）
尔来四万八千岁，不与秦塞通人烟。（先韵3）
西当太白有鸟道，可以横绝峨眉巅。（先韵4）
地崩山摧壮士死，然后天梯石栈相钩连。（先韵5）

上有六龙回日之高标，
下有冲破逆折之回川。（先韵6）
黄鹤之飞尚不得过，猿猱欲度愁攀缘。（元韵）
青泥何盘盘，（寒韵1）百步九折萦岩峦。（寒韵2）
扪参历井仰胁息，以手抚膺坐长叹。（寒韵3）
问君西游何时还？（删韵1）畏途巉岩不可攀。（删韵2）
但见悲鸟号古木，雄飞雌从绕林间。（删韵3）
又闻子规啼，夜月愁空山。（删韵4）
蜀道之难，难于上青天！（先韵）使人听此凋朱颜。（删韵）
连峰去天不盈尺，（陌韵1）枯松倒挂倚绝壁。（陌韵2）
飞湍瀑流争喧豗，（灰韵1）砯崖转石万壑雷。（灰韵2）
其险也若此，嗟尔远道之人胡为乎来哉！（灰韵3）
剑阁峥嵘而崔嵬，（灰韵4）一夫当关，万夫莫开。（灰韵5）
所守或匪亲，化为狼与豺。（灰韵6）
朝避猛虎，夕避长蛇，（麻韵1）
磨牙吮血，杀人如麻。（麻韵2）
锦城虽云乐，不如早还家。（麻韵3）
蜀道之难，难于上青天！侧身西望长咨嗟！（麻韵4）

[注] (1)题解：《蜀道难》原系六朝乐府旧题。李白用此传统题材加以发挥，以丰富的想象力，夸张的手法，结合传说、民谚，极其生动地描绘出蜀地山川雄伟险峻，并隐射对军阀割据害民的担忧。诗中句法多变，是李白浪漫主义诗风之代表作。(2)噫吁戏："噫"即噫嘻，"吁戏"即於戏，古代"呜呼"的写法，均为惊叹之词（亦可能用了蜀地方言）。(3)蚕丛、鱼凫（fú）：传说上古时代蜀国的两个国王。从蚕丛到开明共有五个国王，历时三万四千年。(4)"尔来"四句：说自蜀开国四万多年以来，与秦人（陕西一带）没有来往，只有飞鸟才能从山口处往来两地。太白：秦岭峰名。四万八千岁：形容时间悠久，并非确数。(5)地崩句：传说秦惠王许嫁五美女与蜀王，蜀王派五个大力士去迎娶。返回梓潼，见一大蛇钻入山洞，大力士们抓住蛇尾往外拉，结果山被拉塌，大力士和五女均被压死，山即分为五岭。（见《华阳国志·蜀

志》）(6)石栈：凿石架木的栈道。(7)"上有六龙"句：传说连太阳的车子遇到它也只好折回去。"六龙"：古代神话，说替太阳驾车的羲和，每日赶六条龙载太阳神从东到西行驶。"高标"：指蜀道秦岭的最高峰。(8)猱（náo）：蜀地一种善攀登的猴。(9)青泥：岭名。在今陕西略阳，是入蜀要道。(10)盘盘：形容山路纡曲。(11)"扪参（mén shēn）"句：登上蜀道极高处，可上摸星辰，但不敢呼吸。"参""井"均为星宿名。古人认为地上某些地方与天上某星宿相应，叫"分野"。"参"星是蜀的分野，"井"星是秦的分野。胁息：屏住气息。(12)膺：胸。(13)巉（chán）岩：山势峻险。(14)子规：杜鹃鸟。蜀地最多，传说古蜀王杜宇，禅位出奔。蜀人思念他，故觉杜鹃鸣叫特别悲切。(15)去天不盈尺：上天也很近了。一作"入烟几千尺"。(16)喧豗（huī）：水流冲击响声。(17)砯（pēng）：水击岩石的声音。(18)剑阁二句：指剑阁形势险要，易守难攻。剑阁：今四川剑阁县北，又名剑门关。"峥嵘""崔嵬"：形容山势高峻，突兀不平貌。(19)匪：同"非"。(20)锦城：锦官城，今成都市。(21)咨嗟：叹息。

〔赏析〕此系乐府诗（又属杂言诗）。写作方法为赋体。

诗的开头陡然而"起"："蜀道之难，难于上青天！"以强烈的感情咏叹，点出主题。从"蚕丛"句至"钩连"共八句，是描写远古以来，由于从太白（秦岭主峰，又称太乙峰）到峨眉（蜀地大山），只有一条狭窄危险的小路，因此秦蜀之间一向无人来往。劳动人民为开山辟路不知牺牲了多少人，才使从秦入蜀有了山路和栈道相连。承上交待了"蜀道之难，难于上青天"的原因。

从"上有"句至"凋朱颜"共十八句，极言蜀道山势艰危：上有高峰插天，连太阳之神运行也被挡住；下有冲浪激波、曲折回旋的川河，黄鹤都不敢飞过，猿猴也难以攀登。这是进一层的写法。以上均为虚写。

接着是实写，形容蜀道行进之艰难：青泥岭百步九折、迂回盘绕，致使入蜀的人只能仰面朝天，屏住呼吸，好像在摸着星辰行走。如此艰难困苦的行程，使人们都用手按住胸膛，并为之长叹！（以上是正写）接着又以旁衬加以渲染：听见"悲鸟号古木"，子规的啼叫声，更令人感到凄厉、荒凉、悲切，以至脸色发白（凋朱颜），从而更加烘托出"蜀道之难"。

从"连峰"句至"来哉"六句，再推一波，描述蜀道中最危险的地方：连峰接天，绝壁枯松倒挂，飞湍瀑流，转石雷鸣。如此险峻之地，问一声远道的人，你为何到这里来呢？——这出人意外的问话，对蜀中人来说，这么难走的路你何必来呢？对道行人来说，如此危险的旅途你何必到那里去呢？这一段，既是"承"，又是"转"，成为连接上下文的过渡。

从"剑阁"句至"早还家"共十一句，突出描写蜀地的军事形势：易守难攻。如果不是亲信可靠的人去把守，那就非常危险！本来诗文是描写蜀道之难，这里竟然联系到地形，点出其政治军事意义，看来已超越了旧题的范围。然而，写乐府旧题，常注入有现实意义的新意，这正是李白诗文的一大特色。

从全诗布局结构看，"锦城"二句，似有多余、累赘之嫌（因年代久远，亦有可能是辗转流传之误）。

最后三句作"结"，既照应开头，又是全篇内容之浓缩和升华，感人极深。

全篇势气磅礴，声调铿锵，奔放不羁，句法多变，参差错落。既有往古的神奇色彩，又有现实的严酷气氛，融想象、现实和历史于一体。诗中常见多个平声或仄声字叠用，或平仄单字间用，有的地方简直就是运用散文句式，不拘一格，使之形式与内容达到完美的结合。唐人评此诗："奇之又奇，自骚人以还，鲜有此体调。"

〔复习与思考〕

1. 复习古体诗在字句、平仄、对仗、用韵上，与近体诗不同的特点。
2. 古体诗中长篇的章法，与短篇相比有何不同？对照范例加深认识。
3. 古体诗转换韵时，一般应遵循哪些规则要求？
4. 选择一篇你喜欢的古诗，运用学过的知识，进行分析和欣赏。看看是否会有深一层的认识？

（图75）　　　　　　　　　　　　　　（图76）

李商隐七绝《夜雨寄北》：
"何当共剪西窗烛，却话巴山夜雨时。"

李白七绝《早发白帝城》：
"朝辞白帝彩云间，千里江陵一日还。"

（图77）　　　　　　　　　　　　　　（图78）

刘长卿五绝《送上人》：
"孤云将野鹤，岂向人间住。"

杜甫七言乐府《兵车行》：
"车辚辚，马萧萧，行人弓箭各在腰。"

（图79）

杜牧五律《旅宿》：
"沧江好烟月，门系钓鱼船。"

（图80）

低字、近字，宋人所谓诗眼，却无造痕，此唐诗之妙也。
《岘斋诗谈》

孟浩然五绝《宿建德江》：
"野旷天低树，江清月近人。"

（图81）

八句如钩锁连环，不用起承转合一定之法者也。
《围炉诗话》

沈佺期乐府《独不见》：
"谁为含愁独不见，更教明月照流黄。"

第十一章 词　律

词，是中国格律诗歌中的一种特殊文体。每首词的句数、每句的字数、平仄及用韵，都是由词谱（词调）规定好的，人们只能按照词谱去填词。词律与诗律相比，既有相同之处，也有不同的地方；尤其在用韵和节奏上，词有它特别的规则要求。下面，我们着重介绍词的用韵、平仄及其特殊节奏。

第一节 词的用韵

词的用韵，与律诗和绝句有些不同：一是它不可能概括为几种简单的格式；二是韵域比较宽。清人戈载编撰的《词林正韵》，把词韵分为十九部，其中平、上、去三声有十四部，入声有五部（实际上就是把诗韵作大致的合并，与古体诗的宽韵差不多）。在同一部中包含几个韵，可以通押。如第一部平声"一东"、二冬"通用，可视为一韵通押；在仄声中，上声"一董"、"二肿"和去声"一送"、"二宋"通用，可视为一韵通押。《词林正韵》基本上符合前人写作的实际，但也不是概括无遗，还有某些不同部的韵字也是可以通押的。（参见"附录三"）

词的用韵虽然较宽，但其用韵的规则要求，比律诗、绝句则稍为复杂一些。下面分五个方面讲：

一、有的押平声韵，有的押仄声韵，多数为一韵到底

这两种押韵方式是较为常见的。如押平声韵、且一韵到底的，

有《忆王孙》、《行香子》、《八声甘州》等；押仄声韵、且一韵到底的，有《如梦令》、《青玉案》、《念奴娇》等。

下面列举两首范例说明：

范例(65) **如 梦 令**
　　　(33字，单调)

　　⊘仄⊘平平仄，
　　⊘仄⊘平平仄。
　　⊘仄仄平平，
　　⊘仄⊘平平仄。
　　平仄，平仄，(叠字)
　　⊘仄⊘平平仄。

如 梦 令
　　　　李清照

昨夜雨疏风骤，
浓睡不消残酒。
试问卷帘人，
却道海棠依旧。
知否？知否？
应是绿肥红瘦。(有宥韵)

〔注〕(1)浓睡句：睡得很好，但还有残余酒意未消；(2)卷帘人：指侍人，正在卷帘；(3)知否三句：你知道吗？海棠不是"依旧"，应该是绿叶多了，红花少了。

〔提示〕此调为后唐庄宗李存勖创制。因词中有"如梦，如梦"而定名。33字，押五仄韵，且一韵到底。李词用韵是第十二部上声"有"韵和去声"宥"韵。

〔浅析〕寥寥数语的对话，曲折地表达出词人惜花的心情。"绿肥红瘦"，既简练又形象化。

范例(66) **忆 王 孙**
　　　(31字，单调)

　　⊕平⊘仄仄平平，
　　⊘仄平平⊘仄平。
　　⊘仄平平⊘仄平。

忆 王 孙
　　　　李重元

萋萋芳草忆王孙，
柳外楼高空断魂。
杜宇声声不忍闻。

107

仄平平。
⊘仄平平⊘仄平。

欲黄昏。
雨打梨花深闭门。（元文韵）

〔注〕(1)萋萋：草盛貌；(2)柳外句：望不见她所怀念的公子回来，徒然伤心；(3)杜宇：指杜鹃鸟，又名子规。相传系古蜀王杜宇的精魂所化，叫声凄厉，似劝游人归家。　　注意：凡词文下面未标注符号者表示平仄不拘，对照左谱。（下同）

〔提示〕词牌名取自刘安《楚辞·招隐士》赋："王孙游兮不归，春草生兮萋萋"。31字，小令，单调，押五平声韵，一韵到底。本例用韵为第六部平声"文"韵和"元"韵。此词一题为秦观所作。

〔浅析〕描写春天词人怀念亲人的伤感心境。

二、押仄声韵时，上声与去声可通押，入声单独使用

词调押仄声韵时，上声与去声可以通押，如《如梦令》、《天仙子》、《谒金门》、《贺圣朝》、《青玉案》等。但入声韵只能单独使用，如《念奴娇》、《忆秦娥》、《满江红》、《桂枝香》、《石州慢》、《雨霖铃》等。下面列举两首实例说明：

范例(67)　**青　玉　案**
　　　　(67字，双调)

⊕平⊘仄平平仄，
仄⊘仄平平仄。（上三下三）
⊘仄⊕平平仄仄。
⊘平平仄，
⊘平平仄，
⊘仄平平仄。

⊕平⊘仄平平仄，
⊘仄⊕平仄平仄。

青　玉　案
　　　　贺　铸

凌波不过横塘路，
但目送、芳尘去。
锦瑟华年谁与度？
月桥花院，
琐窗朱户，
只有春知处。

飞云冉冉蘅皋暮，
彩笔新题断肠句。

⊘仄⊕平平仄仄。△
⊘平平仄,
⊘平平仄,△
⊘仄平平仄。△

试问闲愁都几许?
一川烟草,
满城风絮,
梅子黄时雨。(语麌御遇韵)

〔注〕(1)凌波:美人轻盈步态;(2)横塘:在苏州盘门外十余里,作者建有小屋;(3)芳尘:美人经过的尘土。此借指美女。(4)锦瑟华年:指美好青春时期;(5)琐窗:雕花的窗;(6)飞云句:云彩慢慢飞过,风景如画。冉冉:流动貌;蘅皋:近水的风景区。(7)彩笔:五色笔。此比喻文才。传说江淹得五色笔,写诗多美句,后来梦见郭璞讨还此笔,便文才大减,人曰"江郎才尽"。(见《南史·江淹传》)此句自述相思之苦,人既不来,音信又无,只好独自题诗自解。(8)都几许:共有多少?(9)一川:满地;(10)风絮:随风飘飏的柳花;(11)梅子句:农历四五月间,梅子成熟时节多雨,俗称"梅雨"。

〔提示〕此调出自汉代张衡《四愁诗》:"美人赠我锦绣段,何以报之青玉案。"67字,双调,上下阕各五仄韵。此词用韵为第四部仄声上声"语"韵、"麌"韵和去声"御"韵、"遇"韵。此牌另有一66字谱。

〔浅析〕此词为作者寓居苏州时所作,描写梅雨时节幽居生活的闲愁。其意境虽平常,但修辞为上。"梅子黄时雨"句,古人皆服其工。

范例(68) 念 奴 娇

(100字,双调,常见用入声韵)

⊕平⊘仄,
仄平⊕、⊘仄⊕平平仄。△
(或仄平平⊘仄、⊘平平仄)△

⊘仄⊕平平仄仄,
⊘仄⊕平平仄。△
⊘仄平平,
⊕平⊘仄,

念 奴 娇·赤 壁 怀 古

苏 轼

大江东去,
浪淘尽、
千古风流人物。
故垒西边,人道是,
三国周郎赤壁。
乱石穿空,
惊涛拍岸

109

平仄谱	念奴娇·赤壁怀古
⊙仄平平仄。△	卷起千堆雪。
⊙平⊙仄,	江山如画,
⊙平平仄平仄。△	一时多少豪杰!
平仄⊙仄平平,(或⊙平⊙仄平平)	遥想公瑾当年:
⊙平平仄(或⊙仄平平),	小乔初嫁了,
⊙仄平平仄。△	雄姿英发。
⊙仄⊙平平仄仄,	羽扇纶巾,谈笑间,
⊙仄⊙平平仄。△	樯橹灰飞烟灭。
⊙仄平平,	故国神游,
平平⊙仄,	多情应笑,
⊙仄平平仄。△	我早生华发。
平平⊙仄,	人间如梦,
⊙平平仄平仄。△	一樽还酹江月!(物锡屑月韵)

〔注〕(1)赤壁:三国时名将周瑜大破曹军的地方,原址在湖北嘉鱼县长江南岸。苏轼此游的赤壁在黄冈城外,不是当年古战场的赤壁。(2)大江:长江;(3)风流人物:杰出的英雄人物;(4)故垒:旧时留下的营垒;(5)人道是:人云亦云的意思。作者可能故意借这个地方作为古战场怀古。(6)周郎:瑜为吴将时仅24岁,人呼周郎。赤壁因周瑜这一战绩而闻名,故称周郎赤壁。(7)穿空:插入天空。"穿空"一作"崩云"。(8)惊涛拍岸:惊人的巨浪。"拍"一作"裂"。(9)雪:比喻浪花;(10)公瑾:周瑜的字号;(11)小乔:乔玄公有两女,称大乔、小乔。小乔嫁给周瑜。(12)英发:英气勃发,指言论见解卓越不凡。苏轼有另诗云:"知音如周郎,议论亦英发"。(13)羽扇纶巾:古代儒将装束,形容周瑜从容闲雅。有人把此解释为诸葛亮是错误的。(14)谈笑间:表示轻而易举、不费力气;(15)樯橹(qiáng lǔ):指曹军的船舰(被周瑜部将黄盖烧毁);(16)故国神游:神游于旧时三国战地赤壁;(17)多情二句:应笑自己多情善感,致使头发都花白了;(18)人间:一作"人生"。(19)一樽句:把酒倾洒在月影荡漾的江中祭奠,表示对古人凭吊。樽:酒器;酹(lèi):祭奠。

〔提示〕念奴,系唐天宝年间一著名歌妓的名,曲名亦源于此。100字,双调,又名《百字令》、《大江东去》、《酹江月》等。此调平仄相当灵活,常用拗句,常见用入声韵。上阕第三、四句为按谱断句，依语法应标点为："故垒西边，人道是三国周郎赤壁"，下阕第二、三句共九个字，正格为"上四下五"，词中为"上五下四"。下阕第七、八句，按语法应标点为："多情应笑我，早生华发。"词中也是按谱断句。用韵为第十七部和第十八部入声"物""锡""屑""月"韵。苏轼此词为变格体，与正格谱稍有出入。此牌另有一平韵谱。

〔浅析〕此词系苏轼谪居黄州时，游黄冈城外赤壁所作，如椽大笔，久负盛名。作者时年47岁，自觉功名事业还没有成就，借怀古抒发自己抱负。把历史上著名英雄人物写入词中，当举东坡为首创。

三、有的词调，可以平仄韵通押

如《西江月》、《哨遍》等。下面列举一实例说明：

范例(69)　西　江　月　　　　西江月·夜行黄沙道中
（50字，双调，平仄韵通押）　　　　　　辛弃疾

⊘仄⊘平⊘仄，　　　　　　明月别枝惊鹊，
⊘平⊘仄平平。｝(对仗)　　　清风半夜鸣蝉。（平声先韵）
⊘平⊘仄仄平平，　　　　　稻花香里说丰年，（先韵）
⊘仄⊘平⊘仄。　　　　　　听取蛙声一片。（去声霰韵）

⊘仄⊘平⊘仄，　　　　　　七八个星天外，
⊘平⊘仄平平。｝(对仗)　　　两三点雨山前。（先韵）
⊘平⊘仄仄平平，　　　　　旧时茅店社林边，（先韵）
⊘仄⊘平⊘仄。　　　　　　路转溪桥忽见。（霰韵）

〔注〕(1)黄沙道中：黄河岭，在江西上饶西面。辛住上饶时常到此地欣赏溪山风景；(2)明月句：月的亮光惊起睡在横枝上的喜鹊；(3)清风句：半夜里吹来凉爽的清风，蝉也随着歌唱起来；(4)旧时二句：倒装句。意思是过了小溪的桥，转个弯，那爿（pán）熟悉的茅店就忽然在土地庙的树林里出现了。社：土地庙；见：通现。"桥"一作"头"。

〔提示〕此调名取自李白《苏台览

古》："只今惟有西江月，曾照吴王宫里人。"50字，双调。前后阕平仄格式完全相同。前后阕的头两句要求对仗。平仄韵通押，但必须是同一韵部（词韵部），且用平用仄韵应按词谱的规定。本例辛词前后阕首句无韵，第二、三句押第七部平声先韵，第四句押同部仄声去声霰韵。此类平仄韵通押的调，在词谱中很少见，然而《西江月》却是最流行的曲调之一。

〔浅析〕此词描写农村的夏天夜里，丰收在望的优美景色。笔调灵活、轻快，与作者喜悦的心情相应。

四、有些词调，规定了平仄韵的转换方式

如《调笑令》、《菩萨蛮》、《清平乐》、《减字木兰花》、《虞美人》等。下面举一实例说明：

范例（70） 菩 萨 蛮　　　　　菩 萨 蛮
　　　　（44字，双调）　　　　　温庭筠

　平平仄仄平平仄，　　　　小山重叠金明灭，（入声屑韵）
　平平仄仄平平仄。　　　　鬓云欲度香腮雪。（屑韵）
　仄仄仄平平，　　　　　　懒起画蛾眉，（平声支韵）
　仄平平仄平。（忌犯孤平）　弄妆梳洗迟。（支韵）
　（或平平仄仄平）

　平平平仄仄，　　　　　　照花前后镜，（去声敬韵）
　仄仄平平仄。　　　　　　花面交相映。（敬韵）
　仄仄仄平平，　　　　　　新贴绣罗襦，（平声虞韵）
　仄平平仄平。（忌犯孤平）　双双金鹧鸪。（虞韵）
　（或平平仄仄平）

〔注〕(1)小山句：金碧的山水在阳光照映下忽亮忽暗；(2)鬓云句：写女人睡态，如云的乌发散乱，几乎遮住白嫩的腮边；(3)新贴句：写女子穿衣，只见衣上用金线绣缝的鹧鸪，成双成对，更勾起孤单之感。

〔提示〕"菩萨蛮"，原唐代教坊曲名，

又名"子夜歌"、"巫山一片云"等。唐宣宗时，女蛮国来人入贡，只见她们高髻金冠，璎珞挂体，像是观世音菩萨，教坊乐工因作《菩萨蛮曲》。44字，双调。上下两阕各两仄韵、两平韵，可分属不同词韵部。此词的用韵为：首先用第十八部入声屑韵（"灭""雪"），次转第三部平声支韵（"眉""迟"）；下阕再转第十一部仄声敬韵（"镜""映"），最后转第四部平声虞韵（"襦""鸪"）。

〔浅析〕此词描写思念中的妇人晨妆时慵懒状态，以暗示她的离愁别恨。

五、小令韵较密，长调韵较疏

小令韵密，往往是句句或隔句入韵，如《长相思》、《忆秦娥》等。凡转韵的多为小令，如《菩萨蛮》、《虞美人》等。长调的韵较疏稀，一般是二三句或三四句才押一次韵，如《念奴娇》、《永遇乐》等，且很少转韵，甚至240字的《莺啼序》，仍一韵到底。

还有一点要提醒的是，除词调规定叠韵外，在一首词内，选择的韵字一般不能重复，最好也不要同音。

第二节　词的特殊节奏及平仄

一、词的特殊节奏

词的句式比较复杂，主要表现在：一是每句的字数往往不一，少的为一字，最多可达十一字；二是词中的句子虽然也多为律句或律句的变体，但也有一些是非律句。因此，在节奏上有其特殊的一面。

1."一字逗"，是词的显著特点之一

所谓"一字逗"，是吟诵时必须稍作停顿，但又无须点断的句型。句中稍作停顿谓之"逗"。在词谱中，有四言"一字逗"，如张孝祥《六州歌头》下阕句："念腰间箭，匣中剑，空埃蠹，竟何成！"其中"念腰间箭"句，"念"为"一字逗"，"腰间箭"为律

句，其句式是"上一下三"。也有五言"一字逗"，如毛泽东《沁园春·雪》："望长城内外"，"看红装素裹"，"惜秦皇汉武"，"数风流人物"，都是五言"一字逗"，其句式是"上一下四"。这四句的格调是"仄平平仄仄"，应理解为|仄|＋|平平仄仄|，除"上一"（一字逗）外，"下四"的节奏点是在第二和第四字上（正因为如此，第一字和第三字可不拘平仄）。

2．词中的句子允许有"三二"式

我们在第四章中曾讲到，五言律句节奏以"二三"为基本式，在诗的律句中不能出现"三二"式，但在词的句中，则会出现五字句的"上三下二"式。如张元干《石州慢》前阕末句："倚危樯清绝"；后阕末句："泣孤臣吴越"。这两句的节奏均为"上三下二"，即：|仄平平|平仄|。

3．词中的句子允许出现"三四"式

我们在第五章中讲到，七言律句以"四三"为基本式，如出现"三四"式句是忌讳的。但在词的句中，则允许出现"上三下四"式。如辛弃疾《摸鱼儿》上阕首句："更能消几番风雨"，其平仄和节奏是：|仄平平|仄平平仄|。又辛词《太常引》末句："人道是清光更多"，其平仄和节奏是："|仄仄仄|平平仄平|。遇此情况时，在词的句中，一般应在"上三"的后面用顿号点开。

还值得一提的是："一字逗"用的多是虚词，如"但""又""正""更""且""恰"等等；但也有用动词的，如"望""看""叹""想""问"等等。一般是用仄声的去声字。

二、词的平仄

词的句式虽然繁多，但从平仄上看，多数用的还是律句形式。除五言、七言是明显的律句形式外，其它的字句大都有其一定的规律性。

1．二字句。一般是"平仄"（第一字平声，第二字仄声），且往往是叠句。如毛泽东《如梦令·元旦》句："山下，山下。"又如王建《调笑令》句："团扇，团扇。""弦管，弦管。"这就是其规律。

2．三字句。一般用的是五言、七言律句的尾三字，即"平平仄"，"平仄仄"，"仄仄平"，"仄平平"。

3．四字句。一般用的是七言律句的前面四个字，即"平平仄仄"，"仄仄平平"。

4．六字句。一般是由四字句扩展而成，即四字句平起的改为仄起，仄起的改为平起（前面加二字）；也可把它看成是七言律句前面的六个字，即："⊘仄⊕平⊘仄"，"⊕平⊘仄平平"。

5．八字句。句子的节奏一般是"上三下五"式（中间加顿号）。如果其第三字用仄声，则第五字往往用平声；如果第三字用平声，则第五字往往用仄声（即两个节奏点声调不同）。而且"下五"一般都是用律句。例如，毛泽东《沁园春·雪》句："引无数 英雄 竞折腰"（第三字仄，第五字平）；又岳飞《满江红》句："莫等闲、白了 少年头"（第三字平，第五字仄）。

6．九字句。句子的节奏一般是"上三下六"，或"上六下三"，或"上四下五"。多数是由两个律句组成，至少"下五"或"下六"是律句。如苏轼《念奴娇》句："浪淘尽、千古风流人物。"其格式是："仄平⊕、⊘仄⊕平平仄。""下六"是七言律句的前六个字。

7．十一字句。句子的节奏往往是"上四下七"或"上六下五"，而"下五"一般是律句。如苏轼《水调歌头》句："不知天上宫阙，今夕是何年。"其格式是："⊕平⊘仄平仄⊘仄仄平平"。"下五"是五言律句。

8．特殊例句。主要是指比较特别的仄脚四字句和六字句。如四字句"仄平平仄"，六字句"仄仄仄平平仄"。这两种特殊句，仄脚前面的字一定是平声。如《忆秦娥》、《如梦令》中，均有此两种特殊句型。

9．拗句。大多数的词谱都没有拗句，但也有少数的词谱会出现拗句。如《念奴娇》后阕末句："⊕平平仄平仄"，就是拗句（如

"一时多少豪杰"；"一樽还酹江月"）；又《水调歌头》前阕第三句的"上六"字、后阕第四句的"上六"字："⊕平⊗仄平仄"，也都是拗句（如"不知天上宫阙"；"一桥飞架南北"）。

注意：五言或七言律句"仄平"脚句型，在律诗中忌犯孤平，可以拗救；在词中遇到这两种句型时，同样也忌犯孤平，同样允许拗救。但也有个别情况规定必须用正格，如《长相思》上下阕的第四句（⊕平⊗仄平），运用正格或拗救均可，而第三句（⊗仄平平⊗仄平）则要求只允许使用正格。

我们从律句的角度去认识词中句子的平仄，十之八九的问题都可以解决，不能认为词的平仄是杂乱无章、无从捉摸的。总的来说，词的平仄格律要求，比律诗要更严一些。除上面介绍的外，还有其它方面的讲究，如规定有些地方该用去声，有些地方该用上声等等，但这些都是属于技巧或变通办法问题，不必看作是格律上的规矩。

由于词的长短句式和平仄格式千差万别，要清清楚楚地记住它是根本不可能的。为了方便读者学习写作，编者在本书后面有选择地编录了常见常用的词谱50种及其范例对照（见"附录四"），希望对词的爱好者会有所帮助。

第三节 词的对仗及语句特点

一、词的对仗

词的对仗，比起律诗来要灵活得多，大体上与古体诗差不离儿。一般有如下三种形式：

1. 固定要求对仗

如《西江月》前后两阕的头两句，格式为："⊗仄⊕平⊗仄，⊕平⊗仄平平"，两句平仄完全相对，故要求"律对"（相当于律诗的工对)。但像这样固定要求对仗的句子，在词谱中是很少见的。

2．一般性要求对仗

所谓"一般性要求"，就是可对仗也可不对仗。例如，《沁园春》前阕第二、三句，第四、五句和第六、七句，以及第八、九句；后阕的第三、四句，第五、六句，以及第七、八句，都是一般性要求对仗的句子。还有《念奴娇》前后阕的第五、六句，《浣溪沙》后阕的头两句等，也只是一般性要求对仗的句式。

当然，在长短句组成的词中运用了对仗，可在错落中见严整、参差中见均齐，富有音韵美感，使作品更为增色。所以，词家往往乐于使用对仗。但必须指出的是，词的对仗就大多数来说，只能做到"准律对"（即声调上平对平、仄对仄），或者是"散对"（同声同字相对），不可能像律诗一样工对。

还有一种情况，就是含"一字逗"的四字句对仗。如毛泽东《沁园春·雪》句："望长城内外"，"一字逗"带起下面的四字句："长城内外，惟馀莽莽；大河上下，顿失滔滔。"像这种两句对两句的对仗，称为"扇面对"（后阕的第三、四、五、六句亦如此）。这种对仗形式，在律诗中也有，但在词中却较为常见。

3．自由对仗

凡词中前后两句字数相同的部位，都存在运用对仗的可能性，但在这些位置上用不用对仗，完全由作者自己酌定。

二、词的语句特点

词中句式的语法结构，同律句一样，有两个不同于散文的特点，即省略（不完全句）和倒装（语序变换）。这里有必要列举一些例句加以说明。

（一）省　略

1．省略主语

例句（1）："（　）试问卷帘人，（　）却道海棠依旧。"

(李清照)

上句省略了主语"我"，下句省略了主语"她"。

例句（2）："（　）凌波不过横塘路，（　）但目送、芳尘去。"

(贺　铸)

上句省略了主语"伊"（她），下句省略了主语"我"。

2．省略谓语动词

例句（1）："江山如画，一时（　）多少豪杰"。　　　　(苏　轼)

句中显然省去了"有"或"出现"谓语动词。

例句（2）："七八个星（　）天外，两三点雨（　）山前。"

(辛弃疾)

前句省去了"悬"或"垂"意思的字眼，后面省去了"落"或"洒"意思的字眼，同时还省去了介词"于"或"在"。

3．省略宾语

例句（1）："试问卷帘人（　）"？　　　　　　　　　　(李清照)

按语法结构，还应有一个作为宾语的主谓词"花如何"。

例句（2）："春无踪迹谁知（　）"？　　　　　　　　　(黄庭坚)

句中省去了宾语"其去处"。

4．其它的省略

例句（1）："（　）萋萋芳草（　）忆王孙"。　　　　　(李重元)

按句子语法结构，前面应有动词"见"，或介词"对"的意思；后面应有代词"我"，或连词"因而"的意思。而词中语句则允许这样省略。

例句（2）："当时明月在，曾照彩云归（　）"。　　　　(晏几道)

此句原意是：曾照彩云归的当时明月仍在。下文是什么没有说，省去了。言外之意是：如今彩云未归，我孤身一人。这种"弦外音"的写法，在词中是较为常见的。

词中句子的省略，既有讲求精炼或适应格律的需要，又是修辞和追求词韵效果的一种技巧。

（二）倒　装

1. 语句间的倒装

例句:"怒发冲冠,凭栏处,潇潇雨歇。" （岳　飞）

按其语序是:潇潇雨下在先,雨歇后才凭栏,也才有下句"抬望眼"。即把三句全部倒过来:潇潇雨歇,凭栏处,怒发冲冠。但如此写来,既不合格律,也无词的韵味。

2. 句中语句的倒装

例句:"故国神游,多情应笑我、早生华发。" （苏　轼）

按散文来写,应该是:神游故国,(人)应笑我多情,以致早生华发。但这样写来,就不成为诗词句子了,平淡至极!

倒装,除了为着适应格律外,还可起到突出特定形象、使语言更加顿挫抑扬的作用。

〔复习与思考〕

1. 词的用韵,一般有哪几种不同形式?
2. 在吟诵和写作词的时候,应注意哪些方面的特殊节奏?
3. 如何认识词中句子平仄的规律性(大部分而言)?
4. 词的对仗,要比律诗灵活,表现在哪些方面?
5. 词的语句结构有哪些特点?能否举出几个例子加以分析?

（图82）

辛弃疾《破阵子·为陈同甫赋壮词以寄之》：
"醉里挑灯看剑，梦回吹角连营。"

（图83）

王安石《桂枝香·金陵怀古》：
"至今商女，时时犹唱，后庭遗曲。"

第十二章　词的章法及名篇赏析

词的篇章结构方法，虽然也离不开"起""承""转""结"四个阶段，但由于词谱多数为双调（分前后两阕），因此其篇章结构也自然会有某些不同的地方。

第一节　词的章法

归结起来，有如下三个方面必须注意：

Ⅰ. 上阕和下阕各有侧重

词的上下阕结构，既有联系，又各自有其相对的独立性。所以，首先必须分清它们上下阕结构的侧重点。一般来说，有如下几种形式：

一、上景下情

上阕写景，或以写景为主，下阕抒情，或主要是抒情。这符合人们触景生情、景物抒情的思维规律和艺术处理手法，因而在词中最为常见。下面举一实例：

范例(71)　玉　楼　春　　　　　玉　楼　春
　　　　　（56字，双调）　　　　　宋　祁
　　㊀平㋋仄平平仄，　　　东城渐觉风光好，

⊠仄⊝平平仄仄。	縠皱波纹迎客棹。
⊕平⊠仄仄平平，	绿杨烟外晓寒轻，
⊠仄⊝平平仄仄。	红杏枝头春意闹。
⊕平⊠仄平平仄，	浮生长恨欢娱少，
⊠仄⊝平平仄仄。	肯爱千金轻一笑？
⊕平⊠仄仄平平，	为君持酒劝斜阳，
⊠仄⊝平平仄仄。	且向花间留晚照。（啸效韵）

〔注〕(1)玉楼春：调名来自五代顾敻的词句："月照玉楼春漏促"，"柳映玉楼春日晚"。北宋后又名"木兰花"。56字，双调，如同两首不粘的绝句。(2)縠（hú）皱：皱纱。此比喻水的波纹；(3)棹（zhào）：桨，船；(4)闹：热闹，浓盛；(5)浮生：飘浮不定的短暂人生；(6)肯爱句：怎肯因爱惜金钱、财富而忽视欢乐的生活呢？(7)为君二句：挽留夕阳，让余辉多在花间停留多一点时间。

〔浅析〕此词像似两首不粘的仄韵七绝。上阕写春光美好，确有其独到之处。"红杏枝头春意闹"是名句，尤其"闹"字点染得极为生动。下阕抒发自己的感情，写自己平时娱乐很少，想及时游乐一番。下阕与上阕相比，便显得平淡一些。

二、上昔下今，或上今下昔

上阕写过去，下阕写现在，或倒过来上阕写现在，下阕写过去。这也符合人们抚今追昔的思维规律。下面举一实例：

范例(72) **鹧 鸪 天**　　　　　**鹧 鸪 天**
　　　（55字，双调）　　　　　　辛弃疾

⊠仄平平⊠仄平，	壮岁旌旗拥万夫，
⊕平⊠仄仄平平。	锦襜突骑渡江初。
⊕平⊠仄平平仄，	燕兵夜娖银胡觮，

⊙仄平平⊙仄平。△　　　　汉箭朝飞金仆姑。

平仄仄，仄平平。△　　　　追往事，叹今吾。
⊕平⊙仄仄平平。△　　　　春风不染白髭须。
⊕平⊙仄平平仄，　　　　　却将万字平戎策，
⊙仄平平⊙仄平。△　　　　换得东家种树书。（鱼虞韵）

〔注〕(1)鹧鸪天：又名《思佳客》等；(2)壮岁句：指作者领导起义军抗金事。作者时年二十刚出头，正是少壮时期。(3)锦襜（chān）：漂亮的军衣；(4)突骑（jì）：善于突破敌阵的骑兵。作者22岁时，曾带50骑兵突入金营，生俘叛将，献俘于朝廷。(5)燕兵二句：写北方籍宋兵一路与敌人激战情况。燕兵：指北方籍宋兵。娖(chuò)：整理的意思。银胡䩮（lù）：银色箭袋。汉：自己所带的义军。金仆姑：利箭的名称。(6)春风句：春风不能使白胡须变黑，表示自己已经老了；(7)平戎策：指作者所写论驱逐金人、收复中原的文章；(8)换得句：表示已退闲归耕，向东邻的农家学习种树栽花而已。

〔浅析〕《鹧鸪天》词调，是从七律演变而来的。上阕完全是七绝格式，下阕只是把首句拆成为两个三字句。第一、四、九句的七言律句，忌孤平，允许拗救。

作者辛弃疾退闲后所写的词，虽多称为"戏作"，但感慨却很深。此词上阕追忆自己青年时代抗金和南渡的战斗情景，下阕写"退闲"后报国无门的苦闷心境。作者南渡后始终不忘北伐和收复中原事业，屡次陈述方略，写有洋洋万言的奏议或文章。但由于朝廷排斥主战派，作者被迫从献"平戎策"，变成学"种树书"。

三、上起下续

上下阕均写事、写景或写情，上阕作为"起"，写前一段事物，下阕作为承接和发展，写后一段事物。

例如辛弃疾《西江月·夜行黄沙道中》（见第十一章范例69），以时间先后为线索，上阕写夜行见闻：明月、清风、惊鹊、鸣蝉，以及丰收在望景象；下阕写继续前行之所见：疏星、微雨、庙林、

茅店等。全篇构成一幅恬静优美的农村风景画。

四、上问下答

上阕作问，下阕作答。

范例(73)　清　平　乐　　　　　　　清　平　乐
　　　　　（46字，双调）　　　　　　　　　黄庭坚

⊕平⊕仄，　　　　　　　春归何处？
⊕仄平平仄。　　　　　　寂寞无行路。
⊕仄⊕平平仄仄，　　　　若有人知春去处，
⊕仄⊕平⊕仄。　　　　　唤取归来同住。（去声御遇韵）

⊕平⊕仄平平，　　　　　春无踪迹谁知？
⊕平⊕仄平平。　　　　　除非问取黄鹂。
⊕仄⊕平⊕仄，　　　　　百啭无人能解，
⊕平⊕仄平平。　　　　　因风飞过蔷薇。（平声支微韵）

〔注〕(1)清平乐：上阕为四仄韵，下阕为三平韵。46字，双调。(2)无行路：没有地方可去游玩；或说春天没有留下回去的行踪。(3)唤取：唤。取为助词。(4)春无句：春天一去无踪，有谁知道它什么地方去了呢？(5)问取黄鹂：黄鹂鸟（即黄莺）春夏之间鸣叫，它该是知道春天的去处吧。(6)飞：一作"吹"

〔浅析〕词的上阕问春归何处？春天归去了，但没有留下任何行踪。下阕是回答：无人知道，因为黄莺的叫声也听不懂。表现出词人惜春和恋春的情绪。此词为平仄韵转换调，由仄韵转平韵。

注意：词的上下阕，除"上起下续"这一形式外，一般来说界限还是比较明确的。要注意上阕不要把话讲完，给下阕留下发展和描述的余地，以便开拓新意，深化主题。同时还得注意上下阕的和谐统一，以使层次清楚，脉络分明，一气连贯。

Ⅱ．"起""结"与作诗方法大致相同

一、开头要振起全篇

词的开头，原则上要开门见山，以振起全篇。尤其是小令，文字容量极为有限，开篇来不得有半点闲笔。如辛弃疾《鹧鸪天》："壮岁旌旗拥万夫"，直叙其事。纵令是长调，往往开头也有如横空出世，大气包举。如苏轼《念奴娇·赤壁怀古》，开篇就是"大江东去，浪淘尽、千古风流人物"，雄视千古，境界壮阔。当然，开头也可以从容闲雅，淡淡而起。总之，要根据不同内容的表达需要去下笔，选择单起（突兀式）或对起（从容式）的形式。

二、结尾要句绝而意不绝

词的结尾，与律诗、绝句一样，同样讲究句绝而意不绝，让人有所回味。凡造诣精深的词人，都是既重视起句，更重视结句。常见结尾有如下几种形式：

1．以写景作结。寓情于景，以景结情，往往更富有余韵。如李白《忆秦娥》，从写秦娥之孤寂凄凉，离情别绪，到"咸阳古道音尘绝"，结尾句为"西风残照，汉家陵阙"八个字。千古兴衰的感慨全寓其中。

2．以叙事或描状作结。例如，欧阳修《南歌子》，前面写女主人公"笑相扶"，弄笔，描花等，表现出她的美丽、娇柔、天真、活泼，结句是："笑问'鸳鸯两字怎生书'？"凭借学写"鸳鸯"二字吐露自己的爱情，更托出她的聪慧狡黠，不愧是传神之笔。

3．以抒情作结。这种写法较为普遍，体现出结句是全篇思想感情的集中和升华。如苏轼《水调歌头》结句："但愿人长久，千里共婵娟。"又如李煜《相见欢》结句："别有一番滋味在心头。"这些都是感人肺腑的妙结。

4．以比喻作结。这种形式也较为常见。如李煜《虞美人》结

尾："问君能有几多愁？恰似一江春水向东流。"又如贺铸《青玉案》结尾："试问闲愁都几许？一川烟草，满城风絮，梅子黄时雨。"余韵袅袅，耐人寻味。

注意：结句要紧扣主题，照应全文和开头。双调词有"两结"，上阕的"结"要欲止而不止，为下阕的开拓和发展铺路。

Ⅲ．换头对"承""转"起重要作用

双调的词，下阕的开头叫做"换头"（又称"过变"、"过片"）。换头是上、下阕的衔接处，它大致相当于绝句的第三句，起着"承""转"的重要作用。因此，过渡必须自然，使之衔接紧密，既不能断了上阕的词意，又能"转"出新意来。常见有如下几种方式：

一、承上启下，像连接两岸的桥梁

例如，辛弃疾《鹧鸪天》，上阕写作者青年时抗金南渡的战斗情景，下阕感叹闲居至老，壮志未酬。换头句是："追往事，叹今吾。"一句属上，一句属下，既自然又紧密。又如苏轼《念奴娇·赤壁怀古》，换头句是"遥想公瑾当年"，既承接上阕"江山如画，一时多少豪杰"，又开启了下文"谈笑间，樯橹灰飞烟灭"的英雄业绩。

二、旋即转换新意，像船掉头转舵

例如，宋祁《玉楼春》，上阕写浓丽春色，换头句是"浮生长恨欢娱少"，立即转入抒情。

三、与开篇首句对照，像鸟比翼双飞

例如，欧阳修《生查子》，上阕开头是"去年元夜时"，换头句是"今年元夜时"。前阕写欢愉，后阕写苦愁，两阕的开头像鸟比翼双飞。

下面举一首实例并加以分析：

范例(74)　水调歌头
　　　（95字，双调）

⊘仄⊕平平仄，
⊘仄仄平平。
⊕平⊘仄平仄⊘仄仄平平。
（上六下五，或上四下七）

⊘仄⊕平⊘仄，
⊘仄⊕平⊘仄，
⊘仄仄平平。
⊘仄⊕平仄，
⊘仄仄平平。

⊕平仄，
平⊕仄，
仄平平。
⊕平⊘仄平仄⊘仄仄平平。
（上六下五，或上四下七）

⊘仄⊕平⊘仄，
⊘仄⊕平⊘仄，
⊘仄仄平平。
⊘仄⊕平仄，
⊘仄仄平平。

水调歌头·中秋
苏　轼

明月几时有？
把酒问青天。
不知天上宫阙、
今夕是何年？
我欲乘风归去，
又恐琼楼玉宇，
高处不胜寒。
起舞弄清影，
何似在人间！

转朱阁，
低绮户，
照无眠。
不应有恨、
何事长向别时圆？
人有悲欢离合，
月有阴晴圆缺，
此事古难全。
但愿人长久，
千里共婵娟！
　　　　（寒删先韵）

〔注〕(1)水调歌头：系唐人制的新曲。此词写于宋神宗熙宁九年（1076年）中秋。(2)把酒：持酒；(3)琼楼玉宇：传说神仙居住的月中宫殿；(4)不胜（shēng）：经

受不住；⑸起舞二句：月下跳舞，清影随人，天上怎能比得上人间生活的幸福！⑹转朱阁：月亮转换方向照遍了华美的楼阁；⑺低绮户：低低地照进雕花的门窗；⑻照无眠：照得有心事的人不能入睡；⑼不应有恨二句：月圆本应无恨，又为什么老是趁着人们离别孤独的时候团圆呢？⑽共婵娟(chán)：共赏明月。婵娟：月里的嫦娥。这里代指月亮。

〔浅析〕词写作者在月下醉酒后的心情，自慰并怀念他已七年没有见面的胞弟苏辙。是一篇千古传诵的佳作。

词的开头是幻想游仙，很想到月宫里去，但又惊恐"高处不胜寒"。看来也并不怎么幸福，不如还是留在人间起舞弄影更好。下阕换头转写人间也不舒畅：长夜难眠，兄弟天各一方，而月亮却偏偏在人们离别孤独的时候团圆，真是捉弄人啊！继而转念：月的阴晴圆缺是自然现象，人的悲欢离合也是常有的事，又以此自我安慰一番。结尾的"但愿"，是更进一层的写法：既然"月"与"人"的憾事自古难全，惟有各自珍重，共同赏月，各不相忘。词意层层转折，越转越深，令人遐想。

注意：词意的转折，一般以婉转见长，但又须注意波澜起伏和顿挫。通常在换头处转舵，但也不必千篇一律。至于转折的词语，前人常用"但""更""又""待""莫道""莫怪""谁料""更那堪""最难禁""似这般"，等等。

第二节　词的名篇赏析

在第十一章和本章的前面，已经列举和分析了词的范例十首，皆是名篇佳作，谅您已初步领略了词的风采和魅力。下面再列举两首范例，作更深一层的鉴赏和分析。

范例(75) 破 阵 子
(62字，双调)

仄仄平平仄仄，
平平仄仄平平。
仄仄平平平仄仄，
仄仄平平仄仄平。
仄平平仄平。

仄仄平平仄仄，
平平仄仄平平。
仄仄平平平仄仄，
仄仄平平仄仄平。
仄平平仄平。

破阵子·为陈同甫赋壮词以寄之
辛弃疾

醉里挑灯看剑，
梦回吹角连营。
八百里分麾下炙，
五十弦翻塞外声。
沙场秋点兵。

马作的卢飞快，
弓如霹雳弦惊。
了却君王天下事，
赢得生前身后名。
可怜白发生！
（庚韵）

〔注〕(1)破阵子：唐代教坊曲名，又名"十拍子"(10句)。其名出自唐初秦王李世民所制武舞曲《破阵乐》。上下阕各三平韵。(2)陈同甫：宋代著名词家陈亮，今浙江永康人。陈一生没做过官，死前一年考取进士第一名。辛、陈二人力主抗金、收复中原，但却闲居乡村。(3)梦回：梦醒。接着写仍历历在目的战斗情景。(4)八百里分麾(huī)下炙(zhì)：指八百里范围内的军队都分到了熟牛肉吃。这指1161年以耿京为首的北方起义军的军容。又一说，"八百里"是牛的代称。麾下：部下；炙：烤熟的肉。(5)五十弦翻塞外声：各种乐器奏出雄壮的歌曲。古代瑟有五十弦。塞外声：雄壮悲凉的军歌。翻：演奏。(6)沙场秋点兵：秋天在战场上检阅部队；(7)"马作的卢飞快"二句：写艰苦惊险的战事。作：好像。的卢：一种烈性快马。相传刘备遇难时，骑"的卢"过襄阳，陷入水中，的卢一跃三丈，使他脱离险境。(8)霹雳：雷声。这指射箭时弓弦的响声。(9)天下事：指收复中原，是当时天下大事。(10)可怜白发生：可惜如今头发白了，却未能实现平生的壮志。

〔作者简介〕辛弃疾（1140—1207），字幼安，号稼轩。今山东济南人（当年金人占领区）。少年时聚众二千，参加农民领袖耿京的抗金起义军，失败后南归。官至安抚史（掌管一路军政民政的官）。因受朝廷当权者的疑忌，被解职后长期闲居乡村达二十年之久。晚年（约63岁）又被朝廷起用任安抚史、知府，但始终得不到信任，不能久居其位,终于抑郁而终。

辛是继苏轼之后词坛豪放派的主帅,南宋最杰出的词家。其词"慷慨纵横,有不可一世之概"。作品有深厚爱国主义感情和广阔的社会内容,贯穿着爱国与抗敌的坚定信念,交织着意气风发而又沉郁悲凉的复杂心情。虽然某些词中亦有消极成分,但并没流于颓丧。著有《稼轩词》(一名《稼轩长短句》),共录入六百余首。

〔赏析〕此词描写作者亲自参与的抗金起义部队的壮盛军容,横戈跃马的战斗生活,以及恢复中原祖国河山的胜利幻想。作者对具有高度爱国热情却始终不得其用的陈亮,怀有无限的敬爱和同情之心,特"赋壮词以寄之"。词的篇章结构比较特别,上阕以"醉""梦"开头:醉酒中挑灯看着曾经杀敌用过的宝剑,然后进入梦幻之中——战斗前检阅部队,接连的号角声,官兵饱餐情景,军乐齐鸣,整装待发。下阕梦幻未完,继续写战斗部队威武勇猛场面,终于取得了最后胜利,并功成名就。这些都是作者在醉梦中难以忘怀的"天下大事",交织着主人公忠君爱国思想和功名观念的复杂成分。词的最后一句,既是"转"又是"结":醉梦的幻想终于被"可怜白发生"的现实碾碎了!陡然转折,从幻梦中走回现实,更加有力地托出主人公壮志未酬的悲愤心情!

范例(76) 满 江 红

(93字,双调,常用入声韵)

谱	满 江 红 岳 飞
仄仄平平,	怒发冲冠,
平平仄、平平仄仄。	凭栏处、潇潇雨歇。
平仄仄、仄平平仄,	抬望眼、仰天长啸,
仄平平仄。	壮怀激烈。
仄仄平平平仄仄,	三十功名尘与土,
平平仄仄平平仄。	八千里路云和月。
仄平平、仄仄仄平平,	莫等闲、白了少年头,

129

平平仄。

仄⊙平仄，平⊙仄；
⊙仄仄，平平仄。
仄平平仄仄、仄平平仄。
⊙仄⊙平平仄仄，
⊙平⊙仄平平仄。
仄⊙平、⊙仄仄平平，
⊙平仄。

空悲切！

靖康耻，犹未雪；
臣子恨，何时灭！
驾长车踏破、贺兰山缺。
壮志饥餐胡虏肉，
笑谈渴饮匈奴血。
待从头、收拾旧山河，
朝天阙。　　（入声月屑韵）

〔注〕(1)满江红：上阕四仄韵，下阕五仄韵，且常用入声韵，往往还用一些对仗。下阕第五、六句，一般为"上五下四"，现按词谱点断，按语法应是："驾长车，踏破贺兰山缺。"又此调另有别体。(2)怒发冲冠：忿怒得头发都竖起来，顶住帽子。(3)抬望眼：抬头望远；(4)"三十功名"句：三十岁了，建立的功名就像尘与土一样，微不足道。三十：数词。作者时年已三十多岁。(5)"八千里路"句：反映北伐任重道远，尚须披星戴月，转战数千里。

另一说：摧毁八千里外金国的根据地，尚须披星戴月奋战。(6)等闲：轻易，随便。(7)靖康耻：指宋代钦宗靖康二年，京师和中原沦陷，徽、钦二帝被掳的奇耻大辱；(8)"驾长车"句：驾着战车向敌人冲去，把贺兰山踏破并化为平地。贺兰山：今宁夏与内蒙的交界山，当时被金人占领。缺：残缺。这里指裂口。(9)"壮志"二句：表示对入侵敌人的暴行极度的愤恨。(10)朝天阙：朝见皇帝。天阙：皇帝住的地方。

〔作者简介〕岳飞（1101—1141），字鹏举，今河南汤阴人。少年从军，后成为南宋初期抗金名将，战功卓著。因坚持抗战，反对议和，被奸臣秦桧和腐败昏君宋高宗所害。他的文字作品虽不多，但艺术造诣甚深，有文集传世。

〔赏析〕这是一首千百年来深为人们所赞颂的名作。词中表现出作者对敌寇无比痛恨、报仇雪耻的迫切心情，以及收复中原失地不可动摇的意志和愿望。因而大得人心，千古传诵。

词的通篇壮怀激烈，风格粗犷，音调激扬，一气呵成，不可抑勒。词中虽掺杂忠君思想，但并不影响其成为具有强烈爱国主义精神的杰作。

从章法角度看：起句"怒发冲冠"，发端突兀，气势雄浑。因中原被敌寇入侵而"仰天长啸"，"壮怀激烈"。因国耻未雪而仇恨不灭，决心以"只争朝夕"的大无畏精神，驱逐敌寇，收拾旧山河。起句不仅振起、高扬题旨，而且笼罩全篇。"待从头"是转折句，陡然转舵，成为前文壮怀、仇恨、雪耻、奋战的转捩点。最后以"收拾旧山河，朝天阙"作结。

后人评曰："千载后读之，凛凛有生气焉。"

〔复习与思考〕

1. 双调词上阕与下阕篇章的处理，一般有哪几种方式？
2. 词的开头与结尾，在写作上应抓住哪些方面的要领？
3. 在写作方法上，词的换头一般要注意哪些方面？
4. 试选一首词谱，先弄清其格律要求，自定题意，进行创作。

(图84)

王维五绝《相思》：
"红豆生南国，春来发几枝？
愿君多采撷，此物最相思。"

（图85）

李白七绝《望庐山瀑布》：
"飞流直下三千尺，疑是银河落九天。"

第十三章　现代人的诗词写作

我们都承认,文学艺术是为人民大众服务的。唐诗宋词距今已有几百或上千年的历史,时代、生活、语言和文字都发生了很大变化,要求现代人按照古人的规则去"依样画葫芦",毕竟不是一件容易的事,而且也似乎与现实生活脱离太远。唐诗宋词之所以能够在当时得到如此辉煌的繁荣和发展,固然有其多方面的原因,但最根本的一点,就是"百家齐放""推陈出新"。这个宝贵的经验,直至今天,仍然值得我们去学习和借鉴。

本章将介绍一些现代著名的诗家词人,并从他们诗词写作中变通、改革的实例,探讨现代人诗词写作的动向或新路。

第一节　格律严中有活,提倡新韵

一、格律严中有活

唐诗宋词的格律规则,固然是为适应文学艺术发展的需要而产生和总结出来的,但任何规则都有它的灵活性,诗词规则也不例外。

我们在第一章中介绍过:四川青年陈子昂开创了五言古诗的新面貌;李白锐意革新,使乐府成为一种崭新的诗体;韩愈热衷于诗体散文化的创新;柳永开辟了曲词发展的新路;苏轼敢于冲破词律的约束,不以内容迁就音律,从而开拓了词的新境界;辛弃疾继承了苏轼的改革精神，使词的内容和形式更加丰富多彩。古人尚且如此，难道我们今天还有必要去做"死守格律"的奴隶吗？只有创新才会发展。这是颠扑不破的真理。

谈到近现代的诗词写作，除毛泽东的特殊地位和影响外，在诗界词坛中颇受推崇的，有鲁迅、叶剑英、郭沫若、郁达夫、王力、赵朴初、启功、柳亚子、苏曼殊、田汉，以及聂绀弩等等。

毛泽东无疑既是当代（近几十年）诗词界最具影响的人物，同时又是敢于冲破诗词格律（尤其是词）常规的典范。

请看下面实例：

范例（77）　　沁园春·长沙　　　　毛泽东

独立寒秋，
湘江北去，（原谱仄仄平平）
橘子洲头。（原谱仄仄仄平）
看万山红遍，
层林尽染；
漫江碧透，
百舸争流。
鹰击长空，
鱼翔浅底，
万类霜天竞自由。
怅寥廓，（原谱平平仄）
问苍茫大地，
谁主沉浮？

携来百侣曾游。
忆往昔峥嵘岁月稠。
恰同学少年，（原谱仄平平仄仄）
风华正茂；
书生意气，
挥斥方遒。
指点江山，
激扬文字，
粪土当年万户侯。
曾记否，
到中流击水，
浪遏飞舟？　　　（尤韵）

〔注〕(1)舸(gě)：大船；(2)百侣：指作者1914—1918年在长沙湖南省立第一师范读书时的同窗好友；(3)挥斥：奔放；(4)遒(qiú)：强劲；(5)击水：作者自注："游

133

泳。那时初学，盛夏水涨，几死者数。一群人终于坚持，直到隆冬，犹在江中。当时有篇诗，却忘记了，只记得两句：自信人生二百年，会当击水三千里。"

〔浅析〕这是作者当年从韶山前往广州主办农民运动讲习所途经长沙时的作品。上阕通过对深秋景物的描写，看到革命的大好形势，提出"谁主沉浮"的革命领导权问题。下阕回忆往昔斗争岁月，赞颂青年一代的革命精神。写景、抒情、叙事融为一体。

词中上阕第二句、第三句、第十一句和下阕第三句，均为拗句，但又基本上符合平仄双双交替的要求，故吟诵起来仍觉得顺口悦耳。

毛泽东在其《念奴娇·昆仑》、《沁园春·雪》、《减字木兰花·广昌路上》等词作中，亦有冲破格律限制的情况。毛泽东精通格律，但他不拘守格律，当内容与形式发生矛盾时，他会断然选择前者。

然而，近体诗（包括词）的写作，对初学者来说，首先还是要弄懂和遵守格律规则，不能以冲破束缚为借口，随便去写没有格律和音韵的"词"和"律诗"。真正熟谙格律之后，再去探求"严中有活"。这样才能做到得心应手，严中见活，活而不乱，尽可能把内容与艺术形式统一起来。

二、打破旧韵一统天下局面，提倡新韵

写律诗用《平水韵》，填词套《词林正韵》，这是千百年来的传统习惯。但由于几百年来（尤其是元代以来）语言的发展和变化，运用这两种旧韵，已不完全符合现代语言实际，不仅写作起来难度加大，而且会欣赏的人也将越来越少。唐诗宋词这两颗明珠，有可能逐渐失去它的光辉。因此，愈来愈多的人主张推广使用"新韵"，即以现代普通话的字音去界定平仄声调和音韵，使中华诗词焕发出新的活力和光芒。

下面，就现代名家变通旧韵、提倡新韵的实践，列举几首范例：

范例(78)　　　　　**赠盖叫天**　　　　　　田　汉

争看江南活武松，　　须眉如雪气如龙。
鸳鸯楼上横刀立，　　不许人间有大虫。（冬东韵）

〔注〕(1)盖叫天（1888—1970年），京剧著名表演艺术家，长期在上海一带演出，代表作有《武松》、《三岔口》等。盖：超过、压倒。盖叫天是艺名，意为要超过前辈艺人谭叫天。

〔浅析〕田汉是我国"五四"以来的文坛巨人，国歌的词作者，著名作家，在电影、诗歌、音乐等方面亦有突出成就。

这是他1952年写的一首七绝。按七绝格律规定，首句允许用邻韵相押。诗人用的三平韵中，首句为"二冬"，第二句和第四句分别为"二冬"和"一东"，即第二句亦用邻韵相押，从而打破了老传统。其实《平水韵》中上平声"一东"和"二冬"，所列字音的韵母均为ong, iong, eng，按现代汉语观点，完全是同韵字。唐宋时代可能这两韵字音有些区别，但今天普通话里却没有任何区别了，我们又何必去拘泥于老一套呢？田汉作为著名的文坛大师，在当时敢于冲破这一框框，应该算是大胆的举措。

敢于打破律诗押邻韵界限的，毛泽东的《七律·冬云》也是一例：前两句的韵脚"飞""稀"属"微韵"，第四、六、八句的韵脚"吹""罴""奇"属"支韵"，即首联两句均押邻韵。另外，毛泽东1928年秋写的《西江月·井冈山》、1957年5月写的《蝶恋花·答李淑一》，在押韵上更是有其独特的惊人之举！当诗词格律有碍于他内容思想的表达时，毛泽东会毫不犹豫地冲破旧韵书的羁绊而自己解放自己。

下面是当代著名书法家启功教授按现代新诗韵写的两首词：

范例(79)　　**渔家傲·就医**（二首）　　　　启　功

其 一

眩晕多年真可怕，
千般苦况难描画。
动脉老年多硬化。
瓶高挂，
扩张血管功能大。

七日疗程滴液罢，
毫升加倍齐收纳。
瞎子点灯白费蜡。
刚说话，
眼球震颤头朝下。（新韵 花部仄韵）

其 二

痼疾多年除不掉，
灵丹妙药全无效。
自恨老来成病号。
不是泡，
谁拿性命开玩笑。

牵引颈椎新上吊，
又加硬领脖间套。
是否病魔还会闹？
天知道，
今天且唱《渔家傲》。（新韵 高部仄韵）

〔注〕作者为著名教授、文物鉴赏家、书法家，全国书法协会主席。1973年因患美尼尔氏综合征住院。写有"就医"词多首，此为其中两首。

〔浅析〕作者精通格律，词中的平仄完全符合正格，全部按新诗词韵入韵（第一首用第三部"花韵"去声韵，第二首用第八部"高韵"去声韵）。第一首中的"滴"（dī）、"白"（bái），古读入声，现今普通话里已转为读平声；第二首的"不"，古读入声，现今普通话里，在去声前读阳平（如"不要""不是"）。这些字眼，作者都是按现代汉语的读音作平声字使用（只是"疾"字古读入声，现代已改读平声，可能疏忽了）。

从现代文坛著名人物使用新韵、变通旧韵的情况来看，旧韵一统天下的局面已开始被打破。当然,对初学者来说,旧韵、新韵都要了解和掌握,但对现实生活和社会交流来说,提倡应用新韵势在必行,起码当前应该提倡旧韵、新韵"两制"并行。

为了便于读者使用新韵,编著者在参考和吸收几家新韵长处的基础上,根据《汉语拼音方案》韵母表排列顺序,重新编排了《现代汉语诗词新韵》(见"附录五"),它同时适用于诗、词、曲的写作,希望会给读者带来方便。

第二节 题材多样活泼,推陈出新

我们对待唐诗宋词,同其它文学遗产一样,应当采取分析和批判态度,取其精华,弃其糟粕,推陈出新。尤其现代人写诗词,必须注入新的题材,新的内容,新的思想感情,新的形象意境,写出前人没有写过的新鲜事物,反映当今时代的生活气息和色彩。

下面,列举几首实例并加以浅析:

范例(80)　　　　**望　大　陆**　　　　　　　于佑任

葬我于高山之上兮,
望我大陆;　　(入声屋韵)
大陆不可见兮,
只有痛哭!　　(屋韵)
葬我于高山之上兮,
望我故乡;　　(平声阳韵)

故乡不可见兮,
永不能忘!　　(阳韵)
天苍苍,　　　(阳韵)
野茫茫;　　　(阳韵)
山之上,
国有殇!　　　(阳韵)

〔注〕(1)于佑任:著名书法家,此诗是他在台湾晚年(1962年)之作。(2)国有殇:指为国事而早逝的人。殇(shāng):没有成年而死去。屈原《九歌》有"国殇"篇,赞扬为国捐躯的英雄。

〔浅析〕这是一首古体诗。前两韵押入声"屋韵",后五韵转押平声"阳韵",韵部不乱。

作者在诗中,以极其深挚和沉痛的感情,想念祖国大陆和故乡:大陆不可见,只有痛哭;故乡不可见,永不能忘!在万般无奈、极度悲痛的情况下,惟有呼天抢地,悲叹很多爱国者都一个一个地过早去世了!转结句,是对长期分裂祖国的台湾当局的控诉,致使人们有家归不得,最终死于异乡。诗中表现出台湾同胞与祖国大陆人民心心相印、眷眷相依的深厚感情,以及企盼早日实现统一与家人团聚的深切愿望。其题材意境,在古体诗中令人耳目一新。

范例(81) 游肇庆七星岩 叶剑英

借得西湖水一圜,更移阳朔七堆山。
堤边添上丝丝柳,画幅长留天地间。(删韵)

〔注〕(1)肇庆七星岩:广东名胜,由七座高耸奇特的石灰岩山石与湖泊组成,布局像似北斗七星,有"桂林之山,杭州之水"的美誉。(2)圜(huán):围水;又同"圆"。

〔浅析〕这是一首仄起、首句入韵七绝,写于1962年4月。诗中描写山、水、柳、天和地,把杭州西湖与桂林山水一起赞美,景物气象更为广阔,一扫古人写景衰萎、冷寂的笔调。全诗格律严谨,尤第四句转结,意境无穷。

范例(82) 春日未名湖散步 王力

明湖冰已化,芳竹绿初匀。
风卷波纹细,春催柳色新。
艰难黄卷业,寂寞白头人。
惆怅桑榆晚,蹉跎惜此身。(真韵)

〔注〕(1)明湖：即北大校园内未名湖；(2)黄卷业：指教书人。卷：书。古人把书籍写在帛或纸上，卷起来收藏，因此书籍的数量用"卷"，后人仍用"卷"作为书的一部分。(3)惆怅：伤感；失意。(4)桑榆晚：桑榆暮景，指落日的余辉照在桑榆的树梢上。这里比喻老年时光。(5)蹉跎：时光白白地过去。这指十年浩劫白白地耽误了大好时光。

〔浅析〕这是一首平起、首句不入韵五律，写于1977年。格律严谨，对仗尤工。诗中描写老一辈的专家教授经过十年大浩劫后的惆怅心情。尽管冰已开始融化，大地变绿，柳色一新，春天到来了，但老教授们仍感到寂寞、惆怅、痛惜，因为十年之动乱白白浪费了大好时光，如今头发也花白了。颈联出句为转折，结句点出题旨：痛惜！表现出我国知识分子爱国敬业、忧国忧民的心境。

范例(83)　满庭芳·七上黄山　　　刘海粟

云海浮游，
玉屏攀倚，
天都插遍芙蓉。
山灵狂喜，
迓客唤青松。
七度重来无恙，
记当年、积雾沉峰。
补天手，
旋钧转轴，
旭日又当中。

凭高先一笑，
青烟点点，
郁郁葱葱。
正不知费却，
多少天工。
无限筇边佳兴，
都化作、挥洒从容。
龙蛇舞，
丹砂杯底，
照我发春红。
　　　　（东冬韵）

〔注〕(1)满庭芳：调名出自晚唐吴融诗句："满庭芳草易黄昏。"双调，95字。上下阕各四平韵。又另有别体。刘海粟此词本属正体，但有数处（如上阕第三、四句，第六、七、九句；下阕第四、六句）未合正格，只能说是拗体。(2)迓客：迎接游客。(3)补天手三句：指以邓小平为核心的中央领导，拨乱反正，改革开放，国家出现了新气象。钧：制陶器所用转轮。旋钧转轴：比喻拨乱反正、改革开放。(4)费

却：耗费的意思。(5)筇（qióng）：可做手仗的竹子。此指手杖。(6)龙蛇舞：形容山势蜿蜒雄壮，或指画笔走势。

〔浅析〕此词写于1980年。虽有几处不拘平仄格律，但取材新颖，立意进深。开篇写黄山壮观秀丽，感到景色一新，七度上山都安然无恙。"记当年"为转折句：过去几次来是"积雾沉峰"，这次来却"旭日当中"，借此比喻过去政治气候沉郁，今天改革开放带来光辉。结句是：焕发青春。诗篇表现出一位年迈画家热爱生活，酷爱大自然，改革开放后更加焕发青春，老当益壮，坚韧不拔地追求艺术的高尚情操。

第三节 语言融合古今，雅俗共赏

在古体诗和近体诗词中，我们经常可读到精粹、华丽、脍炙人口，乃至千古传诵的佳句，很值得我们学习和借鉴。但由于年代久远和语言文字的发展变化，难免对诗词中的一些词语，感到古老深奥，晦涩难懂，有些僻典也确实过于曲折隐晦，令人（尤其是青年人）望而生畏。因此，现代人写诗词，既要学习古人言简意赅、炼词造句的精神境界，讲究语言的精美，又要注意融入时语、口语，使人感到新鲜活泼，做到雅俗共赏。

下面列举几首范例，并加以浅析：

范例(84)　　　　自　嘲　　　　　　鲁　迅

运交华盖欲何求？　未敢翻身已碰头。
破帽遮颜过闹市，　漏船载酒泛中流。
横眉冷对千夫指，　俯首甘为孺子牛。
躲进小楼成一统，　管他冬夏与春秋。（尤韵）

〔注〕(1)运交华盖:比喻交了倒霉的华盖运。华盖:像花一样盖在头上的云气。据说华盖运对和尚是好运,是成佛之兆,但对俗人则不吉利。(2)破帽遮颜:把帽子压得低低的,以遮住面孔。当时作者处境险恶,常须与反动特务周旋。(3)载酒:即设酒。泛中流:在激流中行驶。(4)横眉:怒目而视。冷对:冷眼相对。千夫:这里指反动派。指:敌人对作者的指责、诬蔑和攻击。(5)孺子牛:此指人民大众,甘做人民大众的牛。齐景公爱幼子,自己扮牛,口衔绳子让孩子骑,孩子跌倒,绳子扯断景公牙齿。(见《左传·哀公六年》注)(6)小楼成一统:要使小楼成为用笔战斗的天地;(7)春夏与秋冬:用四季暗喻政治气候的变化和敌人软硬变换的手法。

〔浅析〕此七律写于1932年10月。平起、首句入韵式。格律严整,工对尤佳。语言运用上,熔铸古今,雅俗一体,隽(juàn)永而深刻,耐人寻味,深为人民大众所喜爱。

诗中揭露和抨击国民党反动势力的法西斯统治,抒发作者临危不惧、蔑视敌人,决心与之战斗到底的坚强意志,以及热爱人民、爱憎分明的阶级感情。诗人把白色恐怖、遭受迫害,比作"运交华盖""漏船载酒",随时有倒霉和沉没的风险,既新鲜又形象。所谓"千夫指""孺子牛",均有典故,但并不偏僻,不查词典也能读懂。还有"翻身""碰头""破帽""横眉""俯首"等口头语,更使人感到亲切、贴近。尾联两句是提炼过的口语,既悦耳动听,又含蕴有味。诗篇不愧为雅俗共赏的典范。

范例(85) **清 平 乐**
(46字,双调)

清平乐·围棋赠陈将军

赵朴初

⊕平⊕仄,

纹枰坐对,(仄声队韵)

⊕仄平平仄。

谁解其中味?(未韵)

⊕仄⊕平平仄仄,

胜固欣然输可喜,(未韵)

⊕仄⊕平⊕仄。

落子古松流水。(纸韵)

⊕平⊕仄平平,

将军偶试豪情,(平声庚韵)

⊕平⊕仄平平。

当年百战风云。(文韵)

⊘仄⊕平⊘仄,
⊕平⊘仄平平。

多少天人学业,
从容席上谈兵。（庚韵）

〔注〕(1)清平乐：46字，双调。上阕四仄韵（此词用第三部仄声韵），下阕转换三平韵（此词用第六部、第十一部平声韵）。(2)陈将军：陈毅。1952年作者填词时陈未授元帅军衔。(3)纹枰（píng）：棋枰。画满图案的棋盘；(4)古松流水：古朴，自然，通畅；(5)天人学业：一般人难以听懂的学问。

〔浅析〕词上阕描写陈毅将军忙中偷闲、平易近人、输赢皆喜的纯朴作风。下阕是对将军身经百战、豪情奔放、从容谈兵的赞佩。

　　诗中格律严谨，用韵灵活，语言熔铸古今。作者精于此道，亦主张使用宽韵。

范例(86)　　清厕同枚子　　聂绀弩

君自舀来仆自挑，燕昭台畔雨潇潇。
高低深浅两双手，香臭稠稀一把瓢。
白雪阳春同掩鼻，苍蝇盛夏共弯腰。
澄清天下吾曹事，污秽成坑肯便饶？（萧韵）

〔注〕(1)作者：聂绀弩（gàn nǔ）和万枚子，曾任国务院参事，1958—1960年下放北大荒农场"劳动改造"，两人常在一起干掏粪脏活。(2)燕昭台：又称黄金台，故址在今河北易县东南。相传为燕昭王所筑，置千金于台上，招天下贤士。这里戏指黄色的大粪。(3)白雪句：夏天粪堆发出臭气，高雅的人都掩鼻而过。阳春白雪：比喻高雅人。(4)澄清二句：既然安邦定国是我们这些人的大志，又岂能看着这污秽的粪坑而不去清理呢？

〔浅析〕这是一首仄起、首句入韵七律。作者当年的处境是可想而知的。然而，他们却把大粪比作"黄金"，把掏粪的脏活与"澄清天下之志"联系起来，深刻地表现出中国知识分子面对惩罚性劳动的豁达胸怀和坚定的济世夙志。"高低深浅两双手，香臭稠稀一把瓢"诗句，极其生动地写出当时作者劳动的情境。语言雅而不腐，俗而不庸，简练、形象而生动，且幽默多味，耐人寻思！

还值得一提的是，启功《渔家傲·就医》在时语、口语的运用上也很值得借鉴。例如："可怕""硬化""功能""疗程""毫升""灵丹妙药""病号""开玩笑""泡""闹""天知道"等等，都是经过洗炼的口语，甚至不讳"瞎子点灯白费蜡"的俗语，充满谐趣，别具一格，生动地表现出这位老教授豁达的心胸和唯物主义生死观，给读者的感受是丰富而深刻的。

〔复习与思考〕

1. 你对现代人写诗词的变革趋势怎么看？是否赞同运用新诗韵进行写作？
2. 诗词的名篇赏析，是本教材的重要内容之一。你读过本书后是否对提高鉴赏能力会有一些帮助？
3. 把你以前写过的诗词找出来，进行认真修改；或重新写一二首诗词，作为学过本教材后的结业成果。
4. 如果你有进一步学习的兴趣，不妨去购买几本较有学术或指导价值的诗词书籍，进行对照学习。

附　　录

附一　　汉语拼音方案

（1958年2月11日第一届全国人大第五次会议批准）

一、字母表

字母	Aa	Bb	Cc	Dd	Ee	Ff	Gg	Hh
名称	ㄚ	ㄅㄝ	ㄘㄝ	ㄉㄝ	ㄜ	ㄝㄈ	ㄍㄝ	ㄏㄚ
	Ii	Jj	Kk	Ll	Mm	Nn	Oo	Pp	Qq
	ㄧ	ㄐㄧㄝ	ㄎㄝ	ㄝㄌ	ㄝㄇ	ㄋㄝ	ㄛ	ㄆㄝ	ㄑㄧㄡ
	Rr	Ss	Tt	Uu	Vv	Ww	Xx	Yy	Zz
	ㄚㄦ	ㄝㄙ	ㄊㄝ	ㄨ	ㄝ	ㄨㄚ	ㄒㄧ	ㄧㄚ	ㄗㄝ

V 只用来拼写外来语、少数民族语言和方言

二、声母表

b	p	m	f		d	t	n	l
ㄅ玻	ㄆ坡	ㄇ摸	ㄈ佛		ㄉ得	ㄊ特	ㄋ讷	ㄌ勒
g	k	h			j	q	x	
ㄍ哥	ㄎ科	ㄏ喝			ㄐ基	ㄑ欺	ㄒ希	
zh	ch	sh	r		z	c	s	
ㄓ知	ㄔ蚩	ㄕ诗	ㄖ日		ㄗ资	ㄘ雌	ㄙ思	

在给汉字注音时，为了使拼式简短，zh ch sh 可省作 ẑ ĉ ŝ。

三、韵母表

	i ㄧ 衣	u ㄨ 乌	ü ㄩ 迂
a ㄚ 啊	ia ㄧㄚ 呀	ua ㄨㄚ 蛙	
o ㄛ 喔		uo ㄨㄛ 窝	
e ㄜ 鹅	ie ㄧㄝ 耶		üe ㄩㄝ 约
ai ㄞ 哀		uai ㄨㄞ 歪	
ei ㄟ 欸		uei ㄨㄟ 威	
ao ㄠ 熬	iao ㄧㄠ 腰		
ou ㄡ 欧	iou ㄧㄡ 忧		
an ㄢ 安	ian ㄧㄢ 烟	uan ㄨㄢ 弯	üan ㄩㄢ 冤
en ㄣ 恩	in ㄧㄣ 因	uen ㄨㄣ 温	ün ㄩㄣ 晕
ang ㄤ 昂	iang ㄧㄤ 央	uang ㄨㄤ 汪	
eng ㄥ (亨的韵母)	ing ㄧㄥ 英	ueng ㄨㄥ 翁	
ong ㄨㄥ (轰的韵母)	iong ㄩㄥ 雍		

四、声调符号

阴平　　阳平　　上声　　去声
　-　　　ˊ　　　ˇ　　　ˋ

声调符号标注在主要母音上,轻声不标。例如:

妈 mā　　麻 má　　马 mǎ　　骂 mà　　吗 ma
(阴平)　　(阳平)　　(上声)　　(去声)　　(轻声)

五、隔音符号

a, o, e 开头的音节,在接连其他音节后面的时候,如音节界限会发生混淆时,应用隔音符号(')隔开,例如:pi'ao(皮袄)

附二　　诗韵(《平水韵》)简编

本"诗韵"是当前在我国大陆、港澳台及世界华人中仍通行使用的由南宋刘渊编撰的《平水韵》106韵简编，只收入常用字。为便于查找，同韵的字按今汉语拼音方案先列出韵母然后以声母顺序排列，须注意有些字的读音在现代汉语中已发生了变化。凡一字属两韵以上的，一般分别列出，不同意义的，在括号内注明；意义相同的，只注"某韵同"。"诗韵"中同韵的字在"词韵"中分属两部者，加"⊛"号为标志，并予以说明。本"诗韵"可与附三"词韵(《词林正韵》)部目表"配合使用。另外，所谓"上平声""下平声"，是指最初刊印时的"上卷平声""下卷平声"，没有别的意义。

上　平　声

一　东

【ong】〔d〕东　〔t〕通同桐峒铜筒童僮潼瞳　〔l〕珑栊胧笼(名词，董韵同；又动词，独用)聋隆　〔g〕工功攻公弓躬宫　〔k〕空(~虚)　〔h〕烘红虹洪鸿讧　〔zh〕中(~间)盅衷忠终　〔ch〕充冲(~锋)忡虫崇　〔r〕戎绒狨融　〔z〕棕　〔c〕匆葱聪骢丛　〔s〕嵩

【iong】〔q〕穷穹　〔x〕雄熊

【eng】〔p〕蓬篷　〔m〕蒙朦幪　〔f〕风枫丰(~富)沣冯

【ueng】翁

二 冬

【ong】〔d〕冬 〔t〕彤 〔n〕农侬浓脓 〔l〕龙茏 〔g〕供（～给）恭 〔zh〕钟忪 〔ch〕冲（折～）舂重（～叠） 〔r〕容蓉榕溶茸 〔z〕宗踪纵（～横） 〔c〕从（顺～）淙（江韵同） 〔s〕松

【iong】庸慵镛佣雍（～容）壅（肿韵同） 〔q〕邛筇蛩 〔x〕凶汹匈

【eng】〔f〕丰（～采）封峰烽蜂锋逢缝（～纫）

三 江

【ang】〔b〕邦梆 〔p〕庞逄 〔g〕扛杠缸
【iang】〔j〕江 〔q〕腔 〔x〕降（投～）
【uang】〔zh〕桩撞（绛韵同） 〔ch〕窗幢 〔sh〕双泷
【ong】〔c〕淙（冬韵同）

四 支

【-i】〔zh〕之芝知支枝栀脂氏（阏～）治（～理，动词）〔ch〕痴笞鸱蚩嗤媸池驰迟墀持匙 〔sh〕诗师狮施尸时埘 〔z〕姿资咨兹滋赀髭辎淄锱 〔c〕差（参～）疵辞词祠雌慈鹚瓷茨 〔s〕思（动词）偲司私丝鸶斯厮澌

【i】伊医猗漪宜怡贻颐遗（～失）迤（委～，同"逶迤"）仪移迤夷姨痍疑 〔p〕丕披皮疲陴神罴貔琵枇吡 〔m〕弥糜縻蘼 〔n〕尼 〔l〕离漓璃篱鹂骊厘狸羆蠡（瓢勺，齐韵同） 〔j〕基箕姬饥（～饿）肌羁 〔q〕期欺其淇琪萁棋骐麒旗奇崎骑（动词）歧岐祁祇 〔x〕熙嬉羲曦

【ei】〔b〕悲卑碑陂 〔m〕眉湄嵋楣郿 〔l〕羸
【uei】危萎逶为（作～）唯惟维帷 〔t〕推（灰韵同）〔g〕规龟 〔k〕亏窥葵夔 〔h〕麾 〔zh〕追锥 〔ch〕吹（风

～)炊垂陲锤椎　〔sh〕谁　〔r〕蕤　〔s〕虽睢随隋绥

【ia】涯（佳麻韵同）

【uai】〔sh〕衰

【er】儿而

五　微

【i】衣（～服）依沂　〔j〕几（细微）讥机矶玑饥（～馑）畿　〔q〕祈　〔x〕希稀晞

【ei】〔f〕非菲（芳～）扉霏飞妃肥

【uei】威微薇巍韦违帏闱围　〔g〕归　〔h〕晖辉挥徽

六　鱼

【u】〔l〕庐　〔zh〕诸猪　〔ch〕初樗除蜍躇锄储　〔sh〕梳疏（～密）蔬书摅舒　〔r〕如洳茹（茅～）

【ü】淤於予（我）好鱼渔余馀畲舆玙誉（动词）齬　〔l〕驴闾榈　〔j〕居裾琚据（拮～）车（麻韵同）狙沮趄　〔q〕祛渠蕖　〔x〕虚嘘墟欤胥徐

七　虞

【u】污巫诬乌呜无芜梧吴毋　〔b〕晡逋　〔p〕铺蒲葡匍　〔m〕模（～子）　〔f〕夫肤敷扶芙蚨孚俘桴符凫　〔d〕都　〔t〕途涂荼徒图屠菟　〔n〕奴孥驽　〔l〕卢垆炉芦泸舻轳鸬鲈颅　〔g〕孤菰呱姑沽酤鸪蛄辜　〔k〕枯　〔h〕乎呼胡湖瑚蝴猢糊醐狐弧瓠壶　〔zh〕朱侏诛茱珠株铢蛛　〔ch〕刍雏厨躅　〔sh〕枢纾殊姝输　〔r〕儒嚅濡襦　〔z〕租　〔c〕粗徂殂　〔s〕苏酥

【ü】迂纡于盂竽娱愉渝瑜榆揄逾觎臾萸谀腴禺愚隅虞雩　〔j〕拘驹俱　〔q〕区岖驱躯趋劬瞿癯衢　〔x〕需须吁

【o】〔m〕模 膜 谟 摹

八 齐

【i】〔b〕篦　〔p〕批（屑韵同）鼙　〔m〕迷　〔d〕低 堤 〔t〕梯 啼 蹄 提 题　〔n〕泥（～土）倪 猊 鲵 霓（屑锡韵同）〔l〕梨 犁 黎 藜 鹂 蠡（支韵同）　〔j〕鸡 嵇 稽 赍 齑 跻 笄 虀 〔q〕妻 凄 萋 栖 齐 脐 畦　〔x〕西 奚 溪 蹊 兮 犀 樨 醯

【-i】〔s〕嘶

【ie】〔x〕携

【uei】〔g〕圭 闺　〔k〕睽 暌 奎

九 佳

【ia】涯（支麻韵同）崖　〔j〕佳

【ua】娲（麻韵同）蛙（麻韵同）娃（麻韵同）唯（麻韵同）

【ie】〔j〕街 阶 皆 喈　〔x〕鞋 偕 谐

【uo】蜗（麻韵同）

【ai】挨　〔p〕排 牌　〔m〕埋 霾　〔h〕骸　〔zh〕斋 〔ch〕钗 差（～使）豺 侪 柴

【uai】〔h〕怀 淮 槐（灰韵同）

（有◎号的字，词韵属第十部；其余属第五部。"佳""涯"两部通用）

十 灰

【ei】〔b〕杯　〔p〕醅 培 陪 裴　〔m〕梅 枚 玫 媒 煤　〔l〕雷 罍

【uei】偎 隈 桅 嵬（贿韵同）　〔d〕堆　〔t〕推（支韵同）颓 〔g〕瑰　〔k〕魁　〔h〕灰 诙 恢 回 洄 虺　〔c〕崔 催 摧

【ai】哀 埃　〔d〕呆　〔t〕胎 台 抬 苔　〔l〕来 莱 徕 崃 〔g〕该 垓 赅　〔k〕开　〔h〕孩　〔z〕栽 哉 灾　〔c〕猜 才 材

财㊀ 裁㊀ 〔s〕腮

【uai】〔h〕徊 槐（佳韵同）

（有㊀号的字，词韵属第五部；其余属第三部）

十一真

【en】〔zh〕真 珍 蓁 榛 臻 甄　〔ch〕嗔 瞋 陈 臣 辰 宸 晨 尘　〔sh〕身 申 伸 呻 绅 莘 神　〔r〕人 仁 纫

【in】因 茵 氤 姻 湮 垠 银 寅 夤 狺　〔b〕宾 滨 彬 豳　〔p〕嫔 贫 频 蘋 颦　〔m〕民 岷 缗 泯（轸韵同）闽 旻　〔l〕邻 鄰 嶙 磷 辚 鳞 麟　〔j〕巾 津　〔q〕亲 秦　〔x〕辛 新 薪

【uen】〔l〕伦 沦 轮 纶　〔zh〕谆（震韵同）　〔ch〕春 椿 纯 莼 唇 淳 醇 鹑　〔z〕遵　〔c〕皴

【ün】匀 筠　〔j〕均 钧　〔q〕囷 逡　〔x〕巡 驯 旬 恂 询 峋 荀 循

十二文

【en】〔f〕分（分离）芬 纷 汾 氛 焚 坟

【in】殷（丰盛）　〔j〕斤 筋　〔q〕勤 芹　〔x〕欣

【uen】文 纹 蚊 闻　〔h〕荤

【ün】氲 云 芸 纭 耘　〔j〕君 军　〔q〕群 裙　〔x〕勋 熏 薰 曛 醺

十三元

【an】〔f〕番 翻 幡 藩 蕃 璠 蹯 烦 繁

【ian】言　〔x〕掀

【uan】蜿

【üan】鸳 鹓 冤 原 源 元 沅 园 袁 猿 辕 垣 援 媛 鼋　〔x〕轩 萱 喧 暄

【en】恩　〔b〕奔 贲　〔p〕盆　〔m〕门 扪　〔g〕根 跟

〔h〕痕

【uen】温　〔d〕敦墩蹲　〔t〕暾吞屯豚臀　〔l〕仑论（动词）　〔k〕坤昆鲲　〔h〕昏婚阍浑魂　〔z〕尊樽　〔c〕村存　〔s〕孙狲荪飧

【ün】〔x〕埙

（有⊕号的字，词韵属第七部；其余属第六部）

十四寒

【an】安鞍　〔b〕般　〔p〕潘蟠盘磐　〔m〕漫（水大貌）〔d〕丹单郸箪殚　〔t〕滩摊弹（动词）坛檀叹（翰韵同）〔n〕难（艰～）　〔l〕兰阑澜拦栏　〔g〕干（～湿）杆竿玕肝　〔k〕刊看（翰韵同）　〔h〕寒韩汗（可～）翰（羽～）〔sh〕姗珊跚　〔c〕餐残

【ian】〔j〕奸（～污）

【uan】丸纨完　〔d〕端　〔t〕湍团抟　〔l〕栾鸾銮〔g〕观（～看）官棺冠（衣～）　〔k〕宽　〔h〕欢桓　〔c〕攒〔s〕酸狻

十五删

【an】〔b〕班斑颁　〔p〕攀　〔m〕蛮　〔ch〕孱（先韵同）潺（先韵同）　〔sh〕山删潸（潸韵同）

【ian】殷（～红）颜　〔j〕艰间（中～）奸（～诈）菅　〔q〕悭　〔x〕闲娴鹇

【uan】弯湾顽　〔g〕关鳏　〔h〕环还寰鬟患（谏韵同）

下平声

一先

【an】〔zh〕毡旃　〔ch〕蝉婵禅（参～）孱（删韵同）潺

（删韵同）廛 躔 缠　〔sh〕膻　〔r〕然 燃

【ian】烟 胭 燕（国名）焉 妍 延 筵 蜒 沿　〔b〕边 鞭 编　〔p〕扁（～舟）偏 篇 翩 骈 便（～～）　〔m〕眠 棉 绵　〔d〕滇 颠 巅 癫　〔t〕天 田 畋 钿（霰韵同）填（霰韵同）阗　〔n〕年　〔l〕联 连 莲 涟 怜　〔j〕肩 坚 煎 笺 溅（流水声）鞯　〔q〕千 阡 芊 迁 牵 铅 骞 褰 搴 愆 前 钱 乾 虔　〔x〕先 仙 跹 鲜（新～）弦 舷 贤 涎

【uan】〔zh〕专 砖 颛　〔ch〕川 穿 传（～授）船 椽

【üan】鸢 渊 圆 缘　〔j〕捐 涓 娟 鹃 镌 蠲　〔q〕悛 泉 全 诠 铨 痊 权 拳　〔x〕宣 玄 悬 旋（盘～）璇

二　萧

【ao】〔m〕猫　〔zh〕朝 招 昭　〔ch〕超 朝 潮 晁　〔sh〕烧（焚～）韶　〔r〕荛 饶 娆 桡

【iao】夭（～～）妖 腰 要（～求）邀 么 尧 峣 谣 徭 摇 瑶 遥 姚　〔b〕标 镳 飙　〔p〕飘 剽 漂（～浮）嫖 瓢　〔m〕苗 描　〔d〕凋 雕 刁 貂　〔t〕挑（肩～）佻 祧 条 调（～和）蜩 迢 髫 跳（啸韵同）　〔l〕撩 寮 僚 嘹 獠 鹩 辽 聊 寥　〔j〕骄 娇 浇 焦 蕉 椒　〔q〕乔 侨 桥 翘 憔 樵　〔x〕消 销 绡 宵 霄 逍 萧 潇 箫 鸮 枭 骁 嚣

三　肴

【ao】坳　〔b〕包 苞 胞　〔p〕抛 庖 咆 匏　〔m〕茅　〔n〕铙　〔ch〕抄 钞 嘲 巢　〔sh〕梢 艄

【iao】肴 爻　〔j〕交 蛟 鲛 郊 胶 教（使）　〔q〕敲　〔x〕崤 淆 哮 蛸

四　豪

【ao】敖 熬 厫 遨 鳌 鏖 翱　〔b〕褒　〔p〕袍　〔m〕毛 旄 髦　〔d〕刀　〔t〕叨 涛 滔 韬 绦 饕 洮 桃 逃 陶 萄　〔n〕猱 挠

153

（巧韵同） 〔l〕牢劳（～苦）醪 〔g〕高膏篙羔糕 〔h〕蒿豪壕濠毫号（呼～） 〔z〕遭糟 〔c〕操（～持）曹漕槽嘈 〔s〕骚·搔臊缫

五 歌

【a】〔t〕他

【o】〔b〕波 〔p〕坡颇（偏～）婆鄱 〔m〕摩魔磨（琢～）麽

【uo】涡窝 〔d〕多 〔t〕沱陀驼佗砣酡鼍 〔l〕罗萝螺骡锣 〔g〕过（经～，个韵同）锅 〔c〕磋蹉搓 〔s〕莎娑蓑梭

【e】阿俄娥哦蛾峨鹅 〔g〕戈哥歌 〔k〕柯珂轲（孟～）苛疴科窠 〔h〕呵何河荷（～花）和（温～）禾

六 麻

【a】 〔b〕巴芭 〔p〕葩杷琶 〔m〕麻蟆 〔n〕拿 〔zh〕叉权差（误～）楂茶 〔sh〕沙砂纱裟

【ia】丫呀鸦牙芽涯（支佳韵同）岈 〔j〕家加笳嘉枷葭 〔x〕虾霞瑕遐

【ua】娲（佳韵同）蛙（佳韵同）娃（佳韵同）哇（佳韵同） 〔g〕瓜 〔k〕夸 〔h〕花华哗骅桦划（～船）

【uo】蜗（佳韵同）

【e】〔zh〕遮 〔ch〕车（鱼韵同） 〔sh〕奢赊蛇

【ie】耶爷 〔j〕嗟 〔x〕斜

七 阳

【ang】昂 〔p〕滂旁 〔m〕芒茫忙邙 〔f〕方芳坊防妨房鲂 〔d〕当（应～）珰 〔t〕汤堂棠螗唐塘糖 〔n〕囊 〔l〕浪（沧～）琅狼郎廊螂 〔g〕冈刚纲钢亢（～宿）

〔k〕康　〔h〕行（~列）杭航　〔zh〕章彰漳璋嫜樟张〔ch〕昌倡猖闾长（~短）常裳尝偿场肠　〔sh〕商伤殇裳〔r〕攘穣　〔z〕臧　〔c〕仓沧苍臧（收~）　〔s〕丧（治~）桑

【iang】央泱秧殃鸯羊洋佯徉庠阳扬杨　〔n〕娘　〔l〕凉良粮梁樑量（思~）　〔j〕将（扶~）蒋（菰~）浆姜僵缰疆　〔q〕羌抢（触；撞）枪锵强（~大）墙樯蔷　〔x〕香乡相（互~）湘厢箱襄骧详祥翔

【uang】汪王（帝~）亡忘（漾韵同）望（观~，漾韵同）〔g〕光　〔k〕匡筐狂　〔h〕荒肓皇惶徨煌蝗隍凰篁黄璜簧　〔zh〕妆装庄　〔ch〕创（~伤）疮床　〔sh〕霜孀骦

八　庚

【en】〔zh〕贞侦

【eng】〔p〕烹彭棚　〔m〕氓萌盟　〔g〕更（变~）耕庚鹒赓羹　〔k〕坑铿　〔h〕亨横（纵~）衡　〔zh〕争峥铮筝狰正（~月）征钲　〔ch〕琤瞠撑成城诚盛（容纳）橙呈程酲　〔sh〕生笙甥牲声

【ing】英莺婴樱缨鹦罂迎盈楹茔莹（径韵同）营萦赢嬴瀛　〔b〕兵并（交~）　〔p〕平评枰　〔m〕名明鸣　〔l〕令（使）　〔j〕京鲸惊睛精菁荆茎粳晶旌　〔q〕清轻倾卿情蜻擎　〔x〕行（步~）

【ong】〔g〕觥　〔h〕轰泓宏　〔r〕荣嵘

【iong】〔q〕琼　〔x〕兄

【ang】〔m〕盲

九　青

【in】〔x〕馨

【ing】荧萤　〔p〕俜娉萍屏瓶　〔m〕铭冥溟暝螟

〔d〕丁仃钉　〔t〕听（聆～，径韵同）厅汀亭停婷廷庭霆蜓〔n〕宁　〔l〕灵棂伶泠铃聆鸰翎瓴苓零龄　〔j〕泾经〔q〕青　〔x〕星惺腥醒（迥韵同）形刑型硎陉荥

【iong】〔j〕扃

十　蒸

【in】〔j〕矜

【eng】〔b〕崩　〔p〕朋鹏　〔d〕灯登　〔t〕腾滕藤〔n〕能　〔l〕棱　〔h〕恒姮　〔zh〕征烝蒸　〔ch〕称（～赞）丞承乘（驾～，动词）澄塍惩　〔sh〕胜（～任）升绳　〔r〕仍〔z〕曾憎增缯罾　〔c〕层曾　〔s〕僧

【ing】应（～当）膺鹰蝇　〔b〕冰　〔p〕凭（径韵同）〔n〕凝　〔l〕凌陵绫菱　〔j〕兢　〔x〕兴（～起）

【ong】〔g〕肱　〔h〕薨

十一　尤

【u】〔f〕浮

【ao】〔m〕矛

【ou】讴瓯鸥　〔p〕抔　〔m〕谋牟侔眸　〔f〕否（有韵同）　〔d〕兜　〔t〕偷头投　〔l〕娄楼　〔g〕勾钩沟　〔h〕侯喉糇猴　〔zh〕舟州洲周　〔ch〕抽瘳愁酬俦畴踌筹绸惆稠仇雠　〔sh〕收售（宥韵同）　〔r〕柔揉蹂　〔z〕邹驺陬　〔s〕搜飕

【iou】幽攸悠优忧呦游蝣尤疣犹莸猷由油邮　〔d〕丢　〔n〕牛　〔l〕流琉旒刘留榴骝　〔j〕啾鸠　〔q〕秋楸鹙丘蚯求裘球逑囚泅虬酋遒　〔x〕休貅羞修脩

十二　侵

【ɑn】〔z〕簪（覃韵同）

【ian】黔（盐韵同）

【en】〔zh〕针箴砧斟　〔ch〕琛沉忱　〔sh〕深　〔r〕壬任（负荷）　〔c〕参（～差）岑涔　〔s〕森参（星名）

【in】阴音吟淫霪　〔l〕林淋霖临　〔j〕金今衿襟禁（～受）祲　〔q〕衾侵骎钦嵚琴禽擒　〔x〕心歆

【ün】〔x〕寻浔

十三覃

【an】谙庵　〔d〕担（承～）眈耽　〔t〕贪覃潭谭谈痰昙探　〔n〕南楠男　〔l〕蓝篮岚婪　〔g〕甘柑　〔k〕堪龛　〔h〕酣邯含函涵（包～）　〔z〕簪（侵韵同）　〔c〕参（～考）骖惭蚕　〔s〕三

十四盐

【an】〔zh〕占（～卜）沾詹瞻　〔ch〕蟾　〔r〕髯

【ian】淹炎严盐檐阎厌（安静）　〔b〕砭　〔t〕添恬甜　〔n〕拈粘　〔l〕帘廉镰奁　〔j〕尖兼蒹缣歼　〔q〕谦签潜黔（侵韵同）钳钤　〔x〕纤铦嫌

十五咸

【an】〔f〕帆凡　〔n〕喃　〔h〕函（书～）　〔ch〕搀谗馋镵　〔sh〕衫杉芟

【ian】岩〔j〕监（～察）缄　〔q〕嵌（感韵同）　〔x〕衔咸

上　声

一　董

【ong】〔d〕董动　〔t〕桶　〔l〕笼（名词，东韵同）　〔g〕

汞　〔k〕孔　〔z〕总偬

二 肿

【ong】〔l〕垄陇　〔g〕巩拱　〔k〕恐　〔zh〕冢肿种（~子）踵重（轻~）　〔ch〕宠　〔r〕冗　〔s〕耸悚竦

【iong】甬涌俑蛹踊勇拥壅（冬韵同）

【eng】〔p〕捧　〔f〕奉缝（~隙）

三 讲

【ang】〔b〕棒蚌　〔g〕港

【iang】〔j〕讲　〔x〕项

四 纸

【i】倚已以苡矣蚁　〔b〕鄙匕比（~较）妣彼婢　〔p〕否（臧~）　〔m〕弭靡　〔d〕砥　〔n〕拟旎你　〔l〕李里俚理鲤　〔j〕几（小桌）麂己纪伎妓技　〔q〕企起杞绮庋　〔x〕喜徙蓰屣玺

【-i】〔zh〕止沚址芷趾只（仅，助词）枳咫旨指纸雉峙徵　〔ch〕齿侈耻豸　〔sh〕史使（~令）驶始矢豕士仕是视恃氏市　〔z〕子紫梓滓姊　〔c〕此　〔s〕死似姒巳祀俟耜

【er】耳尔迩

【ü】〔l〕履

【ei】〔b〕被　〔m〕美　〔l〕垒累（~积）诔

【uei】委　〔g〕轨晷癸簋诡跪　〔k〕跬　〔h〕毁　〔sh〕水　〔r〕蕊　〔z〕嘴　〔s〕髓

五 尾

【i】〔j〕几（~多）　〔q〕岂

【ei】〔f〕菲（~薄）斐匪篚
【uei】尾伟苇篚　〔g〕鬼　〔h〕卉（未韵同）

六　语

【u】〔zh〕渚煮伫苎贮杼　〔ch〕楚础杵楮处（~理）〔sh〕暑黍鼠墅抒　〔r〕汝茹（食）　〔z〕阻俎

【ü】予（赐~）与（给）屿语（言~）龉圉圄御（防~）〔n〕女　〔l〕旅吕侣　〔j〕举榉沮巨拒距炬苣　〔q〕去（除）　〔x〕许序叙绪

【uo】〔s〕所

七　麌

【u】五伍武鹉午庑舞坞　〔b〕补部簿　〔p〕浦圃普谱〔m〕姥（老妇）　〔f〕斧釜甫辅脯抚府俯腑腐父　〔d〕堵睹赌肚杜　〔t〕土吐（遇韵同）　〔n〕努怒（遇韵同）　〔l〕鲁橹虏卤　〔g〕古估罟鼓贾（商~）股蛊　〔k〕苦　〔h〕虎户扈　〔zh〕主柱　〔sh〕数（动词）树（动词）竖　〔r〕乳〔z〕组祖

【ü】宇雨羽禹庾愈麌　〔l〕偻缕　〔j〕矩聚　〔q〕取〔x〕诩煦

【ɑng】〔m〕莽（养韵同）

八　荠

【i】〔b〕陛　〔m〕米　〔d〕底抵诋坻柢邸弟娣递（霁韵同）　〔t〕体涕（霁韵同）悌　〔l〕礼澧醴蠡（古人名，范~）〔j〕济（水名）荠　〔q〕启　〔x〕洗

九　蟹

【ɑ】〔s〕洒

159

【ie】〔j〕解　〔x〕蟹獬

【ai】矮　〔b〕摆　〔m〕买　〔k〕楷　〔h〕骇

【uai】〔g〕拐

十 贿

【ai】〔d〕待怠殆　〔n〕乃　〔g〕改　〔k〕凯铠恺　〔h〕海醢亥　〔z〕宰载(年)在(存~)　〔c〕采彩

【ei】〔b〕倍　〔m〕每　〔n〕馁　〔l〕蕾儡

【uei】猥嵬（灰韵同）　〔h〕悔贿汇　〔z〕罪

(有◦号的字，词韵属第五部；其余属第三部)

十一 轸

【en】〔zh〕畛诊畔朕（~兆）　〔sh〕哂肾蜃　〔r〕忍

【in】引蚓尹　〔p〕牝　〔m〕敏闵悯泯（真韵同）　〔j〕紧尽

【uen】〔d〕盾（阮韵同）　〔zh〕准　〔ch〕蠢　〔s〕笋隼

【ün】允陨殒　〔j〕菌

【iong】〔j〕窘

十二 吻

【en】〔f〕粉忿（问韵同）愤

【in】隐　〔j〕谨槿近（远~）

【uen】吻刎

【ün】蕴

十三 阮

【an】〔b〕阪　〔f〕反返饭（动词）

【ian】偃堰　〔j〕謇（铣韵同）

【uan】婉琬挽晚　〔r〕阮

【üan】远（～近）苑（愿韵同）　〔q〕绻

【en】〔b〕本畚　〔k〕垦恳　〔h〕很狠

【uen】稳　〔d〕沌盾（轸韵同）遁（愿韵同）　〔g〕衮〔k〕阃　〔h〕混　〔s〕损

(有◎号的字，词韵属第七部；其余属第六部)

十四旱

【an】〔b〕伴　〔m〕满　〔d〕但诞　〔t〕坦袒　〔l〕懒〔k〕侃　〔h〕罕旱悍（翰韵同）　〔s〕散（闲～）伞

【uan】碗　〔d〕短断（～绝）　〔n〕暖　〔l〕卵（哿韵同）〔g〕管琯馆（翰韵同）盥（翰韵同）　〔k〕款　〔h〕缓浣〔z〕纂　〔s〕算（动词）

十五潸

【an】〔b〕坂板版　〔zh〕盏栈（谏韵同）　〔ch〕产〔sh〕潸（删韵同）

【ian】眼　〔j〕柬拣捡简　〔x〕限

【uan】绾（谏韵同）　〔zh〕撰

十六铣

【an】〔zh〕展　〔ch〕阐　〔sh〕善（～恶）

【ian】演充衍　〔b〕扁匾褊辨辩辫　〔m〕免勉冕沔眄（霰韵同）湎缅　〔d〕典　〔t〕腆殄　〔n〕辇　〔j〕剪茧蹇（阮韵同）践饯（霰韵同）键　〔q〕浅遣缱　〔x〕显鲜（少）藓跣铣燹

【uan】〔zh〕转（自～，不及物动词）篆　〔ch〕喘舛　〔r〕软

【üan】〔j〕卷（～帘）　〔q〕犬畎　〔x〕选

161

十七筱

【ao】〔zh〕沼 兆 赵 肇　〔sh〕少（多～）绍　〔r〕扰 绕

【iao】杳 窈 窅 夭（～折）　〔b〕表　〔p〕殍 縹　〔m〕杪 秒 眇 渺 缈 藐 淼　〔d〕掉（啸韵同）　〔t〕挑（～引）窕　〔n〕鸟 茑（啸韵同）褭　〔l〕蓼 嘹 了 缭　〔j〕皎 矫 缴（交纳）〔q〕悄　〔x〕晓 小 筱

十八巧

【ao】拗　〔b〕饱 鲍　〔m〕卯　〔n〕挠（豪韵同）　〔zh〕爪　〔ch〕炒

【iao】咬　〔j〕狡 绞 搅　〔q〕巧

十九皓

【ao】媪 袄　〔b〕宝 保 葆 堡 鸨 抱　〔d〕捣 岛 祷（号韵同）倒（跌～）稻 道　〔t〕讨　〔n〕恼 脑 瑙　〔l〕老 劳　〔g〕槁 稿 缟 杲 镐　〔k〕考　〔h〕好（～坏）浩 皓 昊 镐（周朝国都）〔z〕早 蚤 枣 澡 藻 燥 造（～作）皂　〔c〕草　〔s〕扫（号韵同）嫂

二十哿

【o】〔b〕跛　〔p〕叵 颇

【uo】我　〔d〕朵 垛 躲 舵 惰 堕　〔t〕妥　〔n〕娜　〔l〕裸　〔g〕果 裹　〔h〕火 祸　〔z〕左 坐（～立）　〔s〕琐 锁

【e】〔g〕舸 哿　〔k〕可 坷（个韵同）颗　〔h〕荷（负～）

【uan】〔l〕卵（旱韵同）

二十一马

【a】〔b〕把　〔m〕马　〔sh〕厦

【ia】雅　〔j〕假（真～）贾（姓）　〔x〕下（上～）夏（华

～)

【ua】瓦　〔g〕寡

【e】〔zh〕者赭　〔sh〕舍（～弃）社　〔r〕惹

【ie】也冶野　〔q〕且　〔x〕写泻（祃韵同）

二十二养

【ang】〔b〕榜　〔m〕莽（麌韵同）漭蟒　〔f〕仿纺　〔d〕党谠荡　〔n〕曩　〔l〕朗　〔k〕慷　〔zh〕长（生～）掌丈仗（漾韵同）杖　〔ch〕厂敞氅　〔sh〕上（升，～声）赏　〔r〕壤　〔s〕颡

【iang】仰痒养鞅　〔l〕两魉　〔j〕奖桨蒋（姓）　〔q〕强（勉～）　〔x〕享想响象像橡

【uang】网罔惘魍往枉　〔g〕广　〔h〕晃幌　〔sh〕爽

二十三梗

【a】〔d〕打

【eng】〔m〕猛　〔l〕冷　〔g〕耿梗哽鲠　〔zh〕整　〔ch〕骋逞　〔sh〕省

【ing】影郢颖颍　〔b〕丙炳秉饼　〔l〕领岭　〔j〕景井颈警境靖静　〔q〕顷请　〔x〕省杏幸荇

【uang】〔k〕矿

【iong】永

二十四迥

【eng】〔d〕等　〔k〕肯　〔ch〕拯

【ing】〔b〕并　〔m〕茗酩　〔d〕顶酊鼎　〔t〕挺梃铤艇　〔x〕醒（青韵同）

【iong】〔j〕迥炯

二十五有

【u】〔b〕缶　〔m〕牡母亩　〔f〕负阜妇

【ou】偶耦藕　〔p〕剖　〔m〕某　〔f〕否（是～）缶　〔d〕斗　〔g〕苟狗垢　〔k〕口扣　〔h〕吼后厚　〔zh〕肘纣帚　〔ch〕丑　〔sh〕守手首受绶寿（宥韵同）　〔z〕走　〔s〕薮擞叟

【iou】友有酉莠牖诱右　〔n〕纽　〔l〕柳　〔j〕酒韭久九玖咎臼舅　〔q〕糗　〔x〕朽

（有⊛号的字，在词韵中兼入麌韵或遇韵）

二十六寝

【en】〔zh〕枕（衾～）朕（我）　〔sh〕审婶沈甚（沁韵同）〔r〕荏稔衽

【in】饮（～食）　〔p〕品　〔l〕凛懔廪　〔j〕锦噤　〔q〕寝

【ing】〔b〕禀

二十七感

【an】〔d〕胆啖澹（勘韵同）　〔t〕毯　〔l〕览揽　〔g〕感敢　〔k〕坎　〔h〕撼颔　〔c〕惨　〔s〕糁

【ian】〔q〕嵌（咸韵同）

二十八俭

【an】〔zh〕崭　〔ch〕谄　〔sh〕闪陕剡　〔r〕染冉苒

【ian】奄掩埯琰俨焰魇（叶韵同）　〔b〕贬　〔d〕点玷簟　〔t〕忝（艳韵同）　〔l〕敛（艳韵同）脸　〔j〕俭检渐　〔q〕芡歉　〔x〕险

二十九豏

【an】黯　〔f〕犯范　〔zh〕斩湛

【ian】〔j〕减槛舰　〔q〕豏

去　声

一　送

【eng】〔m〕梦　〔f〕凤讽

【ueng】瓮

【ong】〔d〕冻栋洞　〔t〕痛恸　〔n〕弄　〔g〕贡　〔k〕空（～缺）控　〔zh〕中（击～）仲众　〔z〕粽　〔s〕送

二　宋

【eng】〔f〕俸缝（～隙）

【ong】〔t〕统　〔g〕共供（～设，名词）　〔zh〕种（栽～）重（再）　〔z〕从（仆～）纵（放～）综　〔s〕宋颂讼诵

【ing】用雍（州名）

三　绛

【ian】〔j〕降（升～）绛　〔x〕巷

【uang】〔zh〕撞（江韵同）

四　寘

【i】意异义议谊懿肄易（容～）　〔b〕避臂比（近）庇鼻　〔p〕譬　〔m〕秘　〔d〕地　〔n〕腻　〔l〕利莉痢吏　〔j〕记忌季悸芰寄冀骥骑（车～，名词）积（～蓄）　〔q〕企弃器　〔x〕戏

【-i】〔zh〕治（安）帜智志至致轾稚贽鸷踬识（记）值

置　〔ch〕豉炽翅啻　〔sh〕使（～者）事侍示谥试弑　〔z〕字自恣　〔c〕次刺赐伺　〔s〕寺肆四泗驷嗣笥饲食（给人吃）思（名词）

【er】饵珥二贰

【e】〔c〕厕

【uai】〔sh〕帅（名词）

【ei】〔b〕备被（覆）　〔p〕辔　〔m〕媚寐魅　〔l〕泪类累（连～）

【uei】伪为（因～）位遗（赠与）　〔g〕柜　〔k〕愧箦馈匮　〔zh〕坠　〔ch〕吹（鼓～，名词）　〔sh〕睡　〔r〕瑞　〔z〕醉　〔c〕悴瘁萃翠粹　〔s〕祟穗遂燧隧邃

五 未

【i】毅衣（着～，动词）　〔j〕既　〔q〕气

【ei】〔f〕沸费翡

【uei】纬未味畏胃渭谓猥尉蔚魏　〔g〕贵　〔h〕讳卉（尾韵同）

六 御

【u】〔zh〕助著箸　〔ch〕处（～所）　〔sh〕署曙庶恕疏（～奏）

【ü】御（射～）预豫驭语（告）誉（名～）饫　〔l〕虑　〔j〕踞锯据（依～）遽　〔q〕去（来～）　〔x〕絮

七 遇

【u】忤误悟晤痦务雾鹜骛鹈恶（憎～）污（动词）〔b〕捕哺步怖　〔p〕仆（偃～）　〔m〕暮墓募慕　〔f〕赴傅赋付附鲋　〔d〕度（制～）渡妒蠹　〔t〕兔吐（虞韵同）〔n〕怒（麌韵同）　〔l〕路辂赂露鹭　〔g〕故顾固　〔k〕库

绔　〔h〕护互冱　〔zh〕住注驻铸　〔sh〕树（～木）戍数（～量）　〔r〕孺　〔s〕素诉塑

【ü】遇喻谕裕芋妪寓　〔l〕屡　〔j〕句具惧屦　〔q〕趣娶

【uo】〔z〕祚　〔c〕措

八　霁
【i】艺诣羿裔翳瘗　〔b〕闭敝蔽弊薜躄睥币　〔m〕谜　〔d〕帝蒂谛弟（荠韵同）第睇棣递（荠韵同）　〔t〕涕（荠韵同）替　〔n〕睨泥（拘～）　〔l〕丽俪戾唳捩厉励砺粝荔隶例　〔j〕计济（渡）霁骥际继蓟祭髻　〔q〕契（合～）砌憩　〔x〕细系

【-i】〔zh〕滞制彘　〔sh〕世势誓逝筮噬

【ü】〔x〕婿

【ie】曳

【ei】〔m〕袂

【uei】卫　〔b〕桂　〔h〕惠蕙彗慧篲　〔zh〕缀　〔sh〕税　〔r〕锐芮蚋睿　〔c〕脆毳　〔s〕岁

九　泰
【a】〔d〕大（个韵同）【ai】薆霭艾　〔d〕带　〔t〕太汰泰〔n〕奈　〔l〕赖濑籁　〔g〕盖丐　〔h〕害　〔c〕蔡

【uai】外　〔k〕侩狯脍

【ei】〔b〕贝狈　〔p〕沛旆　〔l〕酹（队韵同）

【uei】〔d〕兑　〔t〕蜕　〔h〕会荟绘桧　〔z〕最蕞
（有⊙号的字，词韵属第五部；其余属第三部）

十　卦
【ua】〔g〕卦挂　〔h〕话画（图～）

167

【ie】〔j〕戒诫介界芥疥玠届　〔x〕械懈廨澥

【ai】隘　〔b〕拜败稗　〔p〕派湃　〔m〕卖迈　〔ch〕虿　〔sh〕晒

【uai】〔g〕怪　〔k〕快

(有⊙号的字，词韵属第五部；其余属第十部)

十一队

【i】刈

【ai】爱瑷碍　〔d〕代岱贷黛戴黱　〔t〕态　〔n〕耐鼐　〔l〕睐　〔g〕溉概　〔k〕慨忾　〔z〕再在(所~)载(运~)　〔c〕菜塞(边~)赛

【uai】〔k〕块

【ei】〔b〕辈背悖　〔p〕佩珮配　〔m〕妹昧　〔f〕吠废肺　〔n〕内　〔l〕耒酹(泰韵同)

【uei】〔d〕队对碓　〔t〕退　〔k〕溃愦　〔h〕悔诲晦秽喙　〔s〕碎

(有⊙号的字，词韵属第五部，其余属第三部)

十二震

【en】〔zh〕阵振震镇　〔ch〕衬榇趁　〔sh〕慎　〔r〕认刃仞牣

【in】印　〔b〕鬓　〔l〕吝　〔j〕觐仅烬进晋靳　〔x〕信衅

【uen】〔zh〕谆(真韵同)　〔sh〕顺舜瞬　〔r〕闰润

【ü】〔j〕俊峻浚骏　〔x〕迅讯汛殉

十三问

【en】〔f〕分(名~)忿(吻韵同)奋粪

【in】〔j〕近（动词）

【uen】紊 问 汶 闻（名誉）

【ün】运 晕 缊 愠 韵　〔j〕郡　〔x〕训

十四愿

【an】〔f〕贩 饭（名词）

【ian】〔j〕建 健　〔x〕献 宪

【uan】万 蔓

【üan】远（动词）苑（阮韵同）怨 愿　〔q〕劝 券

【en】〔m〕闷　〔n〕嫩　〔g〕艮　〔h〕恨

【uen】〔d〕钝 顿 遁（阮韵同）论（名词）　〔k〕困　〔h〕溷　〔c〕寸

【ün】〔x〕逊 巽

(有⊙号的字，词韵属第七部；其余属第六部)

十五翰

【an】案 按 岸　〔b〕半 绊　〔p〕判 畔 叛　〔m〕漫（寒韵同，又副词独用）幔 缦　〔d〕旦 但 弹（名词）惮　〔t〕叹（寒韵同）炭　〔n〕难（灾～）　〔l〕烂　〔g〕干（枝～）　〔k〕看（寒韵同）　〔h〕汉 汗 悍 翰（～墨）瀚　〔z〕赞　〔c〕灿 粲　〔s〕散（分～）

【uan】惋 腕 玩　〔d〕段 锻 断（决～）　〔l〕乱　〔g〕馆（旱韵同）冠（～军）观（楼～）贯 灌 鹳 盥（旱韵同）　〔h〕涣 焕 换 唤　〔c〕窜 爨　〔s〕算（名词）

十六谏

【an】〔b〕扮 办 瓣　〔p〕盼　〔m〕慢　〔zh〕绽 栈（潸韵同）

【ian】雁 晏　〔j〕谏 间（～隔）涧　〔x〕苋

169

【uan】绾（潸韵同） 〔g〕惯 〔h〕幻宦患（删韵同）豢 〔ch〕串

十七霰

【an】〔zh〕战 〔ch〕颤 〔sh〕扇善（动词）缮禅（封~）擅

【ian】燕（~子）宴咽（吞~）彦谚砚唁 〔b〕卞汴变便（~利）遍 〔p〕片 〔m〕面眄（铣韵同） 〔d〕甸殿电淀奠 〔t〕填（先韵同）钿（先韵同） 〔l〕恋炼练 〔j〕见箭贱溅（迸射）饯（铣韵同）荐 〔q〕遣茜倩 〔x〕线县羡霰

【uan】〔zh〕转（及物动词）传（~记）啭馔 〔ch〕钏

【üan】院掾 〔j〕卷（书~）眷倦绢 〔x〕旋（副词）眩绚

十八啸

【ao】〔zh〕召诏照 〔sh〕邵少（老~）烧（野火）

【iao】要（重~）曜耀 〔m〕妙庙 〔d〕调（音~）吊钓掉（筱韵同） 〔t〕眺粜 〔n〕尿（效韵同） 〔l〕料疗 〔j〕峤叫醮徼（边~） 〔q〕俏峭诮鞘窍 〔x〕肖笑啸

十九效

【e】〔l〕乐（喜爱）

【ao】〔b〕豹爆 〔p〕炮 〔m〕貌 〔n〕闹 〔zh〕棹罩

【iao】〔j〕较教（~训）窖觉（寤） 〔x〕孝校效

二十号

【ao】傲奥澳 〔b〕报暴 〔m〕冒帽 〔d〕蹈导悼祷（皓韵同）盗到倒（颠~） 〔l〕劳（慰~） 〔g〕告（~诉） 〔k〕犒 〔h〕号（牌~）好（爱~）耗 〔z〕噪躁造（~就）灶

〔c〕操（～守）　〔s〕扫（皓韵同）

二十一个
【a】〔d〕大（泰韵同）

【o】〔b〕簸播　〔p〕破　〔m〕磨（石～）

【uo】卧　〔t〕唾　〔g〕过（经过，过失）　〔h〕货　〔z〕佐做坐（哿韵同，又同座）座　〔c〕挫

【e】饿　〔g〕个　〔k〕坷（哿韵同）课　〔h〕和（唱～）贺

二十二祃
【-i】〔zh〕炙（烤肉，名词）

【a】〔b〕罢霸灞　〔p〕怕帕　〔m〕祃骂　〔zh〕诈

【ia】亚讶迓　〔j〕假（～借，休～）价架驾嫁稼　〔x〕下（降）夏（春～）暇

【ua】〔k〕跨　〔h〕化华（～山）

【e】〔zh〕蔗柘　〔sh〕舍（房～）射麝赦

【ie】夜　〔j〕借藉（蕴～）　〔x〕泻（马韵同）卸谢榭

二十三漾
【ang】〔b〕傍（依～）谤　〔f〕访舫放　〔d〕荡宕当（妥～）　〔l〕浪（波～）阆　〔k〕亢（高～）抗　〔zh〕帐涨仗（养韵同）障嶂瘴　〔ch〕唱畅怅　〔sh〕上（～下）尚　〔r〕让　〔z〕葬藏（宝～）脏（～腑）　〔s〕丧（～失）

【iang】恙样漾　〔n〕酿　〔l〕亮谅量（名词）　〔j〕将（～帅）匠酱　〔x〕饷向相（卿～）

【uang】王（～天下）旺妄忘（阳韵同）望（观～，阳韵同；名～，独用）　〔k〕旷况贶　〔zh〕壮状　〔ch〕创（开～）怆

二十四敬
【in】〔p〕聘

【eng】〔b〕迸　〔m〕孟　〔g〕更（～加）　〔h〕横（～暴）〔zh〕郑正（～直）政诤　〔sh〕圣盛（茂～）

【ing】映硬　〔b〕柄病并（兼～）　〔m〕命　〔l〕令（命～）　〔j〕阱竞竟镜獍净劲敬　〔q〕庆　〔x〕性姓行（学～）

【iong】咏泳　〔x〕夐

二十五径

【en】〔ch〕称（相～）

【ün】孕

【eng】〔d〕邓凳　〔zh〕证　〔sh〕乘（车～，名词）剩胜（～败）　〔z〕赠甑

【ing】应（呼～）莹（庚韵同）媵　〔p〕凭（蒸韵同）　〔d〕定　〔t〕听（聆～，青韵同；～从，独用）　〔n〕佞　〔j〕径〔q〕磬罄　〔x〕兴（～趣）

二十六宥

【u】〔f〕富副覆（盖）　〔sh〕漱

【ao】〔m〕茂贸

【ou】〔d〕斗（争～）豆逗读（句～）窦　〔t〕透　〔l〕镂陋漏　〔g〕诟构购媾　〔k〕寇蔻　〔h〕逅候堠　〔zh〕骤昼宙胄咒皱绉　〔ch〕臭　〔sh〕授售（尤韵同）寿（有韵同）狩兽瘦　〔z〕奏

【iou】佑幼又囿宥柚　〔m〕谬　〔l〕溜　〔j〕旧厩疚就究　〔x〕秀绣岫袖嗅宿（星～）

（有◦号的字，在词韵中兼入遇韵）

二十七沁

【en】〔zh〕枕（动词）鸩　〔ch〕谶　〔sh〕甚（寝韵同）

〔r〕任（信～）

【in】〔y〕饮（给牲口～）荫　〔j〕禁（～令）噤浸　〔q〕沁

二十八勘

【an】暗　〔d〕淡澹（感韵同）啖担（名词）　〔l〕缆滥 〔g〕绀　〔k〕瞰勘　〔h〕憾憨　〔z〕暂　〔s〕三（再～）

二十九艳

【an】〔zh〕占（～据）　〔sh〕赡

【ian】艳滟厌（憎恶，满足）酽验　〔d〕店垫　〔t〕忝（俭韵同）　〔n〕念　〔l〕敛（俭韵同）潋　〔j〕剑（陷韵同）僭 〔q〕欠

三十陷

【an】〔f〕泛梵　〔zh〕站蘸　〔ch〕忏

【ian】〔j〕剑（艳韵同）鉴监（中书～）　〔x〕陷

【uan】〔zh〕赚

入　声

一　屋

【uo】〔zh〕啄　〔s〕缩

【u】屋　〔b〕卜　〔p〕扑仆（奴～）瀑曝　〔m〕木沐牧目苜睦穆　〔f〕伏茯匐（职韵同）福辐蝠服复覆（翻～）馥腹　〔d〕独读（诵～）渎牍椟犊　〔t〕秃　〔l〕陆禄碌鹿漉辘簏麓戮　〔g〕谷榖　〔k〕哭　〔h〕斛觳　〔zh〕竹竺筑逐祝舳　〔ch〕畜矗　〔sh〕叔淑菽倏孰熟塾　〔z〕族镞 〔c〕簇蹙蹩　〔s〕速夙宿（住～）肃骕谡

【ü】育郁（馥～）鬻　〔j〕掬鞠菊　〔q〕麴　〔x〕畜蓄

173

蓿

【ou】〔zh〕粥轴　〔r〕肉

【iou】〔l〕六

二　沃

【u】〔d〕笃毒督　〔l〕录渌〔g〕梏　〔k〕酷　〔h〕鹄〔zh〕烛躅瞩　〔ch〕触　〔sh〕赎蜀属束　〔r〕辱缛褥〔z〕足　〔c〕促　〔s〕俗粟

【ü】玉欲浴鹆狱　〔l〕绿　〔j〕局　〔q〕曲　〔x〕旭勖续项

【ou】沃

三　觉

【u】〔p〕朴璞

【o】〔b〕剥驳

【uo】喔渥握幄　〔l〕荦　〔zh〕捉卓浊啄涿琢濯擢斫〔sh〕数（频～）朔

【e】〔k〕壳

【üe】岳乐（礼～）　〔j〕觉（知～）角桷确榷　〔x〕学

【ao】〔b〕雹⊙

【iao】〔j〕角

(有⊙号的字，词韵兼入沃韵)

四　质

【i】一乙壹佚逸溢　〔b〕笔必毕筚跸弼　〔p〕匹〔m〕宓密蜜　〔n〕昵　〔l〕栗　〔j〕疾蒺嫉吉　〔q〕七漆〔x〕膝悉蟋

【-i】〔zh〕侄（屑韵同）质秩栉窒　〔ch〕叱　〔sh〕失虱实室　〔r〕日

【u】〔ch〕出绌黜怵　〔sh〕秫术述　〔z〕卒（终）

【ü】鹬　〔l〕律　〔j〕橘　〔x〕戌恤

【e】〔s〕瑟

【ie】〔j〕诘

五　物

【i】〔q〕乞讫迄

【-i】〔ch〕吃（口～）

【u】物勿　〔b〕不　〔f〕弗拂佛绋绂祓黻

【ü】郁（葱～）　〔q〕屈诎

【o】〔f〕佛

【üe】〔j〕掘（月韵同）

六　月

【u】兀　〔t〕突　〔g〕骨　〔k〕窟　〔h〕忽笏鹘（黠韵同）　〔z〕卒（士～）

【a】〔f〕发伐筏阀罚

【ua】袜

【o】〔b〕孛勃渤　〔m〕没殁

【e】〔h〕纥龁（月韵同）

【ie】谒　〔j〕揭（屑韵同）碣（屑韵同）竭羯　〔x〕歇蝎

【üe】曰月越粤　〔j〕掘（物韵同）厥蕨獗蹶　〔q〕阙

七　曷

【a】〔b〕拔（黠韵同）跋魃　〔d〕达怛妲　〔t〕挞闼獭（黠韵同）　〔l〕剌　〔s〕萨

【ua】袜　〔g〕括

【o】〔b〕拨钹钵　〔p〕泼　〔m〕抹末沫秣

【uo】斡　〔d〕夺掇（屑韵同）　〔t〕脱　〔l〕捋　〔g〕

聒　〔k〕括阔　〔h〕活豁　〔c〕撮

【e】遏　〔g〕割葛　〔k〕渴　〔h〕曷褐

八　黠

【u】〔h〕鹘（月韵同）

【a】〔b〕八拔（曷韵同）　〔p〕帕　〔t〕獭（曷韵同）〔zh〕札　〔ch〕察刹　〔sh〕杀铩

【ia】轧　〔j〕戛　〔x〕瞎黠

【ua】〔g〕刮　〔h〕滑猾

九　屑

【i】〔n〕薿（齐锡韵同）

【-i】〔zh〕侄（质韵同）

【uo】〔d〕掇（曷韵同）　〔zh〕拙　〔ch〕啜辍　〔sh〕说

【e】〔zh〕折哲辙浙　〔ch〕彻撤澈掣　〔sh〕舌设　〔r〕热爇

【ie】咽（呜～）　〔b〕别鳖蟞　〔p〕瞥撇　〔m〕灭蔑篾　〔d〕跌耋　〔t〕铁　〔n〕捏涅臬啮孽蘖　〔l〕列冽冽烈裂劣　〔j〕揭（月韵同）碣（月韵同）拮洁结颉孑桀杰节截　〔q〕切窃挈　〔x〕屑撷泄继亵

【üe】阅悦　〔j〕决诀抉玦绝谲　〔q〕缺阙　〔x〕薛穴雪血

十　药

【u】〔m〕幕　〔f〕缚　〔ch〕蹰

【o】〔b〕博搏膊薄礴泊箔　〔p〕泊粕　〔m〕膜莫漠寞瘼

【uo】〔d〕铎度（测～）　〔t〕托橐柝箨　〔n〕诺　〔l〕洛络骆落　〔g〕郭　〔k〕廓　〔h〕霍藿获镬　〔zh〕着灼

酌缴（弓～） 〔ch〕绰 〔sh〕烁铄 〔r〕若弱爇 〔z〕作昨怍酢 〔c〕错 〔s〕索

【e】恶（善～）蕚鄂愕谔锷腭鳄噩 〔l〕乐（哀～）〔g〕阁各恪 〔h〕涸貉鹤壑

【üe】约跃钥 〔n〕虐 〔l〕掠略 〔j〕攫爵嚼 〔q〕却雀鹊 〔x〕削谑

【ao】〔l〕酪 〔sh〕勺芍 〔z〕凿

【iao】药 〔j〕脚

十一 陌

【i】译绎怿峄驿亦奕弈益役疫易（变～）蜴 〔b〕碧璧 〔p〕辟僻癖 〔n〕逆 〔l〕鬲 〔j〕屐迹积（聚～）藉（蹈～）籍瘠踖脊戟 〔q〕碛 〔x〕夕汐岁昔惜席隙

【-i】〔zh〕只（～身）跖炙（动词）摭蹠掷 〔ch〕尺斥赤 〔sh〕石适释

【ü】〔j〕剧

【a】〔zh〕栅

【ia】〔x〕吓

【ua】〔h〕画（同"划"，～策）

【o】〔b〕帛伯舶擘 〔p〕魄迫珀 〔m〕陌貊脉（～～）

【uo】〔g〕帼虢 〔h〕获 〔sh〕硕

【e】厄额 〔g〕格骼革隔 〔k〕客 〔h〕核翮赫吓 〔zh〕谪 〔ch〕坼 〔z〕责箦帻泽择 〔c〕策册

【ie】液掖腋

【ai】〔b〕百白柏 〔m〕麦脉 〔zh〕摘宅窄

十二 锡

【i】〔b〕壁甓 〔p〕霹 〔m〕觅幂 〔d〕滴笛迪涤籴敌嫡镝翟的狄荻覿 〔t〕剔踢惕逖 〔n〕溺霓（齐屑韵

同) 〔l〕历沥枥雳砾 〔j〕绩激击寂 〔q〕戚 〔x〕析皙淅晰晳蜥檄阋

【-i】〔ch〕吃（动词）

十三职

【i】弋抑亿忆臆薏翊翼嶷 〔b〕逼 〔n〕匿 〔l〕力 〔j〕唧即鲫亟殛极棘稷 〔x〕息

【-i】〔zh〕织职直植殖陟 〔ch〕饬敕 〔sh〕食（饮～）蚀识（知～）式拭轼饰

【u】〔f〕匐（屋韵同）

【ü】域蜮 〔x〕洫

【o】〔m〕墨默

【uo】〔g〕国 〔b〕或惑

【e】〔d〕得德 〔t〕特忒忑 〔l〕勒 〔k〕克刻 〔h〕劾阂 〔z〕则仄昃 〔c〕侧恻测 〔s〕色啬穑塞（闭～）

【ei】〔b〕北 〔l〕肋 〔h〕黑 〔z〕贼

十四缉

【i】挹熠邑浥挹悒 〔l〕立粒笠 〔j〕集急及级笈（叶韵同）岌缉楫（叶韵同）给 〔q〕泣葺 〔x〕吸习翕隰袭

【-i】〔zh〕汁执絷 〔sh〕湿十什拾

【u】〔r〕入

【e】〔zh〕蛰 〔s〕涩

十五合

【a】〔d〕答 〔t〕塌塔沓踏榻 〔n〕纳衲 〔l〕拉腊蜡 〔z〕匝咂杂 〔s〕飒

【e】〔g〕鸽蛤 〔h〕合阖

十六叶

【i】〔j〕笈（缉韵同）楫（缉韵同）

【ia】〔j〕浃荚铗蛱颊　〔x〕侠

【e】〔zh〕摺褶辄　〔sh〕涉慑摄

【ie】叶晔厣〔d〕叠堞喋（～～）谍蝶蹀牒　〔t〕贴帖〔n〕聂蹑镊　〔l〕猎躐鬣　〔j〕接劫捷婕睫　〔q〕妾箧惬〔x〕协挟燮躞

【ian】魇（俭韵同）

十七洽

【a】〔f〕乏法　〔zh〕眨喋（～呷）　〔ch〕插锸　〔sh〕歃

【ia】压押鸭　〔j〕夹甲　〔q〕掐袷洽恰　〔x〕呷狎匣狭峡

【ie】业邺　〔j〕劫　〔q〕怯　〔x〕胁

附三　　词韵(《词林正韵》)部目表

	平　声	仄　声	
		上　声	去　声
第一部	一东　二冬	一董　二肿	一送　二宋
第二部	三江　七阳	三讲　二十二养	三绛　二十三漾
第三部	四支　五微 八齐　十灰(半)	四纸　五尾 八荠　十贿(半)	四寘　五未　八霁 九泰(半) 十一队(半)
第四部	六鱼　七虞	六语　七麌	六御　七遇
第五部	九佳(半) 十灰(半)	九蟹　十贿(半)	九泰(半) 十卦(半) 十一队(半)
第六部	十一真　十二文 十三元(半)	十一轸　十二吻 十三阮(半)	十二震　十三问 十四愿(半)
第七部	十三元(半) 十四寒 十五删　一先	十三阮(半) 十四旱 十五潸　十六铣	十四愿(半) 十五翰 十六谏　十七霰
第八部	二萧　三肴 四豪	十七筱　十八巧 十九皓	十八啸　十九效 二十号
第九部	五歌	二十哿	二十一个
第十部	九佳(半)　六麻	二十一马	十卦(半) 二十二祃
第十一部	八庚　九青 十蒸	二十三梗 二十四迥	二十四敬 二十五径

	平　声	仄　声	
		上　声	去　声
第十二部	十一尤	二十五有	二十六宥
第十三部	十二侵	二十六寝	二十七沁
第十四部	十三覃　十四盐 十五咸	二十七感 二十八俭 二十九豏	二十八勘 二十九艳 三十陷
		入　声	
第十五部		一屋　二沃	
第十六部		三觉　十药	
第十七部		四质　十一陌　十二锡 十三职　十四缉	
第十八部		五物　六月　七曷 八黠　九屑　十六叶	
第十九部		十五合　十七洽	

说明：①清代戈载《词林正韵》的韵目，原依照《集韵》，现改为《平水韵》，统归一律，以便与《诗韵》对照使用。

②本词韵分 19 部，只是把"诗韵"作大致合并而已，相当于古体诗的宽韵界限。但自宋代以来某些词人笔下，已将第六部与第十一部、第十三部相通，第七部与第十四部相通，使韵域更宽。

③每部所列的平韵或仄韵均可通用，如第一部平声一东二冬通用，视为一韵；仄声一董、二肿、一送、二宋通用，视为一韵。在仄声韵中，上声韵与去声韵可以通押，但一般不与入声韵通押。入声韵一般单独使用（用于某些习惯上用入声韵的词调，如《念奴娇》《忆秦娥》等）。

附四　常用词谱 50 种及范例比照

为方便读者学习写作，下面列出常用词谱 50 种及范例 50 首，以左右比照的方式排版。一牌多体者仅录常见的一体。分四类：第一类平韵调；第二类仄韵调；第三类平仄韵转换调；第四类平仄韵通押调。仅作必要的说明，不另加注评。

第一类　平韵调

1. **十六字令**（单调）　　　　　　　　　　**苍梧谣**　　蔡　伸

平。　　　　　　　　　　　　　　天！
仄仄平平仄仄平。　　　　　　　　休使圆蟾照客眠。
平平仄，　　　　　　　　　　　　人何在？
仄仄仄平平。　　　　　　　　　　桂影自婵娟。　（先韵）

2. **忆江南**（望江南，江南好。单调，27字）　**望江南**　　温庭筠

平平仄，　　　　　　　　　　　　梳洗罢，
仄仄仄平平。　　　　　　　　　　独倚望江楼。
仄仄平平平仄仄，　　　　　　　　过尽千帆皆不是，
平平仄仄仄平平。　　　　　　　　斜晖脉脉水悠悠。
仄仄仄平平。　　　　　　　　　　肠断白蘋洲。　（尤韵）

3. 渔歌子(渔父。单调,27字)

⊕仄平平仄仄平,
⊕平⊕仄仄平平。
平仄仄,
仄平平。
⊕平⊕仄仄平平。

渔 歌 子　　张志和

西塞山前白鹭飞,
桃花流水鳜鱼肥。
青箬笠,
绿蓑衣。
斜风细雨不须归。　(微韵)

4. 捣练子(单调,27字)

平仄仄,
仄平平。
⊕仄平平⊕仄平。
⊕仄⊕平平仄仄,
⊕平⊕仄仄平平。

捣 练 子　　李 煜

深院静,
小庭空。
断续寒砧断续风。
无奈夜长人不寐,
数声和月到帘栊。　(东韵)

5. 忆王孙(单调,31字)

⊕平⊕仄仄平平,
⊕仄平平⊕仄平。
⊕仄平平⊕仄平。
仄平平。
⊕仄平平⊕仄平。

忆 王 孙　　李重元

萋萋芳草忆王孙,
柳外楼高空断魂。
杜宇声声不忍闻。
欲黄昏,
雨打梨花深闭门。　(元文韵)

183

6. 长相思(双调,36字)

仄⊙平,
仄⊙平,（叠后二字）
⊙仄平平⊙仄平。
⊙平⊙仄平。（避孤平）

仄⊙平,
仄⊙平,（叠后二字）
⊙仄平平⊙仄平。
⊙平⊙仄平。（避孤平）

长相思　　白居易

汴水流,
泗水流,
流到瓜洲古渡头。
吴山点点愁。

思悠悠,
恨悠悠,
恨到归时方始休。
月明人倚楼。　（尤韵）

7. 浣溪沙(浣纱溪。双调,42字)

⊙仄平平仄仄平,
⊙平⊙仄仄平平。
⊙平⊙仄仄平平。

⊙仄⊙平平仄仄,
⊙平⊙仄仄平平。（往往对仗）
⊙平⊙仄仄平平。

浣溪沙　　晏殊

一曲新词酒一杯,
去年天气旧亭台。
夕阳西下几时回?

无可奈何花落去,
似曾相识燕归来。
小园香径独徘徊。　（灰韵）

8. 采桑子(丑奴儿。双调,44字)

⊙平⊙仄平平仄,

采桑子　　辛弃疾

少年不识愁滋味,

⊘仄平平。
⊘仄平平,｝(可叠可不叠句)
⊘仄平平⊘仄平。

⊕平⊘仄平平仄,
⊘仄平平。
⊘仄平平,｝(可叠可不叠句)
⊘仄平平⊘仄平。

爱上层楼。
爱上层楼,
为赋新诗强说愁。

而今识尽愁滋味,
欲说还休。
欲说还休,
却道天凉好个秋！　　(尤韵)

9. 诉衷情(双调,44字)　　　　　诉　衷　情　　　陆　游

⊕平⊘仄仄平平。
⊘仄仄平平。
⊕平仄仄平仄,
⊘仄仄平平。

当年万里觅封侯,
匹马戍梁州。
关河梦断何处？
尘暗旧貂裘。

平仄仄,
仄平平,
仄平平。
仄平平仄,
⊘仄平平,
仄仄平平。

胡未灭,
鬓先秋,
泪空流。
此生谁料,
心在天山,
身老沧洲！　　(尤韵)

10. 摊破浣溪沙(双调,48字)　　　　摊破浣溪沙　　　李　璟

⊘仄平平⊘仄平,

菡萏香销翠叶残,

⊕平⊙仄仄平平。　　　　　　　西风愁起绿波间。
⊙仄⊕平平仄仄，　　　　　　　还与韶光共憔悴。（变格句）
仄平平。　　　　　　　　　　不堪看。

⊙仄⊕平平仄仄，　　　　　　　细雨梦回鸡塞远，
⊕平⊙仄仄平平。　　　　　　　小楼吹彻玉笙寒。
⊙仄⊕平平仄仄，　　　　　　　多少泪珠何限恨，
仄平平。　　　　　　　　　　倚阑干。　　（寒删韵）

（此调系把《浣溪沙》前后阕末句扩展为两句）

11. 太常引(太清引。双调,49字)　　　太　常　引　　辛弃疾

⊕平⊙仄仄平平，　　　　　　　一轮秋影转金波，
⊙仄仄平平。　　　　　　　　　飞镜又重磨。
⊙仄仄平平。　　　　　　　　　把酒问姮娥：
⊙⊙仄、平平仄平。　　　　　　被白发、欺人奈何！

⊕平⊙仄，　　　　　　　　　　乘风好去，
⊕平⊙仄，　　　　　　　　　　长空万里，
⊙仄仄平平。　　　　　　　　　直下看山河。
⊙仄仄平平。　　　　　　　　　斫去桂婆娑，
⊙⊙仄、平平仄平。　　　　　　人道是、清光更多。（歌韵）

12. 浪淘沙(双调,54字)　　　　　　浪　淘　沙　　李　煜

⊙仄仄平平，　　　　　　　　　帘外雨潺潺，

186

|仄仄平平。|春意阑珊。
|⊕平⊕仄仄平平。|罗衾不耐五更寒。
|仄仄⊕平平仄仄，|梦里不知身是客，
|仄仄平平。|一晌贪欢。

|仄仄仄平平，|独自莫凭栏，
|仄仄平平。|无限江山。
|⊕平⊕仄仄平平。|别时容易见时难。
|仄仄⊕平平仄仄，|流水落花春去也，
|仄仄平平。|天上人间！　　（寒删韵）

13. 鹧鸪天（双调，55字）　　　鹧　鸪　天　　辛弃疾

（见第121页，第十二章范例72）

14. 南乡子（双调，56字）　　　南　乡　子　　辛弃疾

|仄仄仄平平，|何处望神州？
|仄仄平平仄仄平。|满眼风光北固楼。
|仄仄⊕平平仄仄，|千古兴亡多少事？
|平平。|悠悠。
|仄仄平平仄仄平。|不尽长江滚滚流。

|仄仄仄平平，|年少万兜鍪，
|仄仄平平仄仄平。|坐断东南战未休。
|仄仄⊕平平仄仄，|天下英雄谁敌手？
|平平。|曹刘！
|仄仄平平仄仄平。|生子当如孙仲谋。　（尤韵）

187

15. 临江仙（双调,60字）　　　　　临江仙·夜归临皋　　　苏 轼

⊘仄⊕平平仄仄，　　　　　　　夜饮东坡醒复醉，
⊕平⊘仄平平。　　　　　　　　归来仿佛三更。
⊕平⊘仄仄平平。　　　　　　　家童鼻息已雷鸣。
⊕平平仄仄，　　　　　　　　　敲门都不应，
⊘仄仄平平。　　　　　　　　　倚杖听江声。

⊘仄⊕平平仄仄，　　　　　　　长恨此身非我有，
⊕平⊘仄平平。　　　　　　　　何时忘却营营？
⊕平⊘仄仄平平。　　　　　　　夜阑风静縠纹平。
⊕平平仄仄，　　　　　　　　　小舟从此逝，
⊘仄仄平平。　　　　　　　　　江海寄馀生。　（庚韵）

16. 破阵子（双调,62字）　　　　　破阵子·为陈同甫赋壮词以寄之
　　　　　　　　　　　　　　　　　　　　　　　　　辛弃疾

（见第128页,第十二章范例75）

17. 江城子（双调,70字）　　　　　江城子·密州出猎　　　苏 轼

⊕平⊘仄仄平平。　　　　　　　老夫聊发少年狂，
仄平平，　　　　　　　　　　　左牵黄，
仄平平。　　　　　　　　　　　右擎苍。
⊘仄平平，　　　　　　　　　　锦帽貂裘，
仄仄仄平平。　　　　　　　　　千骑卷平冈。
⊘仄⊕平平仄仄，　　　　　　　为报倾城随太守，
平仄仄，　　　　　　　　　　　亲射虎，
仄平平。　　　　　　　　　　　看孙郎。

⊕平⊗仄仄平平。　　　　　　酒酣胸胆尚开张，
仄平平，　　　　　　　　　　鬓微霜，
仄平平。　　　　　　　　　　又何妨！
⊗仄仄平平，　　　　　　　　持节云中，
仄仄仄平平。　　　　　　　　何日遣冯唐？
⊗仄⊕平平仄仄，　　　　　　会挽雕弓如满月，
平仄仄，　　　　　　　　　　西北望，
仄平平。　　　　　　　　　　射天狼。　（阳韵）

18. 水调歌头(双调，95字)　　　　水调歌头·中秋　　苏　轼

（见第126页，第十二章范例74）

19. 望海潮(双调，107字)　　　　望　海　潮　　　柳　永

⊗平平仄，　　　　　　　　　东南形胜，
⊗平平仄，　　　　　　　　　三吴都会，
⊕平⊗仄平平。　　　　　　　钱塘自古繁华。
平仄仄平，　　　　　　　　　烟柳画桥，
平平仄仄，　　　　　　　　　风帘翠幕，
⊕平⊗仄平平。　　　　　　　参差十万人家。
⊗仄仄平平。　　　　　　　　云树绕堤沙。
仄⊕平平仄仄，（一般上一下四）怒涛卷霜雪，
⊗仄平平。　　　　　　　　　天堑无涯。
⊗仄平平，　　　　　　　　　市列珠玑，
⊕平⊗仄仄平平。　　　　　　户盈罗绮竞豪奢。

⊕平⊗仄平平。　　　　　　　　　重湖叠巘清嘉。

仄⊕平⊗仄，（上一下四）　　　有三秋桂子，

⊗仄平平。　　　　　　　　　　十里荷花。

平仄仄平，　　　　　　　　　　羌管弄晴，

平平仄仄，　　　　　　　　　　菱歌泛夜，

⊕平⊗仄平平。　　　　　　　　嬉嬉钓叟莲娃。

⊗仄仄平平。　　　　　　　　　千骑拥高牙。

仄⊕平平仄仄，（上一下四）　　乘醉听箫鼓，

⊗仄平平。　　　　　　　　　　吟赏烟霞。

⊗仄平平，　　　　　　　　　　异日图将好景，

⊕平⊗仄仄平平。　　　　　　　归去凤池夸。　　（麻韵）

（最后两句也可换成仄仄平平仄仄，⊗仄仄平平）

20. 沁园春（双调，114字）　　沁园春·雪　　毛泽东

⊗仄平平，（也可用韵）　　　　北国风光，

⊗仄平平，　　　　　　　　　　千里冰封，

仄仄仄平。　　　　　　　　　　万里雪飘。

仄⊕平⊗仄，（上一下四）　　　望长城内外，

⊕平⊗仄；　　　　　　　　　　惟馀莽莽；

⊕平⊗仄，　　　　　　　　　　大河上下，

⊗仄平平。　　　　　　　　　　顿失滔滔。

⊗仄平平，　　　　　　　　　　山舞银蛇，

⊕平⊗仄，　　　　　　　　　　原驰蜡象，

⊘仄平平⊘仄平。	欲与天公试比高。
平⊕仄，	须晴日，
仄⊕平⊘仄，(上一下四)	看红装素裹，
⊘仄平平。	分外妖娆。
⊕平⊘仄平平。	江山如此多娇，
⊘仄仄、平平⊘仄平。	引无数英雄竞折腰。
仄⊕平⊘仄，(上一下四)	惜秦王汉武，
⊕平⊘仄；	略输文采；
⊕平⊘仄，	唐宗宋祖，
⊘仄平平。	稍逊风骚。
⊘仄平平，	一代天骄，
⊕平⊘仄，	成吉思汗，(译名,未拘平仄)
⊘仄平平⊘仄平。	只识弯弓射大雕。
平⊕仄(或仄平仄)，	俱往矣，
仄⊕平⊘仄，(上一下四)	数风流人物，
⊘仄平平。	还看今朝。　(萧豪韵)

21. 六州歌头(双调,143字)　　　六州歌头　　　　张孝祥

平平⊘仄，	长淮望断，
⊘仄仄平平。	关塞莽然平。
平⊕仄，	征尘暗，
平平仄，	霜风劲，
仄平平。	悄边声。

仄平平。
仄仄平平仄,
平平仄,
平平仄,
平仄仄,
平平仄,
仄平平。
仄仄平平,
仄仄平平仄,
仄仄平平。
仄平平仄仄,(上一下四)
仄仄仄平平。
仄仄平平。
仄平平。

仄平平仄,(上一下三)
平平仄,
平平仄,
仄平平。
平平仄,
平平仄,
仄平平。

黯销凝。
追想当年事,
殆天数,
非人力;
洙泗上,
弦歌地,
亦膻腥。
隔水毡乡,
落日牛羊下,
区脱纵横。
看名王宵猎,
骑火一川明。
笳鼓悲鸣。
遣人惊。

念腰间箭,
匣中剑,
空埃蠹,
竟何成!
时易失,
心徒壮,
岁将零。

仄平平。 　　　　　　　　　　　　渺神京。

⊘仄平平仄， 　　　　　　　　　　干羽方怀远，

⊕平仄， 　　　　　　　　　　　　静烽燧，

仄平平。 　　　　　　　　　　　　且休兵。

平⊕仄， 　　　　　　　　　　　　冠盖使，

⊕平仄， 　　　　　　　　　　　　纷驰骛，

仄平平。 　　　　　　　　　　　　若为情？

平仄⊕平⊕仄， 　　　　　　　　　闻道中原遗老，

⊕平仄、 　　　　　　　　　　　　常南望、

⊘仄平平。 　　　　　　　　　　　翠葆霓旌。

仄⊕平⊕仄，(上一下四) 　　　　 使行人到此，

⊘仄仄平平。 　　　　　　　　　　忠愤气填膺。

⊘仄平平。 　　　　　　　　　　　有泪如倾！　　　(庚青蒸韵)

第二类　仄韵调

22. 如梦令(单调，33字)　　　如 梦 令　　　秦 观

⊘仄⊕平平仄， 　　　　　　　　　遥夜月明如水，

⊘仄⊕平平仄。 　　　　　　　　　风紧驿亭深闭。

⊘仄仄平平， 　　　　　　　　　　梦破鼠窥灯，

⊘仄⊕平平仄。 　　　　　　　　　霜送晓寒侵被。

平仄， 　　　　　　　　　　　　　无寐！

平仄，(叠句) 　　　　　　　　　　无寐！

⊘仄⊕平平仄。 　　　　　　　　　门外马嘶人起。　　(纸置霁韵)

193

(另见第107页,第十一章范例65)

23. 生查子(双调,40字)　　　　　生查子·元夕　　欧阳修

⊕平⊗仄平,(避孤平)　　　　　去年元夜时,
⊗仄平平仄。　　　　　　　　花市灯如昼。
⊗仄仄平平,　　　　　　　　月上柳梢头,
⊗仄平平仄。　　　　　　　　人约黄昏后。

⊕平⊗仄平,(避孤平)　　　　　今年元夜时,
⊗仄平平仄。　　　　　　　　月与灯依旧。
⊗仄仄平平,　　　　　　　　不见去年人,
⊗仄平平仄。　　　　　　　　泪湿春衫袖。　　(宥韵)

24. 点绛唇(双调,41字)　　　　　点绛唇　　李清照

⊗仄平平,　　　　　　　　　蹴罢秋千,
⊕平⊗仄平平仄。　　　　　　起来慵整纤纤手。
仄平平仄。　　　　　　　　露浓花瘦,
⊗仄平平仄。　　　　　　　薄汗轻衣透。

⊗仄平平,　　　　　　　　　见客入来,　　(拗句)
⊗仄平平仄。　　　　　　　袜划金钗溜。
平平仄。　　　　　　　　　和羞走。
仄平平仄。　　　　　　　　倚门回首,
⊗仄平平仄。　　　　　　　却把青梅嗅。　　(有宥韵)

25. 卜算子（双调，44字）

⊘仄⊘平平，
⊘仄平平仄。
⊘仄平平仄仄平，
⊘仄平平仄。

⊘仄⊘平平，
⊘仄平平仄。
⊘仄平平仄仄平，
⊘仄平平仄。

卜算子·咏梅　　毛泽东

风雨送春归，
飞雪迎春到。
已是悬崖百丈冰，
犹有花枝俏。

俏也不争春，
只把春来报。
待到山花烂漫时，
她在丛中笑。　（啸号韵）

26. 忆秦娥（双调，46字）

平⊕仄，
⊕平⊕仄平平仄。
平平仄，（叠前句后三字）
⊘平⊕仄，
仄平平仄。

⊕平⊕仄平平仄，
⊕平⊕仄平平仄。
平平仄，（叠前句后三字）
⊘平⊕仄，
仄平平仄。

（此调多用入声韵）

忆秦娥　　李白

箫声咽，
秦娥梦断秦楼月。
秦楼月，
年年柳色，
灞陵伤别。

乐游原上清秋节，
咸阳古道音尘绝。
音尘绝，
西风残照，
汉家陵阙。　（月屑韵）

27. 桃源忆故人（双调，48字）

⊕平⊗仄平平仄，
⊗仄⊗平平仄。△
⊗仄⊗平平仄，
⊗仄平平仄。△

⊕平⊗仄平平仄，
⊗仄⊗平平仄。△
⊗仄⊗平平仄，
⊗仄平平仄。△

桃源忆故人·题华山图　　陆　游

中原当日三川震，
关辅回头煨烬。
泪尽两河征镇，
日望中兴运。

秋风霜满青青鬓，
老却新丰英俊。
云外华山千仞，
依旧无人问！　　（震问韵）

28. 醉花阴（双调，52字）

⊗仄⊕平平仄仄，
⊗仄平平仄。（上一下四）△
⊗仄仄平平，
⊗仄平平、⊗仄平平仄。△

⊗仄⊕平平仄仄，
⊗仄平平仄。（上一下四）△
⊗仄仄平平，
⊗仄平平、⊗仄平平仄。△

醉花阴·重九　　李清照

薄雾浓云愁永昼，
瑞脑销金兽。（也可上二下三）
佳节又重阳，
玉枕纱厨，半夜凉初透。

东篱把酒黄昏后，（此处改平起律句）
有暗香盈袖。（也可上二下三）
莫道不消魂，
帘卷西风，人比黄花瘦。（宥韵）

29. 鹊桥仙(双调,56字)　　　　　　　　鹊　桥　仙　　　秦　观

⊕平⊕仄,　　　　　　　　　　纤云弄巧,
⊕平⊕仄,　　　　　　　　　　飞星传恨,
⊕仄⊕平⊕仄。　　　　　　　银汉迢迢暗度。
⊕平⊕仄仄平平,　　　　　　金风玉露一相逢,
仄⊕仄、平平⊕仄。　　　　便胜却、人间无数。

⊕平⊕仄,　　　　　　　　　　柔情似水,
⊕平⊕仄,　　　　　　　　　　佳期如梦,
⊕仄⊕平⊕仄。　　　　　　　忍顾鹊桥归路?
⊕平⊕仄仄平平,　　　　　　两情若是久长时,
仄⊕仄、平平⊕仄。　　　　又岂在、朝朝暮暮?　　(遇韵)

30. 玉楼春(双调,56字)　　　　　　　　玉　楼　春　　　宋　祁

(见第120页,第十二章范例71)

31. 踏莎行(双调,58字)　　　　　　　　踏　莎　行　　　晏　殊

⊕仄平平,　　　　　　　　　　小径红稀,
⊕平⊕仄,　　　　　　　　　　芳郊绿遍,
⊕平⊕仄平平仄。　　　　　　高台树色阴阴见。
⊕平⊕仄仄平平,　　　　　　春风不解禁杨花,
⊕平⊕仄平平仄。　　　　　　蒙蒙乱扑行人面。

⊕仄平平,　　　　　　　　　　翠叶藏莺,
⊕平⊕仄,　　　　　　　　　　朱帘隔燕,

⊕平⊗仄平平仄。　　　　　　炉香静逐游丝转。
⊕平⊗仄仄平平，　　　　　　一场愁梦酒醒时，
⊕平⊗仄平平仄。　　　　　　斜阳却照深深院。（霰韵）

32. 蝶恋花（双调，60字）　　　　蝶　恋　花　　　苏　轼

⊗仄⊕平平仄仄。　　　　　　花褪残红青杏小。
⊗仄平平，　　　　　　　　　燕子飞时，
⊗仄平平仄。　　　　　　　　绿水人家绕。
⊗仄⊕平平仄仄（尾三或仄平仄），　枝上柳绵吹又少。
⊕平⊗仄平平仄。　　　　　　天涯何处无芳草？

⊗仄⊕平平仄仄。　　　　　　墙里秋千墙外道。
⊗仄平平，　　　　　　　　　墙外行人，
⊗仄平平仄。　　　　　　　　墙里佳人笑。
⊗仄⊕平平仄仄（尾三或仄平仄），　笑渐不闻声渐杳。
⊕平⊗仄平平仄。　　　　　　多情却被无情恼。（筱皓啸韵）

33. 渔家傲（双调，62字）　　　　渔家傲·记梦　　　李清照

⊗仄⊕平平仄仄，　　　　　　天接云涛连晓雾，
⊕平⊗仄平平仄。　　　　　　星河欲转千帆舞。
⊗仄⊕平平仄仄。　　　　　　仿佛梦魂归帝所。
平⊗仄，　　　　　　　　　　闻天语，
⊕平⊗仄平平仄。　　　　　　殷勤问我归何处？

⊗仄⊕平平仄仄，　　　　　　我报路长嗟日暮，
⊕平⊗仄平平仄。　　　　　　学诗谩有惊人句。

⊠仄⊕平平仄仄。
平⊠仄,
⊕平⊠仄平平仄。

九万里风鹏正举。
风休住,
蓬舟吹取三山去。(语麌御遇韵)

34. 谢池春(双调,66字)　　　　谢 池 春　　　陆 游

⊠仄平平,
⊠仄⊠平平仄。
仄平平、平平仄仄。
平平平仄,
仄平平平仄。(上三下二)
仄平平、仄平平仄。

壮岁从戎,
曾是气吞残虏。
阵云高,狼烟夜举。
朱颜青鬓,
拥雕戈西戍。
笑儒冠、自来多误。

平平⊠仄,
仄仄⊠平平仄。
仄平平、平平仄仄。
平平平仄,
仄平平平仄。(上三下二)
仄平平、仄平平仄。

功名梦断,
却泛扁舟吴楚。
漫悲歌,伤怀吊古。
烟波无际,
望秦关何处?
叹流年、又成虚度。(语麌御遇韵)

(此调平仄较严。又名"卖花声")

35. 青玉案(双调,67字)　　　　青 玉 案　　　贺 铸

(见第108页,第十一章范例67)

36. 满江红(双调,93字)　　　　满 江 红　　　岳 飞

(见第129页,第十二章范例76)

37. 念奴娇（双调，100字）　　　念奴娇·赤壁怀古　　苏　轼

（见第 109 页，第十一章范例 68）

38. 桂枝香（双调，101字）　　　桂枝香·金陵怀古　　王安石

平平仄仄。　　　　　　　　　登临送目。
仄仄仄⊕平，（上一下四）　　　正故国晚秋，
⊛⊕平仄。　　　　　　　　　天气初肃。
⊛仄平平⊛仄，　　　　　　　千里澄江似练，
仄平平仄。　　　　　　　　　翠峰如簇。
⊕平⊛仄平平仄，　　　　　　征帆去棹残阳里，
仄平平、⊛平平仄。　　　　　背西风、酒旗斜矗。
仄平平仄，　　　　　　　　　彩舟云淡，
⊛平⊕仄，　　　　　　　　　星河鹭起，
仄平平仄。　　　　　　　　　画图难足。

仄⊛仄平平仄仄。（上三下四）　念往昔、豪华竞逐。
仄⊛仄平平，（上一下四）　　　叹门外楼头，
⊛平平仄。　　　　　　　　　悲恨相续。
⊛仄平平⊛仄，　　　　　　　千古凭高对此，
仄平平仄。　　　　　　　　　漫嗟荣辱。
⊕平⊛仄平平仄，　　　　　　六朝旧事随流水，
仄平平、⊛⊕平仄。　　　　　但寒烟、衰草凝绿。
仄平平仄，　　　　　　　　　至今商女，
⊛平平仄，　　　　　　　　　时时犹唱，
仄平平仄。　　　　　　　　　后庭遗曲。　　（屋沃韵）

(此调常用入声韵)

39. 水龙吟（双调，102字）　　　　水龙吟·登建康赏心亭　　辛弃疾

⊕平⊕仄平平，　　　　　　　　　　楚天千里清秋，
⊕平⊕仄平平仄。　　　　　　　　　水随天去秋无际。
⊕平仄仄，　　　　　　　　　　　　遥岑远目，
⊕平仄仄，　　　　　　　　　　　　献愁供恨，
⊕平⊕仄。　　　　　　　　　　　　玉簪螺髻。
⊕仄平平，　　　　　　　　　　　　落日楼头，
⊕平⊕仄，　　　　　　　　　　　　断鸿声里，
⊕平⊕仄。　　　　　　　　　　　　江南游子。
仄⊕平⊕仄，（上一下四）　　　　　把吴钩看了，
⊕平⊕仄，　　　　　　　　　　　　阑干拍遍，
平平仄，　　　　　　　　　　　　　无人会、
平平仄。　　　　　　　　　　　　　登临意。

⊕仄平平⊕仄。　　　　　　　　　　休说鲈鱼堪鲙，
仄平平、⊕平平仄。　　　　　　　　尽西风、季鹰归未？
⊕平⊕仄，　　　　　　　　　　　　求田问舍，
⊕平⊕仄，　　　　　　　　　　　　怕应羞见，
⊕平⊕仄。　　　　　　　　　　　　刘郎才气。
⊕仄平平，　　　　　　　　　　　　可惜流年，
⊕平⊕仄，　　　　　　　　　　　　忧愁风雨，
⊕平平仄。　　　　　　　　　　　　树犹如此！
仄平平仄仄平平仄仄，　　　　　　　倩何人、唤取红巾翠袖，
仄平平仄。（上一下三）　　　　　　揾英雄泪？　　（霁纸置泰未韵）

201

(最后两句也可改为12字：仄平平、仄仄平平仄，仄平平仄)

40．石州慢(双调，102字)　　　石州慢·己酉秋吴兴舟中　张元干

⊘仄平平，　　　　　　　　　雨急云飞，
⊘平平仄(或平仄仄平)，　　　瞥然惊散，
仄平平仄。　　　　　　　　　暮天凉月。
平平⊙仄平平，　　　　　　　谁家疏柳低迷，
仄仄⊙平平仄。　　　　　　　几点流萤明灭。
⊘平⊙仄，　　　　　　　　　夜帆风驶，
⊙⊙⊙仄平平，　　　　　　　满湖烟水苍茫，
平平⊙仄平平仄。　　　　　　菰蒲零乱秋声咽。
仄仄仄平平，　　　　　　　　梦断酒醒时，
仄平平平仄。(上一下四或上三下二)　倚危樯清绝。

平仄。　　　　　　　　　　　心折。
⊘平平仄，　　　　　　　　　长庚光怒，
⊘仄平平，　　　　　　　　　群盗纵横，
⊘平平仄。　　　　　　　　　逆胡猖獗。
⊘仄平平，　　　　　　　　　欲挽天河，
仄仄⊙平平仄。　　　　　　　一洗中原膏血。
⊘平⊙仄，　　　　　　　　　两宫何处？
⊙⊙⊙仄平平，　　　　　　　塞垣只隔长江，
⊙平⊙仄平平仄。　　　　　　唾壶空击悲歌缺。
仄仄仄平平，　　　　　　　　万里想龙沙，
仄平平平仄。(上一下四或上三下二)　泣孤臣吴越。　(月屑韵)

（此调常用入声韵）

41. 雨霖铃（双调，103字）

雨　霖　铃　　　　柳　永

平平平仄，
仄平平仄、
仄仄平仄。
平平仄仄平仄，
平平仄仄、平平平仄。
仄仄平平、仄仄仄平仄平仄。
仄仄仄、平仄平平，
仄仄平平仄平仄。

平平仄仄平平仄。
仄平平、仄仄平平仄。
平平仄仄平仄，
平仄仄，
仄平平仄。
仄平平平，
仄仄平平仄仄平仄。
仄仄仄、仄仄平平，
仄仄平平仄。

寒蝉凄切。
对长亭晚，
骤雨初歇。
都门帐饮无绪，
方留恋处，兰舟催发。
执手相看，泪眼竟无语凝噎。
念去去、千里烟波，
暮霭沉沉楚天阔。

多情自古伤离别。
更那堪、冷落清秋节！
今宵酒醒何处？
杨柳岸，
晓风残月。
此去经年，
应是良辰好景虚设。
便纵有、千种风情，
更与何人说？　（月曷屑韵）

（此调多用拗句，且常用入声韵。上阕第二、五句均为上一下三式；第七、八句可作前六后五处理）

（上阕第七、八句按左式点断，其意为"执手相看泪眼，竟无语凝噎"。）

42. 永遇乐（双调，104字）

词谱	永遇乐·京口北固亭怀古　辛弃疾
⊘仄平平，	千古江山，
⊘平⊕仄，	英雄无觅，
⊕仄平仄。	孙仲谋处。
⊘仄平平，	舞榭歌台，
⊕平⊘仄，	风流总被、
⊘仄平平仄。	雨打风吹去。
⊕平⊘仄，	斜阳草树，
⊕平⊘仄，	寻常巷陌，
⊘仄仄平平仄。	人道寄奴曾住。
⊘平⊕,	想当年，
平平⊘仄，	金戈铁马，
⊘⊕仄⊘平仄。	气吞万里如虎。
⊕平⊘仄，	元嘉草草，
⊕平平仄，	封狼居胥，
仄仄⊕平⊘仄。	赢得仓皇北顾。
⊘仄平平，	四十三年，
⊕平⊘仄，	望中犹记，
⊘仄平平仄。	烽火扬州路。
⊕平⊘仄，	可堪回首，
⊕平⊘仄，	佛狸祠下，
仄仄⊕平⊘仄。	一片神鸦社鼓。
⊕平仄、平平仄仄，	凭谁问：廉颇老矣，
仄平仄仄。	尚能饭否？（语麑御遇韵）

43. 贺新郎(双调,116字)

⊘仄平平仄。
仄平平、⊕平仄仄,
仄平平仄。
⊘仄⊕平平⊘仄,
⊘仄平平仄仄。
⊘仄仄、平平平仄。
⊘仄⊕平平⊘仄,
仄平平、⊘仄平平仄。
平仄仄,
仄平仄。

⊕平⊘仄平平仄。
仄平平、⊕平仄仄,
仄平平仄。
⊘仄⊕平平⊘仄,
⊘仄平平⊘仄。
⊘仄仄、平平平仄。
⊘仄⊕平平⊘仄,
仄平平、⊘仄平平仄。
平仄仄,
仄平仄。

(此调又名"金缕曲")

贺新郎·兵后寓吴　　蒋　捷

深阁帘垂绣。
记家人、软语灯边,
笑涡红透。
万叠城头哀怨角,
吹落霜花满袖。
影厮伴,东奔西走。
望断乡关知何处?
羡寒鸦、到着黄昏后,
一点点,
归杨柳。

相看只有山如旧。
叹浮云、本是无心,
也成苍狗。
明日枯荷包冷饭,
又过前头小阜。
趁未发,且尝村酒。
醉探枵囊毛锥在,
问邻翁:要写《牛经》否?
翁不应,
但摇首。　　(有宥韵)

(上下阕第二句三字逗后一般作"平平仄仄",本词作"仄仄平平")

44. 摸鱼儿(双调, 116字)　　　　摸鱼儿·东皋寓居　　晁补之

仄平平、仄平平仄，　　　　　　买陂塘、旋栽杨柳，
⊙平平仄平仄。　　　　　　　　依稀淮岸江浦。
⊙平⊙仄平平仄，　　　　　　　东皋嘉雨新痕涨，
⊙仄仄平平仄。　　　　　　　　沙嘴鹭来鸥聚。
平仄仄。　　　　　　　　　　　堪爱处，
⊙仄仄、平平⊙仄平平仄。　　　最好是、一川夜月光流渚。
平平仄仄。　　　　　　　　　　无人独舞。
仄⊙仄平平，(上一下四)　　　 任翠幄张天，
⊙平⊙仄，　　　　　　　　　　柔茵藉地，
⊙仄仄平仄。　　　　　　　　　酒尽未能去。

平平仄，　　　　　　　　　　　青绫被，
⊙仄平平仄仄。　　　　　　　　莫忆金闺故步。
⊙平平仄平仄。　　　　　　　　儒冠曾把身误。
平平⊙仄平平仄，　　　　　　　弓刀千骑成何事？
⊙仄仄平平仄。　　　　　　　　荒了邵平瓜圃。
平仄仄。　　　　　　　　　　　君试觑，
平仄仄、平平⊙仄平平仄。　　　满青镜、星星鬓影今如许！
平平仄仄。　　　　　　　　　　功名浪语。
仄⊙仄平平，(上一下四)　　　 便似得班超，
⊙平⊙仄，　　　　　　　　　　封侯万里，
⊙仄仄平仄。　　　　　　　　　归计恐迟暮。　(语麌御遇韵)

206

第三类　平仄韵转换调

45. 调笑令（单调，32字）　　　　　调　笑　令　　　韦应物

平仄，　　　　　　　　　　　　　　胡马，
平仄，（叠句）　　　　　　　　　　胡马，
⊘⊘⊕平⊕仄。　　　　　　　　　　远放燕支山下。（以上仄声"马"韵）
⊕⊕⊘仄⊕平，　　　　　　　　　　跑沙跑雪独嘶，
⊘仄⊕平仄平。　　　　　　　　　　东望西望路迷。（以上平声"齐"韵）
平仄，（颠倒前句末二字）　　　　　迷路，
平仄，（叠句）　　　　　　　　　　迷路，
⊘⊘⊕平⊕仄。　　　　　　　　　　边草无穷日暮。（以上仄声"遇"韵）

（共押六句仄韵，其中两叠韵；中间两句平韵）

46. 菩萨蛮（双调，44字）　　　　　菩　萨　蛮　　　温庭筠

　　　　　　　　（见经112页，第十一章范例70）

47. 清平乐（双调，46字）　　　　　清　平　乐　　　黄庭坚

（见第123页，第十二章范例73；又另见第141页，第十三章范例85）

48. 减字木兰花（双调，44字）　　　减字木兰花·广昌路上　　毛泽东

⊕平⊘仄，　　　　　　　　　　　　漫天皆白，
⊘仄⊕平平仄仄。　　　　　　　　　雪里行军情更迫。（以上入声陌韵）
⊘仄平平，　　　　　　　　　　　　头上高山，
⊘仄平平⊘仄平。　　　　　　　　　风卷红旗过大关。（以上平声删韵）

⊕平⊘仄,
⊘仄⊕平平仄仄。
⊘仄平平,
⊘仄平平⊘仄平。

此行何去?
赣江风雪迷漫处。（以上仄声御韵）
命令昨颁,
十万工农下吉安。（以上平声删寒韵）

（此词下阕第二、三句未按定式）

49. 虞美人（双调,56字）

⊕平⊘仄平平仄,
⊘仄平平仄。
⊕平⊘仄仄平平,
⊘仄⊕平⊘仄仄平平。

（上六下三或上二下七）

⊕平⊘仄平平仄,
⊘仄平平仄。
⊕平⊘仄仄平平,
⊘仄⊕平⊘仄仄平平。

（上六下三或上二下七）

（上下阕各两句仄韵、两句平韵,可不同韵部）

虞美人　　　　李煜

春花秋月何时了?
往事知多少!（以上上声筱韵）
小楼昨夜又东风,
故国不堪回首月明中。（以上平声东韵）

雕阑玉砌应犹在,
只是朱颜改。（以上上声贿韵）
问君能有几多愁?
恰是一江春水向东流!（以上平声尤韵）

（此词上下阕末句均为上二下七式）

第四类　平仄韵通押调

50. 西江月（双调,50字）

⊘仄⊕平⊘仄,
⊕平⊘仄平平。
⊕平⊘仄仄平平,
⊘仄⊕平⊘仄。

西江月·贺词　　　刘过

堂上谋臣尊俎,
边头将士干戈。（平声歌韵）
天时地利与人和,（平声歌韵）
燕可伐欤？曰可!（上声哿韵）

⊘仄⊕平⊘仄,
⊕平⊘仄平平。
⊕平⊘仄仄平平,
⊘仄⊕平⊘仄。

（此调前后阕头两句要用对仗。第二、第三句押平声韵，第四句押同部仄声韵）

今日楼台鼎鼐,
明年带砺山河。（平声歌韵）
大家齐唱大风歌,（平声歌韵）
不日四方来贺。（去声个韵）

（另见第111页，第十一章范例69）

此外，还有一类为平仄韵交错相押调，如《相见欢》、《酒泉子》、《定风波》等，这里不再列举。

附五　　现代汉语诗词新韵

本"诗词新韵",系根据国内最权威的《新华字典》、《现代汉语词典》所标注的字音阴平、阳平、上声、去声,并按《汉语拼音方案》中的韵母的排列顺序,参考和吸收现代诗韵几部著作的长处重新编写的。共分为十三部、十七韵,以部统韵(即同一部字区分平仄声调后均可押韵。若要求更严谨些也可按十七韵来押),适用于诗、词、曲各类。

文中"( )"内文字为异读字有关的说明;"〔 〕"内为声母,与"【 】"内韵母拼音即为普通话读音。文字下面加"*"号者,为原古读入声字。凡本表未收入的字,只要《新华字典》、《现代汉语词典》查到其韵母(含韵尾)与该部韵母(含韵尾)相同者,即可用于押韵。

第一部　衣　部

一、衣　韵

阴　平 (-)

【i】　〔零声母〕衣 依 医 伊 噫 猗 漪 铱 一 (单用或一词一句末
衣　　　　　　　　　　　　　　　　　　　　　　　　　　 *

念阴平，在去声前念阳平，在阴平、阳平、上声前念去声）壹揖　〔b〕逼

〔d〕低堤羝滴　〔j〕基箕鸡饥几讥玑机矶叽肌畿赍跻笄姬羁乩稽嵇奇（～数）犄畸迹绩积击擘屐激圾唧缉茨

〔m〕咪眯　〔n〕妮　〔p〕批披丕坯邳砒纰劈霹　〔q〕妻凄萋栖（～息）期欺蹊（～跷）沏（～茶）七漆戚槭嘁　〔t〕梯锑踢剔

〔x〕西栖（～～；不安）嬉牺嘻熹曦羲僖犀樨兮希烯稀奚溪蹊熙吸悉息昔惜膝析淅晰皙熄夕汐矽锡岁

【-i】〔z〕滋资姿兹咨孳髭龇孜辎淄锱　〔c〕疵差（参～）　〔s〕思私斯撕厮嘶司丝咝蛳鸶缌飔　〔zh〕支枝知之芝肢吱卮栀脂胝只织汁　〔ch〕嗤蚩痴笞鸱眵螭魑哧吃　〔sh〕诗师狮施尸蓍酾失湿虱

阳　平（ˊ）

【i】〔零声母〕移宜遗夷姨胰荑痍咦仪沂怡诒贻饴疑嶷迤（逶～）颐彝　〔b〕鼻　〔d〕笛迪涤敌狄获籴翟嘀镝嫡　〔j〕及汲极级岌笈急即疾嫉集吉棘籍藉亟脊瘠辑楫戢　〔l〕离篱漓缡璃犁黎藜鲡梨厘喱狸罹鲡骊鹂嫠　〔m〕迷谜醚縻糜靡弥猕麋　〔n〕泥坭怩呢（～绒）尼霓倪鲵猊旎　〔p〕皮疲毗脾裨黑鼙貔　〔q〕齐脐蛴其旗骐棋萁蜞祺琪歧奇骑琦崎祈圻芪耆鳍畦祁淇荠　〔t〕提题蹄啼　〔x〕席习袭隰熄檄

【-i】〔c〕慈糍瓷磁词辞祠茨鹚雌　〔zh〕直植殖值埴职侄执跖絷摭　〔ch〕迟池弛驰持踟匙墀　〔sh〕时埘鲥实石食拾识十蚀什湜

【er】〔零声母〕儿而

上 声 (ˇ)

【i】〔零声母〕以 苡 矣 已 蚁 椅 倚 乙　〔b〕比 彼 秕 妣 匕 俾 鄙 笔　〔d〕抵 砥 坻 柢 底 诋 邸 骶　〔j〕己 挤 几 (无~) 脊 (屋~) 戟 给 (~养)　〔l〕里 理 鲤 娌 俚 李 礼 逦 醴　〔m〕米 籹 弭 靡 (披~)　〔n〕你 拟　〔p〕痞 否 (不好) 仳 圮 匹 癖 擗　〔q〕起 岂 启 绮 企 杞 乞　〔t〕体　〔x〕喜 禧 铣 洗 徙 玺 葸 (畏~)

【-i】〔z〕子 籽 紫 訾 滓 梓 姊　〔c〕此　〔s〕死　〔zh〕止 址 芷 祉 趾 枳 旨 指 纸　〔ch〕齿 耻 豉 侈 褫 尺 吱　〔sh〕史 驶 始 使 矢 屎 豕

【er】〔零声母〕耳 洱 珥 尔 迩

去 声 (ˋ)

【i】〔零声母〕意 谊 议 易 义 毅 艺 呓 异 肆 懿 诣 瘗 殪 裔 刈 缢 艾 (同"乂"。治理, 惩治) 亦 弈 奕 益 溢 弋 翼 邑 亿 忆 臆 抑 译 驿 蜴 逸 佚 轶 屹 役 疫　〔b〕臂 避 薜 嬖 毙 蓖 箅 陛 蔽 敝 秘 (便~) 弊 闭 畀 痹 婢 睥 髀 裨 (~益) 币 毖 庇 必 碧 毕 跸 筚 哔 辟 壁 璧 襞 滗 弼 愎　〔d〕弟 递 睇 娣 第 地 棣 帝 蒂 缔 谛 的　〔j〕济 剂 霁 计 际 技 妓 伎 芰 寄 髻 记 忌 纪 季 悸 继 系 (~鞋带) 既 冀 骥 祭 蓟 暨 鲫 稷 偈　〔l〕利 莉 俐 痢 猁 吏 丽 俪 厉 励 粝 疠 砺 蛎 詈 例 隶 荔 戾 唳 苈 立 粒 力 栗 傈 砾 历 疬 沥 枥 雳 呖 栎　〔m〕秘 密 蜜 谧 宓 幂 觅　〔n〕昵 腻 泥 (拘~) 睨 逆 溺 匿　〔p〕屁 譬 辟 (开~) 僻　〔q〕气 汽 器 契 砌 弃 憩 泣 迄 讫 葺　〔t〕涕 剃 悌 替 嚏 屉 裼　〔x〕戏 系 细 阋 隙

【-i】〔z〕字 自 恣 眦 渍　〔c〕次 刺 赐·　〔s〕四 肆 似 饲 伺 嗣 寺 巳 祀 笥 驷 耙 俟 姒 厕 (茅~)　〔zh〕志 至 致 置 治 智 制 帜 稚 雉 滞 挚 鸷 峙 痔 痣 掷 窒 蛭 轾 栉 炙 秩 帙 质 陟　〔ch〕

赤 斥 翅 啻 炽 叱 敕 饬　〔sh〕试 势 是 世 氏 逝 誓 士 仕 事 市 示 视 侍 恃 谥 嗜 莳 舐 柿 弑 式 拭 轼 室 饰 释 螫 适 箧 噬　〔r〕日

【er】〔零声母〕二 弍 贰

二、居 韵

阴 平 (-)

【ü】〔零声母〕迂 瘀 淤 纡　〔j〕居 驹 拘 疽 车 (棋子) 趄 狙 雎 裾 据 (拮~) 掬 鞠　〔q〕驱 岖 躯 区 蛆 趋 祛 袪 曲 蛐 屈 诎　〔x〕虚 嘘 墟 须 需 圩 吁 胥 戍

阳 平 (ˊ)

【ü】〔零声母〕于 竽 盂 余 徐 鱼 渔 舆 欤 禺 愚 隅 嵎 虞 娱 愉 渝 逾 揄 瑜 觎 榆 臾 谀 腴 茰 予 (我) 妤　〔j〕菊 局 橘 桔　〔l〕驴 闾 榈　〔q〕渠 磲 衢 瘇 劬 蘧　〔x〕徐

上 声 (ˇ)

【ü】〔零声母〕雨 宇 语 予 羽 与 伛 圄 圉 庾 禹 屿 龉　〔j〕举 榉 矩 咀 沮 龃 莒 踽　〔l〕旅 膂 屡 褛 缕 偻 吕 铝 侣 履 捋 (~胡子)　〔n〕女　〔q〕取 娶 曲 (戏~) 龋　〔x〕许 诩 栩

去 声 (ˋ)

【ü】〔零声母〕遇 寓 预 滪 愈 谕 喻 吁 (呼~) 芋 驭 御 豫 蓣 裕 与 (参~) 誉 妪 饫 玉 育 欲 浴 域 蜮 鬻 郁 狱 鹬 鹆 毓 钰　〔j〕巨 拒 距 炬 苣 聚 具 惧 俱 锔 飓 句 遽 据 锯 踞 倨 窭 剧　〔l〕虑 滤

氯 绿 律 率（比~） 〔n恧〕恶衄 〔g觑〕去 趣 觑 〔x希〕绪 序 叙 絮 煦 婿 酗 蓄 续 畜（养~）旭 勖 洫 恤 蓿

第二部 姑 部

三、姑 韵

阴 平（-）

【u乌】〔零声母〕乌 呜 钨 污 巫 圬 诬 屋 〔b逋〕逋 〔c雌〕粗 〔ch蚩〕初 出 〔d得〕都 嘟 督 〔f佛〕夫 麸 肤 敷 孵 稃 跗 郛 〔g哥〕姑 沽 辜 酤 咕 估 鸪 菇 孤 菰 觚 箍 蛄 〔h喝〕呼 乎 忽 惚 〔k科〕枯 刳 哭 窟 〔p拨〕铺 扑 仆（~倒）噗 〔s思〕苏 酥 稣 〔sh诗〕书 梳 疏 蔬 枢 输 殊 姝 抒 舒 纾 摅 叔 淑 菽 〔t特〕突 凸 秃 〔z资〕租 菹 〔zh知〕朱 珠 诛 株 蛛 铢 猪 橥 诸

阳 平（ˊ）

【u乌】〔零声母〕无 吾 梧 鼯 吴 芜 毋 〔c雌〕殂 徂 〔ch蚩〕除 蜍 厨 橱 蹰 锄 躇 刍 雏 〔d得〕毒 读 渎 椟 黩 牍 独 〔f佛〕扶 芙 蚨 符 浮 莩 蜉 俘 桴 凫 涪 罘 福 幅 辐 蝠 服 菔 伏 袱 弗 拂 怫 莆 绋 氟 佛（仿~）绂 〔h喝〕胡 湖 猢 糊 瑚 醐 鹕 煳 狐 弧 壶 鹄 斛 槲 〔l勒〕炉 芦 垆 卢 轳 泸 鲈 庐 颅 舻 胪 栌 〔m摸〕模（~子）〔n讷〕奴 孥 驽 〔p拨〕蒲 脯 仆 璞 〔r日〕如 茹 儒 孺 濡 〔s思〕俗 〔sh诗〕熟 孰 塾 赎 秫 〔t特〕途 涂 荼 图 屠 徒 酴 〔z资〕族 卒 足 镞 〔zh知〕竹 竺

烛 逐 躅(踯~) 术(白~)

上 声(ˇ)

【u】〔零声母〕武 五 伍 捂 悟 午 忤 迕 舞 侮 妩 怃 鹉　〔b〕捕 哺 补 卜　〔ch〕楚 础 储 杵 楮 处(相~)　〔d〕赌 睹 堵 笃　〔f〕斧 釜 府 俯 腐 腑 拊 抚 甫 脯(果~) 辅　〔g〕古 鼓 瞽 诂 臌 罟 牯 骨 贾(商~) 蛊 钴 股 鹄(~的) 谷 榖　〔h〕虎 唬 浒　〔k〕苦　〔l〕鲁 橹 虏 掳 卤　〔m〕母 姆 拇 亩 牡　〔n〕努 弩　〔p〕普 谱 浦 埔 圃 朴 璞　〔r〕汝 乳 辱　〔sh〕暑 薯 曙 署 鼠 数(~说。动词) 黍 蜀 属　〔t〕土 吐(~露) 钍　〔z〕组 祖 阻 俎 诅　〔zh〕主 拄 煮 渚 嘱 瞩

去 声(ˋ)

【u】〔零声母〕务 雾 骛 鹜 误 悟 晤 焐 痦 恶(可~) 戊 坞 勿 物 兀 杌　〔b〕布 怖 步 埠 部 簿 瓿 不　〔c〕醋 促 蹙 簇 猝 蹴　〔ch〕处 畜 搐 怵 矗 触 绌 黜 亍(彳~。慢步走)　〔d〕度 渡 镀 肚 杜 妒 蠹　〔f〕父 富 副 赴 讣 付 附 鲋 驸 负 咐 妇 阜 赋 傅 赙 缚 复 覆 腹 馥 鳆　〔g〕故 固 痼 顾 雇 梏　〔h〕户 护 沪 扈 岵 互 怙 祜 瓠 笏　〔k〕库 裤 酷　〔l〕路 露 鹭 璐 赂 辂 陆 鹿 麓 辘 簏 漉 录 绿(~林) 禄 碌 渌 戮　〔m〕暮 墓 慕 募 幕 牧 木 沐 目 睦 穆　〔n〕怒　〔p〕铺(店~) 瀑 曝　〔r〕褥 蓐 缛 入　〔s〕诉 素 愫 嗉 塑 溯 宿 肃 速 簌 蔌 粟 僳 觫 夙　〔sh〕树 数 澍 庶 漱 戍 墅 竖 恕 腧 术 述 束　〔t〕兔 吐 菟　〔zh〕助 住 注 柱 炷 蛀 驻 铸 著 箸 翥 苎 贮 伫 筑 祝

215

第三部 花 部

四、花 韵

阴平 (-)

【a】〔零声母〕啊阿（前缀。阿公） 〔b〕巴笆疤粑叭扒（~车）八 〔c〕擦嚓 〔ch〕差叉杈馇插锸 〔d〕搭嗒 〔f〕发 〔g〕嘎 〔h〕哈 〔k〕喀 〔l〕拉喇 〔m〕妈嬷抹（~桌子） 〔p〕啪趴葩 〔s〕仨撒 〔sh〕沙纱砂痧裟鲨莎（人名）杀铩刹煞 〔t〕他她它趿塌 〔z〕扎（捆~）匝 〔zh〕渣揸喳楂吒猹扎

【ia】〔零声母〕鸦丫呀（叹词；象声词）桠压鸭押 〔j〕家加嘉枷迦笳痂珈佳葭夹浃 〔q〕掐 〔x〕虾瞎呷

【ua】〔零声母〕蛙洼哇（象声词）娲挖 〔g〕瓜呱胍括刮鸹栝 〔h〕花 〔k〕夸 〔sh〕刷唰 〔zh〕抓

阳平 (╱)

【a】〔b〕拔跋铍魃 〔ch〕茶查搽碴茬槎鿍察 〔d〕达答瘩笪靼妲沓（量词。一沓信纸） 〔f〕乏罚伐筏阀垡 〔g〕轧（人~人；~朋友） 〔l〕旯 〔m〕麻蟆 〔n〕拿 〔p〕爬耙扒琶杷 〔z〕咱杂砸 〔zh〕轧札闸铡

【ia】〔零声母〕牙芽崖涯睚衙蚜伢 〔j〕铗荚颊郏戛

〔x〕霞暇瑕遐侠峡硖狭匣辖黠狎
【ua】〔零声母〕娃　〔h〕华哗铧骅划（～船）滑猾

上　声（ˇ）

【a】〔b〕把靶　〔ch〕镲衩（裤～）　〔d〕打　〔f〕法〔k〕卡咔咯（～血）　〔m〕马码犸　〔n〕哪　〔s〕洒　〔sh〕傻　〔t〕塔獭　〔zh〕鲊砟眨

【ia】〔零声母〕哑雅　〔j〕假贾（姓）甲胛岬钾〔q〕卡（关～）

【ua】〔零声母〕瓦佤　〔g〕寡剐　〔k〕垮侉　〔sh〕耍〔zh〕爪（鸡～子）

去　声（ˋ）

【a】〔b〕罢爸霸灞把（刀～）坝耙（～田）鲅　〔ch〕岔杈（树～）诧姹汊差（不同；～得远）刹（古～）衩　〔d〕大　〔f〕发（头～）　〔g〕尬　〔l〕蜡腊辣剌　〔m〕骂　〔n〕那肭娜（用于人名）纳钠呐衲捺　〔p〕怕帕　〔s〕飒卅仨萨　〔sh〕厦嗄霎歃煞（～费苦心）　〔t〕踏榻蹋遢挞跶闼沓拓（～本）〔zh〕炸诈榨蚱咋痄乍咤栅（篱笆～）

【ia】〔零声母〕亚娅挜垭讶砑掗轧（～棉花）　〔j〕嫁稼价架驾假（放～）　〔q〕哈恰　〔x〕下夏厦（～门）吓罅

【ua】〔零声母〕袜　〔g〕挂卦诖褂　〔h〕化话画桦划〔k〕跨挎胯

轻声助词

【a】〔零声母〕啊　〔b〕吧　〔l〕啦　〔m〕吗嘛　〔n〕哪（同"呐"。助词）

217

【iɑ】〔零声母〕呀
【uɑ】〔零声母〕哇

第四部 歌 部

五、歌 韵

阴 平 (-)

【e】〔零声母〕阿（～谀；刚直不～；～胶）屙婀 〔ch〕车 〔g〕歌哥戈胳鸽搁割咯（象声词。～～） 〔h〕呵喝 〔k〕科苛柯珂疴轲窠棵颗稞髁颏磕瞌 〔sh〕奢赊畬畲 〔zh〕遮

阳 平 (ˊ)

【e】〔零声母〕鹅哦蛾俄莪峨娥讹额 〔d〕得德 〔g〕革格隔膈嗝镉蛤阁葛骼 〔h〕河何荷禾和合盒颌核劾阂鞨涸翮纥貉 〔k〕壳咳 〔sh〕蛇折（～耗；～本）舌 〔z〕泽择责则啧帻簀 〔zh〕折（～半；～叠）哲蛰磔辙蜇谪

上 声 (ˇ)

【e】〔零声母〕恶（～心） 〔ch〕扯尺（古乐谱。工～） 〔g〕葛（姓）舸合（容量单位） 〔k〕可坷渴 〔r〕惹 〔sh〕舍 〔zh〕者赭锗

去 声（ˋ）

【e】〔零声母〕饿 恶 垩 噩 厄 扼 轭 呃 遏 蕚 愕 腭 颚 锷 鳄 鹗 鄂　〔c〕策 册 测 恻 侧 厕　〔ch〕彻 澈 辙 掣 坼　〔g〕个 各 铬 硌（~牙）　〔h〕贺 鹤 和（唱~）荷（电~）赫 褐 喝（~采）吓（恐~）壑　〔k〕课 锞 骒 客 恪 克 刻 缂 嗑　〔l〕乐 勒 鳓 泐　〔r〕热　〔s〕色 塞（~责）啬 穑 瑟 涩 铯　〔sh〕舍（宿~）社 赦 射 麝 设 涉 摄 慑　〔t〕特 忑 忒　〔z〕仄 昃　〔zh〕这 蔗 柘 浙

轻声助词

【e】〔d〕的（助词。同"得"）　〔l〕了　〔m〕么　〔n〕呢　〔zh〕着（表示动作、状态持续。介词）著（同"着"）

六、波 韵

阴 平（ˉ）

【uo】〔零声母〕窝 涡 挝（老~）蜗 倭 喔（鸡啼声）　〔b〕波 菠 播 拨 剥 钵 饽　〔c〕搓 蹉 撮　〔ch〕戳 踔　〔d〕多 裰 掇 咄　〔g〕锅 埚 聒 蝈 郭　〔h〕豁（裂开）劐 秴 攉　〔l〕捋　〔m〕摸　〔p〕坡 颇 泊（湖~）泼　〔s〕梭 莎 挲 娑 唆 睃 羧 蓑 嗦 唢 缩　〔sh〕说　〔t〕拖 托 脱　〔z〕嘬　〔zh〕卓 桌 焯 捉 拙 棁

【io】〔零声母〕唷

阳 平（ˊ）

【uo】〔b〕脖 勃 渤 伯 魄（落~）舶 泊 箔 帛 铂 博 搏 薄 膊 礴 鈸 驳 踣 卜（萝~）　〔c〕嵯 痤 矬　〔d〕夺 踱 铎 度（忖~）　〔f〕

佛 〔g〕国掴帼虢 〔h〕和（~泥）活 〔l〕罗锣箩逻萝猡
骡螺胴 〔m〕磨魔摩蘑模谟馍摹嫫膜 〔n〕娜挪 〔p〕
婆皤鄱 〔r〕挼 〔t〕驼跎佗沱柁酡砣坨鸵陀驮橐
〔z〕昨捽笮 〔zh〕灼酌镯浊着泞斫诼琢啄茁濯擢
　　【o】〔零声母〕哦

上　声（ˇ）

　　【uo】〔零声母〕我 〔b〕跛簸 〔d〕朵垛（箭~）躲 〔g〕
果裹椁 〔h〕火伙夥 〔l〕倮裸瘰蠃 〔m〕抹 〔s〕所
锁琐索 〔t〕妥椭 〔z〕左佐撮（量词）

去　声（ˋ）

　　【uo】〔零声母〕卧硪斡沃握渥幄 〔b〕擘 〔c〕措厝挫
锉错 〔ch〕绰啜辍龊 〔d〕舵惰垛剁跺堕 〔g〕过
〔h〕货祸和（~药）获镬蠖豁或惑霍藿 〔k〕阔廓扩括蛞
〔l〕摞擸落洛烙泺骆珞硌络 〔m〕磨（~粉）末沫没殁秣
莫漠寞瘼蓦貊陌默墨脉（~~） 〔n〕懦糯诺喏搦 〔p〕
破魄珀迫粕朴（树名） 〔r〕若箬弱 〔sh〕朔槊搠蒴硕烁
烁铄 〔t〕唾拓柝 〔z〕坐座唑做柞作怍酢凿

轻声助词

　　【uo】〔b〕啵 〔l〕咯（吡~。化合物） 罗（~列；~衣）
　　【io】〔零声母〕哟

第五部 些 部

七、些 韵

阴 平 (-)

【ie】〔零声母〕椰掖噎 〔b〕鳖憋 〔d〕爹跌 〔j〕街皆喈阶嗟秸揭接疖 〔m〕乜 〔n〕捏 〔p〕撇（～开）瞥 〔q〕切（～开） 〔t〕帖（妥～）贴 〔x〕些歇蝎楔

【üe】〔零声母〕约曰 〔j〕撅 〔q〕缺 〔x〕靴削薛

阳 平 (ˊ)

【ie】〔零声母〕爷耶揶 〔b〕别蹩 〔d〕蝶碟谍喋堞鲽叠迭䴘垤鳌 〔j〕结洁诘劫节杰截捷睫竭碣羯桀讦颉 〔q〕茄 〔x〕鞋斜邪携偕谐协胁挟撷叶（叶韵；相合）

【üe】〔j〕决角（主～）觉绝厥蕨橛蹶獗爵嚼诀抉玦掘倔谲矍攫镢噱（大笑）孑崛 〔q〕瘸 〔x〕学穴噱趐

上 声 (ˇ)

【ie】〔零声母〕野冶也 〔b〕瘪 〔j〕姐解 〔l〕咧（～嘴） 〔p〕撇 〔q〕且 〔t〕铁帖（请～） 〔x〕写血（～淋淋）

【üe】〔零声母〕哕 〔x〕雪鳕

221

去 声 (ˋ)

【ie】〔零声母〕夜 液 掖(扶~) 腋 页 业 咽(哽~) 叶 曳 谒 靥(笑~) 烨　〔j基〕借 界 介 疥 蚧 芥 届 戒 诫 解(~送) 藉(慰~)　〔l勒〕列 烈 裂 冽 洌 劣 猎 埒 鬣 躐　〔m摸〕灭 蔑 篾　〔n讷〕蘖 孽 啮 枿 镊 涅 陧 锿 蹑　〔q欺〕切 窃 怯 箧 愜 挈 慊(满足) 锲 妾　〔t特〕餮(饕~) 帖(字~)　〔x希〕卸 谢 榭 泻 械 懈 邂 蟹 薤 屑 泄 绁 躞 渫

【üe约】〔零声母〕月 悦 越 阅 跃 乐(音~) 粤 岳 钥　〔j基〕倔(~脾气)　〔l勒〕略 掠　〔n讷〕虐 疟(~疾)　〔q欺〕确 却 雀 阙 阕 榷 鹊　〔x希〕血 谑

轻声助词

【ie耶】〔l勒〕咧

第六部　开　部

八、开　韵

阴 平 (-)

【ai哀】〔零声母〕埃 挨 哀 哎 唉　〔b玻〕掰　〔c雌〕猜　〔ch蚩〕钗 差(~使) 拆　〔d得〕呆(发~) 待(逗留) 呔　〔g哥〕该 垓 赅 陔　〔h喝〕嗨　〔k科〕开 揩　〔p坡〕拍　〔s思〕腮 鳃 塞　〔sh诗〕筛　〔t特〕胎 苔(舌~)　〔z资〕栽 灾 哉　〔zh知〕斋 摘 侧(~歪)

【uai】〔零声母〕歪 〔ch〕揣搋 〔g〕乖掴（又音） 〔sh〕衰摔 〔zh〕拽（扔；抛）

阳 平（ˊ）

【ai】〔零声母〕捱呆癌皑 〔b〕白 〔c〕才材财裁 〔ch〕柴豺侪 〔h〕孩骸 〔l〕来莱徕 〔m〕埋霾 〔p〕牌排 〔t〕台苔抬骀炱鲐薹 〔zh〕宅择（～菜）

【uai】〔零声母〕〔h〕怀槐淮徊

上 声（ˇ）

【ai】〔零声母〕矮蔼霭 〔b〕摆捭百伯（大～子）柏 〔c〕采彩睬跴 〔d〕歹傣 〔g〕改 〔h〕海 〔k〕慨恺凯铠剀楷 〔m〕买 〔n〕乃奶艿氖 〔z〕载（记～；一年半～）宰崽 〔zh〕窄

【uai】〔ch〕揣（～测） 〔g〕拐 〔sh〕甩

去 声（ˋ）

【ai】〔零声母〕爱嗳媛嗳艾碍隘 〔b〕败拜稗 〔c〕菜蔡 〔ch〕虿 〔d〕代贷袋黛岱待戴带绐殆逮埭给 〔g〕盖溉概丐钙 〔h〕害亥骇 〔k〕忾 〔l〕赖濑籁癞睐赉 〔m〕卖迈劢荬麦脉 〔n〕耐奈萘鼐 〔p〕派湃 〔s〕赛塞（要～） 〔sh〕晒 〔t〕太汰态泰 〔z〕再在载 〔zh〕债寨砦

【uai】〔零声母〕外 〔ch〕踹 〔g〕怪 〔h〕坏 〔k〕快筷块侩脍鲙狯浍哙 〔sh〕帅率（～领）蟀 〔zh〕拽

223

第七部 飞 部

九、飞 韵

阴平 (-)

【ei】〔b〕悲卑碑杯背（动词）陂 〔f〕飞非菲霏啡绯扉妃蜚（流言～语） 〔h〕嘿黑 〔l〕擂（用拳打）勒（～紧） 〔m〕穈（一种谷物） 〔p〕呸胚醅

【uei】〔零声母〕威葳崴危巍微薇偎煨隈萎（气～） 〔c〕崔摧催榱 〔ch〕吹炊 〔d〕堆 〔g〕规归龟硅鲑闺圭皈瑰妫 〔h〕辉晖挥麾灰恢诙徽 〔k〕亏窥盔岿悝 〔s〕虽睢荽尿（又音。～泡） 〔t〕推 〔zh〕追椎锥骓

阳平 (ˊ)

【ei】〔零声母〕欸 〔f〕肥淝腓 〔l〕雷镭檑擂（研磨）羸缧螺 〔m〕梅眉煤媒枚莓霉酶嵋湄楣没（～有） 〔p〕赔陪培 〔sh〕谁（又音） 〔z〕贼鲗

【uei】〔零声母〕为围韦违帏闱桅维唯惟帷潍圩（～田）嵬 〔ch〕槌垂锤搥陲椎（铁～）棰 〔h〕回洄茴蛔 〔k〕葵暌睽揆奎逵夔馗 〔r〕蕤 〔s〕随隋绥 〔sh〕谁 〔t〕颓

上声 (ˇ)

【ei】〔b〕北 〔f〕匪菲（～薄）蜚诽斐 〔g〕给 〔l〕累

儡 磊 垒 耒 诔 蕾　〔m〕美 镁 每　〔n〕馁

【uei】〔零声母〕伟 苇 韪 纬 炜 委 萎 诿 痿 尾 娓 伪 鲔 猥
〔c〕璀　〔g〕轨 宄 鬼 诡 癸 晷 庋 簋　〔h〕悔 毁 虺　〔k〕跬 傀
〔r〕蕊　〔s〕髓　〔sh〕水　〔t〕腿　〔z〕嘴

去　声（ˋ）

【ei】〔b〕倍 背 辈 备 被 贝 狈 钡 褙 焙 鞴 蓓 悖　〔f〕肺 废
吠 费 沸 痱 蒂 狒　〔l〕类 泪 累（劳~）擂 酹 肋　〔m〕昧 寐 魅
妹 袂 媚　〔n〕内　〔p〕配 佩 沛 霈 旆 辔 帔

【uei】〔零声母〕畏 喂 位 尉 慰 蔚 胃 渭 谓 猬 魏 未 为（~人
民）味 卫 遗（~赠）　〔c〕翠 粹 瘁 悴 淬 萃 啐 脆 毳　〔d〕队 对
怼 兑 碓　〔g〕贵 桂 柜 跪 鳜 刽 桧 刿　〔h〕会 绘 荟 烩 慧 彗 汇
卉 惠 蕙 秽 海 晦 讳 喙 贿　〔k〕溃 愧 愦 聩 馈 匮 篑 喟　〔r〕锐
瑞 蚋 汭 睿　〔s〕碎 穗 岁 遂 隧 邃 祟　〔sh〕税 说（游~）睡
〔t〕退 褪 煺 蜕　〔z〕醉 罪 最 蕞　〔zh〕坠 赘 缒 缀 惴

轻声助词

【uei】〔b〕呗　〔l〕嘞

225

第八部 高 部

十、高 韵

阴平 (-)

【ao】〔零声母〕凹 〔b〕包胞苞孢褒剥(～皮)煲 〔c〕操糙 〔ch〕超抄钞 〔d〕刀叨 〔g〕高篙糕羔膏皋睾 〔h〕蒿薅 〔k〕尻 〔l〕捞 〔m〕猫 〔n〕孬 〔p〕抛脬 〔s〕骚搔臊缫 〔sh〕烧梢捎筲艄蛸稍 〔t〕滔涛焘韬叨(～光)掏绦 〔z〕遭糟 〔zh〕招昭朝钊着(一～棋)

【iao】〔零声母〕腰夭妖邀要(～求)幺吆 〔b〕标飚镖骠膘镳彪 〔d〕貂刁叼凋碉雕鲷 〔j〕交郊胶跤茭蛟鲛姣浇娇骄椒焦蕉礁艽 〔l〕撩(掀起) 〔m〕喵 〔p〕飘缥剽螵漂(～泊)藻 〔q〕敲缲锹橇硗劁跷悄(～～) 〔t〕挑佻 〔x〕消宵逍销硝霄蛸绡魈箫潇萧骁哓哮嚣枭鸮枵削(～铅笔)

阳平 (ˊ)

【ao】〔零声母〕熬遨鳌嗷獒聱鳌廒麈翱 〔b〕雹薄(～饼) 〔c〕曹槽漕嘈蠈 〔ch〕潮巢嘲朝(～代) 〔h〕豪毫壕嚎濠蚝嗥号(呼～) 〔l〕劳牢痨醪 〔m〕毛矛茅髦 〔n〕挠铙蛲猱呶 〔p〕庖袍刨(挖)咆狍 〔r〕饶娆荛桡

226

〔sh〕诗韶苕勺杓芍　〔t〕特逃桃洮淘萄陶　〔z〕资凿（～眼；确～）　〔zh〕知着（～火）

【iao】〔零声母〕腰摇遥谣瑶徭尧侥姚珧肴窑陶（皋～）〔j〕基嚼（又音）　〔l〕勒疗辽寥聊撩僚寮燎嘹獠鹩缭　〔m〕摸苗描瞄　〔p〕坡瓢嫖　〔q〕欺桥侨乔荞翘瞧樵憔　〔t〕特条迢髫蜩笤调（协～）韶　〔x〕希淆崤

上　声（ˇ）

【ao】〔零声母〕熬袄媪拗（～断）　〔b〕玻保宝饱堡葆褓鸨〔c〕雌草　〔ch〕蚩炒吵　〔d〕得倒岛祷导蹈捣　〔g〕知稿搞镐槁缟　〔h〕喝好　〔k〕科考烤拷栲　〔l〕勒老佬姥栳　〔m〕摸卯昴〔n〕讷脑恼瑙　〔p〕坡跑　〔r〕日绕扰　〔s〕思嫂扫　〔sh〕诗少〔t〕特讨　〔z〕资早澡藻蚤枣　〔zh〕知找沼爪

【iao】〔零声母〕腰咬杳舀　〔b〕玻表裱　〔j〕基绞狡饺铰皎佼搅矫缴徼剿脚角　〔l〕勒了　〔m〕摸秒眇渺杪缈藐邈〔n〕讷鸟袅　〔p〕坡殍莩漂瞟　〔q〕欺巧悄　〔t〕特窕　〔x〕希小晓

去　声（ˋ）

【ao】〔零声母〕奥懊澳坳傲骜鳌拗　〔b〕玻报暴豹抱刨鲍爆　〔ch〕蚩耖　〔d〕得到道盗稻悼倒（～退）　〔g〕知告诰〔h〕喝号浩皓耗好（爱～）颢灏　〔k〕科靠铐犒　〔l〕勒涝唠酪〔m〕摸貌茂冒帽耄瑁贸督袤懋　〔n〕讷闹淖　〔p〕坡炮泡　〔r〕日绕（～路）　〔s〕思臊（害～）　〔sh〕诗少（老～）劭哨绍　〔t〕特套〔z〕资灶造燥躁噪皂唣　〔zh〕知照召兆棹罩赵肇诏

【iao】〔零声母〕腰要耀曜鹞药钥疟　〔b〕玻鳔　〔d〕得钓吊掉调　〔j〕基较教叫窖醮校（～正）轿醮噍觉（睡～）　〔l〕勒料廖镣撂　〔m〕摸妙庙　〔n〕讷尿　〔p〕坡票骠（～勇）　〔q〕欺窍

227

俏撬诮峭翘（~起）鞘　〔t〕跳眺粜　〔x〕笑效啸校孝肖

第九部　收　部

十一、收　韵

阴平（-）

【ou】〔零声母〕欧讴鸥瓯殴　〔ch〕抽瘳　〔d〕兜篼　〔g〕勾钩沟篝缑佝　〔k〕抠眍　〔m〕哞　〔p〕剖　〔s〕搜艘飕馊嗖溲　〔sh〕收　〔t〕偷　〔z〕邹驺诹　〔zh〕州洲舟周诌粥

【iou】〔零声母〕幽忧优攸悠呦　〔d〕丢　〔j〕纠赳究鸠揪啾阄　〔l〕溜　〔n〕妞　〔q〕秋丘湫鳅楸萩　〔x〕羞馐休貅修脩鸺鸼

阳平（ˊ）

【ou】〔零声母〕仇愁稠绸筹畴俦酬雠　〔h〕侯喉猴糇瘊篌　〔l〕楼耧偻蒌髅蝼　〔m〕谋牟眸侔蛑鍪缪（绸~）　〔r〕柔揉糅鞣　〔t〕头投　〔zh〕轴

【iou】〔零声母〕由油邮铀游蝣尤犹鱿猷莸　〔l〕流硫留瘤榴镏馏骝刘浏鎏旒　〔n〕牛　〔q〕求球裘逑囚泅遒赇虬

上 声 (ˇ)

【ou】〔零声母〕呕偶藕耦 〔ch〕丑瞅 〔d〕斗抖蚪陡 〔f〕否缶 〔g〕狗苟笱枸 〔h〕吼 〔k〕口 〔l〕篓搂嵝 〔m〕某 〔p〕掊 〔s〕叟薮擞嗾 〔sh〕守首手 〔z〕走 〔zh〕肘帚

【iou】〔零声母〕有友酉莠牖黝卣 〔j〕酒九久韭灸玖 〔l〕柳 〔n〕扭忸狃纽钮 〔q〕糗 〔x〕朽宿(半~)

去 声 (ˋ)

【ou】〔零声母〕沤怄 〔c〕凑腠 〔ch〕臭 〔d〕豆逗痘斗(战~)窦读(句~) 〔g〕够构垢诟购媾遘彀 〔h〕候后逅厚堠鲎 〔k〕扣叩筘蔻簑 〔l〕漏镂瘘陋 〔n〕耨 〔r〕肉 〔s〕嗽 〔sh〕寿受授绶售兽狩瘦 〔t〕透 〔z〕奏揍 〔zh〕宙骤咒昼绉皱胄甃籀纣

【iou】〔零声母〕又右佑幼蚴诱柚釉宥囿侑鼬 〔j〕就旧救臼舅柩疚咎厩枢鹫僦 〔l〕遛鹨六 〔m〕谬缪 〔x〕袖岫秀绣锈嗅溴宿(星~)

轻声助词

【ou】〔l〕喽

第十部 山 部

十二、山 韵

阴平 (-)

【an】〔零声母〕安鞍桉氨谙庵鹌 〔b〕班斑般搬颁扳 〔c〕餐参骖 〔ch〕掺搀觇 〔d〕单丹担箪耽眈聃殚郸 〔f〕翻番幡藩帆 〔g〕干竿杆肝玕甘坩疳泔柑 〔h〕鼾酣顸憨蚶犴 〔k〕刊堪看(～守)勘戡龛 〔m〕颟 〔p〕潘攀 〔s〕三 〔sh〕山删珊姗栅膻衫杉扇(动词)潸煽芟 〔t〕贪坍滩摊瘫 〔z〕簪糌 〔zh〕占沾粘(～连)毡旃瞻谵詹

【uan】〔零声母〕弯湾剜 〔c〕蹿镩氽 〔ch〕川穿 〔d〕端 〔g〕关官冠观鳏棺倌 〔h〕欢獾 〔k〕宽髋 〔s〕酸 〔sh〕栓拴闩 〔t〕湍 〔z〕钻(～研) 〔zh〕专砖

阳平 (ˊ)

【an】〔c〕残蚕惭 〔ch〕蝉婵缠蟾谗馋孱潺禅廛 〔f〕烦繁蕃凡矾钒樊燔璠蹯 〔h〕寒涵函含韩晗 〔l〕兰拦栏阑澜斓谰蓝篮岚婪 〔m〕瞒谩(欺～)蛮馒鳗 〔n〕难男南喃楠 〔p〕盘磐蟠 〔r〕然燃髯蚺 〔t〕谈坛

弹（动词）潭谭覃檀痰昙 〔z〕咱（又音）

【uan】〔零声母〕完烷玩顽丸纨 〔ch〕传船椽遄 〔h〕还环鬟寰圜镮嬛桓 〔l〕峦鸾脔挛娈孪銮栾滦 〔t〕团抟

上 声（ˇ）

【an】〔零声母〕俺揞 〔b〕板版坂 〔c〕惨黪 〔ch〕产铲谄阐蒇 〔d〕胆掸疸 〔f〕反返 〔g〕赶感秆杆（枪~子）敢擀 〔h〕罕喊 〔k〕砍侃坎槛 〔l〕懒览榄揽缆罱 〔m〕满螨 〔n〕腩蝻赧 〔r〕冉苒染 〔s〕伞散（药~）〔sh〕闪陕 〔t〕坦袒毯 〔z〕攒趱 〔zh〕展辗盏斩崭

【uan】〔零声母〕碗惋挽晚婉宛绾脘皖 〔ch〕喘舛 〔d〕短 〔g〕管馆琯莞 〔h〕缓 〔k〕款 〔l〕卵 〔n〕暖 〔r〕软阮 〔z〕纂 〔zh〕转

去 声（ˋ）

【an】〔零声母〕案按暗黯岸 〔b〕半办扮瓣拌伴绊 〔c〕灿粲璨 〔ch〕忏颤（~动） 〔d〕弹蛋淡旦担（挑~子）但惮石（容量单位。10斗为1石）啖氮诞澹菼 〔f〕贩饭泛犯范梵畈 〔g〕干（~工作）赣绀旰 〔h〕汉汗旱撼憾捍焊悍翰瀚颔 〔k〕看瞰 〔l〕烂滥 〔m〕慢漫谩熳墁缦镘幔曼蔓 〔n〕难（灾~） 〔p〕判盼叛畔袢 〔s〕散 〔sh〕善扇擅嬗缮鳝汕讪疝赡钐膳蟮骟 〔t〕叹炭碳探 〔z〕赞暂瓒 〔zh〕战占（侵~）站栈绽颤湛蘸

【uan】〔零声母〕万腕 〔c〕窜篡 〔ch〕串钏 〔d〕断段锻缎煅椴籪 〔g〕贯惯掼灌罐鹳冠（~军）观（寺~）盥 〔h〕换焕痪涣唤奂幻患溉豢宦浣皖 〔l〕乱 〔s〕算蒜

〔sh〕涮 〔z〕钻赚(骗人)攥 〔zh〕赚传(～记)啭转(～圈)撰馔篆

十三、天 韵

阴 平 (-)

【ian】〔零声母〕烟淹焉嫣湮腌悏燕(幽～)阉 〔b〕边鞭编砭笾 〔d〕颠癫滇巅掂 〔j〕坚尖歼艰间奸兼蒹缣肩煎湔监(～察;～狱)笺缄菅犍鲣鹣 〔n〕拈蔫 〔p〕篇偏翩牑片(唱～) 〔q〕千迁扦钎芊阡铅牵签佥悭悭谦搴骞 〔t〕天添 〔x〕先仙鲜纤跹籼氙掀锨

【üan】〔零声母〕渊冤鸳鸢眢 〔j〕捐涓娟鹃镌朘 〔q〕圈悛 〔x〕宣喧暄萱揎轩谖

阳 平 (ˊ)

【ian】〔零声母〕言沿延筵檐盐严颜炎研妍岩蜒 〔l〕连联怜帘廉镰莲涟鲢奁裢 〔m〕棉绵眠 〔n〕年黏鲇 〔p〕胼骈便(～～) 〔q〕前钱钳潜掮虔荨乾(～坤)钤黔 〔t〕田填阗甜畋恬 〔x〕闲衔弦贤嫌舷咸涎娴痫

【üan】〔零声母〕元园员圆原源袁辕缘援螈垣猿沅 〔q〕全泉权拳惓鬈颧痊诠荃铨醛筌 〔x〕玄悬旋漩璇痃

上 声 (ˇ)

【ian】〔零声母〕演掩偃奄衍眼罨魇俨鼹 〔b〕扁贬匾褊 〔d〕点典踮碘 〔j〕简茧拣俭检硷脸捡减碱柬剪謇蹇謇戬笕锏裥 〔l〕脸敛 〔m〕免勉娩鲍渑缅冕沔渑

232

〔n讷〕辇撵捻碾　〔q欺〕浅遣谴缱　〔t特〕舔腆珍　〔x希〕显险鲜（少）铣藓燹蚬跣笕冼

【üan冤】〔零声母〕远　〔j基〕卷　〔q欺〕犬畎　〔x希〕选癣

去声（ˋ）

【ian烟】〔零声母〕燕 宴 验 焰 咽 砚 晏 彦 谚 唁 厌 雁 艳 堰 餍 沿（河～）　〔b玻〕便 遍 辨 辩 辫 变 弁 卞 汴 忭　〔d得〕店 电 殿 惦 玷 淀 靛 垫 簟 奠 甸 佃 钿　〔j基〕见 建 健 键 件 剑 贱 溅 箭 践 饯 渐 监（古官府名；姓）槛 鉴 舰 谏 荐 僭 间（～断）涧　〔l勒〕炼 练 链 恋 殓 楝　〔m摸〕面 眄　〔n讷〕念 埝 廿　〔p坡〕骗 片　〔q欺〕欠 芡 嵌 歉 慊 倩 堑 茜 纤（拉～）椠　〔t特〕掭　〔x希〕线 现 限 陷 馅 宪 苋 献 羡 霰 腺

【üan冤】〔零声母〕院 怨 愿 苑 垸 掾 媛 瑗　〔j基〕眷 绢 狷 卷（交～）倦 圈（猪～）〔q欺〕劝 券　〔x希〕渲 楦 泫 眩 炫 旋（～转的；副词）

第十一部　根　部

十四、根 韵

阴平（-）

【en恩】〔零声母〕恩　〔b玻〕奔 锛 贲　〔c雌〕参（～差）　〔ch蚩〕嗔 瞋 琛 郴 抻　〔f佛〕分 芬 纷 氛 棻　〔g哥〕根 跟　〔p坡〕喷（～泉）

233

〔s〕森 　〔sh〕深申伸呻绅参(人~)身娠莘糁 　〔zh〕真珍贞针斟砧箴侦祯朕桢蓁臻榛溱甄

【in】〔零声母〕因茵姻殷音喑堙阴荫 　〔b〕宾滨槟缤镔斌彬濒 　〔j〕今金斤津筋巾襟矜衿禁(~受。~不住) 〔p〕拼姘 　〔q〕亲衾钦侵骎 　〔x〕辛新锌薪歆心芯欣忻昕馨鑫

【uen】〔零声母〕温瘟 　〔c〕村皴 　〔ch〕春椿 　〔d〕敦墩蹲吨 　〔h〕昏婚阍荤 　〔k〕昆坤 　〔l〕抡 　〔s〕孙狲荪飧 　〔t〕吞暾 　〔z〕尊樽遵 　〔zh〕谆肫

【ün】〔零声母〕晕氲 　〔j〕军均钧皲君 　〔q〕逡囷 〔x〕勋埙熏曛薰

阳平 (／)

【en】〔c〕岑涔 　〔ch〕沉忱尘陈辰晨臣宸橙 　〔f〕焚棼汾坟 　〔h〕痕 　〔m〕门扪们 　〔p〕盆 　〔r〕人仁壬 〔sh〕神

【in】〔零声母〕寅夤狺银垠龈吟淫 　〔l〕鳞磷麟邻遴嶙辚林淋霖琳临 　〔m〕民岷缗 　〔n〕您 　〔p〕贫频颦颦嫔 　〔q〕勤芹秦溱蓁琴禽芩噙擒 　〔x〕寻

【uen】〔零声母〕文纹蚊雯闻 　〔c〕存 　〔ch〕纯唇醇淳鹑 　〔h〕魂浑 　〔l〕轮伦纶沦仑囵 　〔t〕屯囤饨豚臀

【ün】〔零声母〕云芸耘匀筠(借指竹子)涢 　〔q〕群裙麇 〔x〕驯循旬询恂峋浔巡

上 声 (ˇ)

【en】〔b〕本苯畚 　〔ch〕碜 　〔f〕粉 　〔h〕很狠 　〔k〕肯啃恳垦 　〔r〕稔忍荏 　〔sh〕审婶哂沈矧谂 　〔z〕怎

〔zh知〕诊 枕 缜 疹 畛 轸 稹

【in因】〔零声母〕引 蚓 隐 瘾 尹 饮 〔j基〕谨 紧 锦 仅 馑 瑾 槿 堇 〔l勒〕凛 懔 廪 檩 〔m摸〕敏 闵 悯 皿 闽 泯 愍 抿 〔p拨〕品 〔q掐〕寝 锓

【uen温】〔零声母〕稳 紊 吻 刎 〔c雌〕忖 〔ch蚩〕蠢 〔d得〕趸 盹 〔g哥〕滚 磙 辊 鲧 〔k科〕捆 悃 阃 〔s思〕损 笋 隼 榫 〔sh诗〕吮 〔t特〕氽（漂浮；油炸） 〔z资〕撙 〔zh知〕准

【ün晕】〔零声母〕允 狁 陨 殒

去　声（ˋ）

【en恩】〔零声母〕摁 〔b玻〕笨 坌 〔ch蚩〕衬 趁 称（相称） 龀 榇 谶 〔d得〕扽 〔f佛〕奋 愤 忿 份 偾 粪 分（本～） 〔g哥〕亘 茛 〔h喝〕恨 〔k科〕掯 〔m摸〕闷 焖 懑 〔n讷〕嫩 恁 〔p拨〕喷 〔r日〕任 刃 韧 认 妊 纫 仞 轫 饪 衽 〔sh诗〕甚 慎 肾 渗 葚 蜃 瘆 〔z资〕谮 〔zh知〕镇 震 振 赈 阵 圳 鸩

【in因】〔零声母〕印 荫（庇～） 〔b玻〕鬓 摈 殡 膑 〔j基〕进 尽 近 禁 浸 劲 烬 荩 噤 晋 妗 〔l勒〕吝 蔺 躏 赁 〔p拨〕聘 牝 〔q掐〕沁 揿 〔x希〕信 衅

【uen温】〔零声母〕问 汶 〔c雌〕寸 吋 〔d得〕顿 钝 炖 沌 囤 盾 遁 〔g哥〕棍 〔h喝〕混 溷 诨 〔k科〕困 〔l勒〕论 〔r日〕闰 润 〔sh诗〕顺 舜 瞬

【ün晕】〔零声母〕运 晕（日～；月～；～车） 孕 韵 愠 蕴 熨 〔j基〕菌 郡 俊 峻 骏 竣 浚 隽 〔x希〕迅 讯 汛 训 殉 徇 逊 蕈

第十二部　方　部

十五、方　韵

阴平（-）

【ang】〔零声母〕肮　〔b〕邦帮梆浜　〔c〕仓苍沧伧舱　〔ch〕昌猖菖阊娼鲳伥　〔d〕当裆铛珰　〔f〕方芳坊枋邡　〔g〕钢纲刚冈缸肛扛(抬)罡　〔h〕夯　〔k〕康慷糠　〔l〕啷　〔n〕嚷　〔p〕滂乓　〔r〕嚷(吵~)　〔s〕桑丧(治~)　〔sh〕商伤觞殇墒　〔t〕汤镗　〔z〕脏(不干净)赃臧　〔zh〕章漳彰獐嫜樟璋蟑张

【iang】〔零声母〕央秧鸯泱鞅殃　〔j〕江浆将姜僵疆缰豇　〔q〕羌蜣腔枪锵镪　〔x〕相箱厢缃湘香乡芗襄镶骧

【uang】〔零声母〕汪　〔ch〕窗疮创(刀~)　〔g〕光胱　〔h〕荒慌肓　〔k〕匡框诓筐　〔sh〕双霜孀　〔zh〕装妆庄桩

阳平（ˊ）

【ang】〔零声母〕昂　〔c〕藏　〔ch〕常裳嫦长场肠尝偿　〔f〕房防妨肪坊(磨~)鲂　〔h〕航杭吭行(~业)绗　〔k〕扛　〔l〕郎廊榔螂狼琅锒　〔m〕忙茫芒盲氓铓　〔n〕囊　〔p〕旁螃膀庞　〔r〕穰瓤禳　〔t〕唐糖塘溏搪螗堂棠膛螳

【iang】〔零声母〕阳扬杨旸炀疡羊洋佯徉烊蛘　〔l〕良粮凉梁樑量　〔n〕娘　〔q〕强墙蔷樯嫱　〔x〕详祥翔降（投～）

【uang】〔零声母〕王亡芒　〔ch〕床　〔h〕皇惶煌遑蝗徨篁凰隍鳇黄簧潢璜磺蟥　〔k〕狂诳

上 声（ˇ）

【ang】〔b〕榜膀绑　〔ch〕厂敞昶氅　〔d〕党挡　〔f〕纺访仿舫　〔g〕港岗（同"冈"。站～）　〔l〕朗　〔m〕莽蟒　〔n〕曩攮馕　〔p〕耪　〔s〕壤攘嚷　〔s〕颡嗓搡磉　〔sh〕赏垧上（～声）晌　〔t〕倘躺耥铴淌　〔z〕驵　〔zh〕掌长（成～）涨

【iang】〔零声母〕养仰痒氧　〔j〕讲奖桨蒋耩　〔l〕两俩啢魉　〔q〕强（勉～）抢襁　〔x〕想响饷鲞享鲞

【uang】〔零声母〕往枉网罔惘魍　〔ch〕闯　〔g〕广犷　〔h〕恍幌晃谎　〔sh〕爽

去 声（ˋ）

【ang】〔零声母〕盎　〔b〕磅谤镑傍蒡棒蚌　〔ch〕畅唱倡怅　〔d〕荡宕当（妥～）档挡（摒～）砀凼　〔f〕放　〔g〕钢（动词。～刀布）杠　〔h〕巷（又音）沆　〔k〕抗炕伉亢　〔l〕浪莨阆　〔p〕胖　〔r〕让　〔s〕丧　〔sh〕上尚绱　〔t〕烫趟　〔z〕藏（西～）葬奘脏　〔zh〕丈仗杖胀帐涨（～大）障嶂幛瘴

【iang】〔零声母〕样漾恙怏烊（打～）　〔j〕酱匠将（猛～）降强（倔～）绛弶　〔l〕亮谅晾踉辆量（力～）靓　〔n〕酿　〔q〕跄呛炝戗　〔x〕向象像橡相（照～）项巷

【uang】〔零声母〕旺妄望忘　〔ch〕怆创　〔g〕逛桄 〔h〕晃(摇~)　〔k〕矿况圹旷框眶纩　〔zh〕壮状撞幢戆(~直)

第十三部　庚　部

十六、庚　韵

阴　平（-）

【eng】〔零声母〕崩嘣绷　〔c〕噌　〔ch〕撑称瞠琤柽蛏 〔d〕登灯蹬　〔f〕风枫疯峰锋蜂烽丰沣封葑　〔g〕耕庚赓鹒羹更(变~)　〔h〕亨哼　〔k〕坑铿吭(不~声)硁 〔p〕烹抨怦砰　〔r〕扔　〔s〕僧　〔sh〕声生甥笙牲升 〔z〕憎增缯罾曾(姓)　〔zh〕征争挣睁峥筝狰铮正(~月)症(~结)钲怔烝蒸

【ing】〔零声母〕英应鹰膺莺婴缨嘤樱撄　〔b〕兵冰 〔d〕丁钉叮盯仃町酊(碘~)疔　〔j〕京惊鲸精睛菁荆兢晶经茎泾粳旌　〔l〕拎　〔p〕俜娉乒　〔q〕青清鲭卿轻氢倾　〔t〕听厅汀　〔x〕兴星腥猩惺

阳　平（ˊ）

【eng】〔b〕甮　〔c〕层曾　〔ch〕乘成城诚承丞惩澄程呈塍醒盛(动词。~饭)枨　〔f〕逢缝冯　〔h〕衡横恒桁蘅 〔l〕棱楞　〔m〕蒙檬艨幪朦虻萌盟薨　〔n〕能　〔p〕朋

棚硼鹏蓬篷彭澎膨蟛　〔r〕仍　〔sh〕绳　〔t〕腾藤滕疼

【ing】〔零声母〕营迎盈楹莹滢萤荧潆濚茔蝇赢嬴瀛 〔l〕灵棂凌菱陵绫鲮龄铃伶苓聆零瓴蛉玲鸰翎泠羚 〔m〕明鸣名茗盟(~誓)铭冥溟暝瞑螟　〔n〕宁咛狞凝 〔p〕平评坪萍苹枰凭瓶屏　〔q〕晴情黥擎　〔t〕亭停婷廷庭霆蜓　〔x〕形行刑型硎邢陉饧

上 声 (ˇ)

【eng】〔b〕绷(板着脸)　〔ch〕逞骋　〔d〕等戥　〔f〕讽唪　〔g〕耿梗哽鲠埂绠　〔l〕冷　〔m〕猛艋锰蜢蠓懵 〔p〕捧　〔sh〕省眚　〔zh〕整拯

【ing】〔零声母〕影颖颍瘿郢　〔b〕饼丙炳柄(又音)秉禀 〔d〕顶酊(酩~)鼎　〔j〕景憬井阱警儆颈刭　〔l〕领岭 〔n〕拧　〔q〕请顷罄苘　〔t〕挺梃艇铤　〔x〕醒省(反~)

去 声 (ˋ)

【eng】〔b〕迸泵甏蹦蚌(~埠)　〔c〕蹭　〔ch〕秤　〔d〕凳镫瞪磴澄(~清)邓　〔f〕奉俸凤缝(裂~)　〔g〕更 〔l〕愣　〔m〕梦孟　〔p〕碰　〔sh〕胜盛剩乘(量词;史~)圣嵊　〔z〕赠甑　〔zh〕正政证症帧挣(~开)郑

【ing】〔零声母〕硬映应(答~)媵　〔b〕柄病摒并　〔d〕订钉(动词)定碇锭腚　〔j〕竟境镜獍竞敬静净靖径胫劲(~敌)痉　〔l〕令另　〔m〕命　〔n〕泞宁(~可)佞　〔q〕庆磬罄親亲(~家)　〔x〕幸悻杏姓性荇兴(高~)

十七、东 韵

阴 平 (-)

【ong】（轰韵母）〔零声母〕翁鹟 〔c〕囱葱卤聪骢枞 〔ch〕充冲忡舂艟憧 〔d〕东冬咚 〔g〕公工功攻供恭弓躬宫觥蚣红 〔h〕轰烘哄訇薨 〔k〕空箜 〔s〕嵩松淞忪菘 〔t〕通 〔z〕宗综棕鬃踪 〔zh〕中忠衷盅钟终螽

【iong】（雍）〔零声母〕庸慵墉镛鳙雍壅饔臃拥痈佣邕 〔j〕扃垌 〔x〕兄凶汹匈胸讻

阳 平 (ˊ)

【ong】（轰韵母）〔c〕从丛淙 〔ch〕虫崇重（双重）〔h〕红虹鸿荭洪蕻宏弘泓竑 〔l〕龙笼茏栊聋砻咙胧珑泷隆癃癃 〔n〕农浓侬脓哝 〔r〕荣嵘蝾容熔溶榕蓉茸戎绒融 〔t〕同铜峒（崆~。山名，岛名）桐酮筒彤童瞳潼砼

【iong】（雍）〔零声母〕颙喁 〔q〕穷穹劳琼茕邛筇跫蛩 〔x〕雄熊

上 声 (ˇ)

【ong】（轰韵母）〔零声母〕蓊 〔ch〕宠 〔d〕董懂 〔g〕巩汞拱 〔h〕哄（~骗） 〔k〕恐孔 〔l〕垄拢陇 〔r〕冗 〔s〕耸怂悚竦 〔t〕统桶捅筒（又音） 〔z〕总偬 〔zh〕肿种（品~）冢踵

【iong】（雍）〔零声母〕永泳咏甫涌勇恿蛹踊俑 〔j〕窘炯迥

去 声（ˋ）

【ong】〔零声母〕蕹 瓮　〔ch〕铳　〔d〕冻 栋 动 洞 垌 恫 峒 胴 侗　〔g〕共 供（招~）贡　〔h〕讧 哄（起~）　〔k〕控 空（~隙）　〔l〕弄　〔s〕送 颂 诵 讼 宋　〔t〕痛 恸　〔z〕粽 纵　〔zh〕重 众 种 仲 中（击~）

【iong】〔零声母〕用

主要参考书目

1. 诗词格律(第二版).王力.北京:中华书局,1977.12
2. 诗词写作指导.尹贤.广州:花城出版社,1999.7
3. 现代诗韵.秦似.南宁:广西人民出版社,1975.7
4. 唐诗选(上、下册).中国社会科学院文学研究所.北京:人民文学出版社,1978.4
5. 唐诗三百首(图文本).蘅塘退士编选,盖国梁等注评.上海:上海古籍出版社,1999.5
6. 宋词选.胡云翼选注(原中华书局上海编辑所1965年8月版).上海:上海古籍出版社,1978.3(新一版)
7. 中国古代文学.广东省小学教师自考系列教材编写组.广州:华南理工大学出版社,1993.8
8. 千家诗评注.张哲永.上海:华东师范大学出版社,1997.7
9. 古今名诗选读.屈春山,李启仁选注.郑州:河南人民出版社,1982.7
10. 唐诗百话.施蛰存.上海:华东师范大学出版社,1996.5
11. 现代汉语词典(修订本).中国社会科学院语言研究所词典编辑室编.北京:商务印书馆,1996.7